文治
© wénzhì books

更好的阅读

孤独的清醒者

梁晓声 —

著

北京联合出版公司
Beijing United Publishing Co., Ltd.

人生苦短,故人生如梦。人生如梦,所以,当活出几分清醒。

目录

悬　案	001
网　事	013
醉　源	027
遭遇"王六郎"	043
复仇的蚊子	095
丢失的心	143
风马羊	171
太平灯	205
金原野	231
"马亚逊"和狗	245

悬案

一直没破过一桩较复杂的案件,
遂成他心中之大憾。

吕正同志三年多没回老家了,半年后该退休了。

他是在吕庄长大的。吕庄是宏远县的老庄,宏远县是凤来市管辖的三个县之一。

早年间,吕正考上了省警校,毕业后分到了县公安局刑侦科,成为一名刑警。他似乎具有某种天生的破案能力,参与分析案情时往往另有己见。又往往地,他之己见最终成为难点的转机。所以,三十几岁当上了副科长,四十岁那年老科长退休,接班当上了科长。

别人向他祝贺时,他谦虚地说:"全靠组织培养。"回到家,却对妻子说:"都四十了,破的尽是些简单案子,有啥可祝贺的。"

那话倒也是实话,县公安局的破案史上,真没出现过多么复杂的案件。

吕正同志每觉怀才不遇。

然而毕竟地,他已是吕庄人心目中的名人了。当年他父母尚都在世,一向住在庄里,他回吕庄回得挺勤。每次回去,庄里的男人们都愿请他喝酒,听他讲破案那些事。

自从他当上了刑侦科长,县局结案的速度快了。他特别受到领导肯定的一点是,将可能引发人命案的种种端倪,消除在了侦破几起偷盗案、报复案的过程中。更值得一提的是,在破几起新案时，他凭着近乎本能的敏感，推测到了案犯嫌疑人的隐前科。虽没负责破过什么大案，但以上工作业绩，也足以证明他的不凡能力。六年后，他升到了市公安局。

临行，同事们为他举行送别会，免不了请他介绍介绍能力养成的经验。

吕正笑道："哪儿有什么经验，不过就是，有时候提示自己想象一下，如果自己是作案人，案前、案中和案后，心理上会发生些什么不寻常的冲动嘛！关键在于'不寻常'三个字，分析到位了，破案的钥匙差不多也就找到了。"

他的话使同事们都一愣，多数刑警，确乎没有想象自己是作案人的意识，破案主要靠证据串起线索链，而非靠心理学分析。

过后，他为大家留下了一份书单——关于犯罪心理学的书，也有古今中外的一些探案小说，福尔摩斯和克莉斯蒂的小说自然在书单上。

他调到市公安局后，长时期内仍没面临过什么大要案，连起命案也没破过。能力依然体现在"快"字上。由于这一点，他获得了包含赞誉的绰号"吕快捕"。

他曾说："快是对咱们这一行的基本要求，古时候的捕快不也带着'快'字嘛。连快都做不到，那就不称职了啊！"

他的绰号渐渐在民间流传开了。那些年，全市的治安环境好多了，刑事案逐年减少，而此点与市局破案快亦有一定关系——该得的荣誉吕正同志基本都得到了，在市局这一平台上，他也升到顶了。话说如今呢，等着光荣退休呗。

但，从参加工作到退休，从警员升到科长、升到处长，却一直没破过一桩较复杂的案件，遂成他心中之大憾。他从没流露过，与他关系近的同事和领导却一清二楚。

冥冥之中,似乎哪一路神明要助他再立新功,一桩离奇大案终于在本市发生了,具体而言,发生在他的老家吕庄——案涉两个男人之死,不可谓不大。两个男人不但是发小,且是五服内的堂兄弟,关系亲密得很。案发前,一个陪另一个到县里去提一辆买下的新卡车,有人见到他俩走时高高兴兴的;车行的人也都证明他俩上车时同样很开心。可是不知为什么,车开回到庄里后,车主吕琪在其堂兄吕典家中,与吕典发生了互殴(现场情况足以证明此点);吕典的后脑磕于灶角,颅裂而亡(县局的这一结论无懈可击);吕琪回到家里,先喝了农药,后悬梁自缢——这一点既是事实,也符合心理逻辑——闯下了大祸,内心害怕一时想不开了嘛。

问题仅仅是——车开在路上时究竟发生了什么事,竟使亲兄弟般的两个三十几岁的男人反目成仇,大打出手,酿成了双死惨案?

二人之间没有任何仇杀的前因。

情杀可能也被排除——那吕典虽然是离过婚的二茬光棍,但性冷淡正是妻子坚决与他离婚的理由。何况,吕琪的妻子吴芸并不多么漂亮,毫无令男人动心之美。

世上一切案件,若破了,便都自有因果逻辑,而若破不了,则不离奇也离奇了。吕庄这案,县公安局全力侦查了三个多月,竟没能给出一份结案报告,只得向市局求助。吕正自然是第一时间就知晓案情的人,但县局的同志在全力破案,他作为市局的人不便介入,默默关注而已。发生在自己老家的人命案,对于他岂会仅是默默关注?

县局一向市局求助,情况不同了,他主动向领导请命,迫切地表达了自己愿破此案的决心。领导们虽理解他的愿望,却没答应他的要求。既由于案发在吕庄,惯例上他该避嫌,也因为他快退休了,立功的机会不能全属于他,同样盼望有机会立功的他的同事们也都摩拳擦掌,当领导的得一碗水端平。经领导委婉地一点,他不再坚持了,那点儿明智他是有的。

于是,市局派出了四人小组,信心满满、胜券在握地出发了。几天后他们就回来了,不是破案顺利,而是一筹莫展。都是有自知之明的人,那点儿人间清醒他们也是有的。

这次,不待吕正要求,领导反而主动找到他头上了。

领导说:"老吕,情况嘛,就是那么一种情况。现在,你必须亲自出马了。"

吕正说:"我试试吧。"

领导说:"什么话!为了市局的荣誉,你得尽快将案子破了。"

吕正说:"争取。"

领导让他写保证书,他坚拒了。实际上,他已对案情进行了分析,连他也一头雾水,不知究竟该如何破案了。但自己曾主动请命过,事到临头,却又打退堂鼓了,怕令同事们耻笑。自己"吕快捕"的美誉是否会受损事小,市局的职能光荣事大。孰重孰轻他分得清。他希望能从某些细节入手,拨开迷雾。

第二天,他就带一名助手小刘去往吕庄了。

该案没原告。吕琪的妻子吴芸于案发当日住回娘家去了,她是邻省人,娘家在两省相近的一个镇上,那镇离吕庄不远。她与吕琪是在打工时认识的。并无原告存在,这会使办案人员的压力小点。

一到吕庄,吕正就同小刘对吕琪、吕典两家以及那辆被封在吕琪家院门旁的卡车又进行了一番细致的检查,并无任何新的发现。一切该记录的,县局都记录在案了,毫无遗漏。之后又是一番走访,该走访的人,县局的同志也都走访过了,回答亦如出一辙。从县里的大型车车行到吕庄,约三十公里的路途。调看监视器,还是没有什么新发现。快到吕庄那几公里的监视器坏了,也正是在那一段路上,有两样东西似乎与案情有关——一柄黑色大伞和一只装满猪饲料的麻袋。大伞是在路边的沟沿被发现的,麻袋有被吕琪买的卡车的前轮轧过的痕迹——轧个正着,倒车复轧一次。如此两番,麻袋开线,饲料散出一地。虽有照片,吕正同志仍到县局去看了实物。

县局的同志说:"如果那段路上的监控器没坏就好了。"

吕正说:"是啊。"

除了这么说,委实无话可说。

他在小刘的陪同下,亲自去询问了两名死者的妻子。他不仅熟悉两名死者,也熟悉他俩的妻子。论辈分,四人得叫他叔。他每次回村,他们也都是那么叫他的。吕典的妻子与吕典离婚后,也搬离吕庄住回另一个庄的娘家去了。她虽与丈夫离婚了,却从不说丈夫的坏话。相反,认为吕典是个好人。

吕正比较接受她的看法。

"叔,这事儿也太邪性了,你可得尽快还吕典一个清名啊!"

那女人没回答几句就哭了。

"我理解,理解……"

她的话证明,所谓"男女关系"之流言,肯定骚扰到她了。她与吕典离婚的根本原因,并不是所有那些流言传播者都清楚的。

某些传播者即使明明知道,也还是会以传播为快事。

"怎么会那样?怎么会那样?他俩走时明明有说有笑都高高兴兴的啊!叔,你们公安如果不能给出结论,那我不想活了!我们两口子什么时候有过花花事啊?谣言都传到省这边来了,我快没脸见人了!我也没做过亏心事儿啊,老天为什么这么对待我呢?"

吴芸哭得更悲切,几度使询问中断。

"芸啊,如果我能把案破了,自然就还你清白了是不?现在你要尽量平静下来,如实回答叔的问题,你家那把伞怎么会在路上?……"

吴芸的说法是——她丈夫和吕典走后,下雨了。她要到路对面的超市去买酒买肉,打算炒几盘菜,等丈夫和吕典提车回来后,让他俩痛痛快快地喝上一次。他俩平时总爱聚一起喝酒,但已有日子没那样了。于是她撑伞出了门,快到超市门口时,一阵大风将她的伞刮走了。那是把旧伞,而且雨已下大,不值得为了追回把旧伞将自己淋成个落水的人儿似的,也就没追,赶紧跑入了超市。隔着窗,看见那把伞被刮得一会儿升起,一会儿落下,像大蒸笼的隆形盖,乘着风势和一层水流在公路上快速往前滑,如同在冰面上往前滑……

吕正柔声细语鼓励她:"接着讲,后来呢?"

她说后来看到一辆满载麻袋货物的卡车驶过,没多久又看到一辆新卡车驶过——她猜测新卡车也许就是她丈夫提回的车,但由于雨大风狂,又没了伞,买完东西只能继续待在超市里与别人闲聊。半个多小时风才停了,雨才住了,她湿一脚干一脚地回到家,见了那可怖的情形晕过去了……

警车往吕庄开回去时,小刘说:"我认为她的话是可信的,并没隐瞒什么。"

吕正说:"是啊。"

除了那两个字,他又无话可说。

吴芸所做的回答,也与县局案卷内的记录完全一致。换一种说法那就是——他俩数日内的忙碌一无所获。

两天后,吕正和小刘回到了市局。

他的汇报令领导们大失所望。

他等于什么也没汇报,只说了一句话是:"请省厅来人破吧。"说完,阴着脸起身便走。

又过了两天,他打报告提前退休了。态度极坚决,领导只得批了。市局的人都看得出来,他的能力、自信受到了前所未有的重创。

市局的荣誉也受到了前所未有的重创。民间流言传播得更离谱了。

自媒体在网上推波助澜,使案件蒙上了诡异色彩。

市局的领导们犯了难——不向省厅求助吧,连吕正同志都破不了的案子,那就没人再愿接手了,硬性指派也是多此一举啊;向省厅求助吧,多砸市局的牌子呢!

但事到临头,自己砸自己的牌子那也得砸啊,案子不能悬在那儿啊。

于是省厅来了人。

省厅的人竟也没能给出一种结论。

于是部里也来了人——侦破专家级的同志。他们同样没能给出结论,走前代表部里表态允许启用"待破"的说法。

"待破"是"悬案"的另一种说法。公案系统的专用词中已不许出现"悬案"二字了。那二字太消极,"待破"二字则较明确。

提前退休的吕正依然密切关注该案的情况,省厅和部里的同志抱憾而去,使吕正找回了点儿自信,然而他内心郁闷却渐积块垒,变成了一个沉默寡言、懒得迈出家门的人。

小刘偶尔来看望他。二人之间面面相对竟没太多话可聊。聊什么是好呢?都回避关于那案子的话题,可有所回避,那么一种聊也就近乎是尬聊。

小刘便来得少了。

一日,吕正从某省电视台的法制频道看到了如下一档内容:

法官审问撞了人还驾车逃逸的司机:"你没因为自己的做法感到良心不安吗?"

司机却说:"我比有些人的良心还好点儿呢!"

法官一怔,问被审者何意。

被审者幽幽地亦有几分强词夺理地说:"我起码没倒车吧?所以,相比而言,我还是有人性底线的,那么对我应该从轻判处对不对?"

"倒车?"

法官又是一怔。

被审者的解释是——在某些无良司机之间,似乎形成了一种冷酷的共识主张,一旦撞了人,莫如倒车,干脆来个一了百了。免得没将人轧死,致残致瘫,日后被无休无止地纠缠,永无安宁日子了……

吕正目不转睛地看着电视机,听得周身寒彻,如被制冷器冻住了,却也如同卤水点豆腐,先前一头迷雾的案情,逐渐在他脑海中形成了符合逻辑的因果链条,有情节、有细节,过电影似的呈现着。

那时天已黑了,两口子刚吃过晚饭,他老伴正在厨房洗碗筷,而他猛地一站,将电视关了。

"关电视干吗呀,一会儿我还看呢!"

厨房传出了老伴嗔怪的话声。

他却说:"不许再开,别影响我,我要工作。"

"都是退休的人了,而且是在家里,还工的什么作?说得跟真的似的!"

老伴儿的话中有明显的不满了。

"你也不许打扰我,别进书房!"

他家有间小小书房,电脑也在书房,是他已习惯于宅在家里的精神"根据地"。

那天晚上,他一进去就没再出来。

翌晨,老伴儿轻轻推开书房门,见他一脚着地,一脚在床,酣睡如大醉。虽开了道窗缝,满屋的烟味儿还是使她倒退了一步。

小刘接到他的传唤,骑着警务摩托赶到了他家。

吕正开口便说:"我终于将那案子破了!"

小刘则一下子拦腰抱起他,将他抡了个圈儿。

在书房里,他特享受地吸着烟,语调缓慢地向小刘陈述他的分析结果,逻辑缜密,有条不紊,不由得人不信。

按他的分析,吕琪和吕典两个关系亲密的发小之间,肯定发生了如下事件:不错,二人是高高兴兴地离开吕琪家的,也是高高兴兴地离开车行的。路上,作为堂兄的吕典,肯定喋喋不休地向堂弟叮嘱着某些面临突发事故的经验(他说他了解吕典,吕典是个话痨,而且好为人师,在吕琪面前尤其那样)——半路刮起了大风，下起了大雨，车轮轧上了前边一辆卡车掉下的麻袋，而几乎与此同时，一把伞被大风刮起，偏巧挡住了车前窗。由于那把伞，也由于雨大，刮雨器不停地刮，能见度也还是很低，这就使吕琪、吕典都以为撞人了。吕典喊了一声："倒车！"……

小刘也看到了吕正看到的那档法制节目，并没问"什么意思？"而只小声问："根据何在？"

吕正继续说："根据我对他俩的了解。相比而言，吕琪是个有几分善念的人。另外的根据就是，方向盘上留下了两个人杂乱重叠的指纹，证明他俩争夺过方向盘。而吕琪手背上的指甲划伤，又可以证明他是护着方向盘的。为什么护着？因为不愿听从吕典的话嘛。但结果却是，车轮毕竟向后倒了，麻袋上的压痕证明了此点……"

"接着讲。"

小刘暂时被说服了。

"之后伞从前车窗那儿被刮下去了。吕典下车了，将伞踢了两脚，踢到沟边去了。伞上和沟边都留下了他的鞋印对吧？"

"对。"

"那伞柄上系着一个红布坠儿，是鸡形的，对吧？"

"对。"

"吕琪对那红布坠儿肯定是很熟悉的，只不过他当时受到的刺激太大，完全蒙了，一时没反应过来。等他回到家里，惊心甫定，于是就发现他家的伞不见了。他家的伞一向挂在里屋门旁，那面墙已落一层灰了，伞不在那儿了，那地方白得特显眼。这时，被吕典踢到路边那把伞浮现在他眼前了，伞柄上系的红布坠儿，使他断定被自己所驾的卡车轧死的，必是他的妻子无疑，而事情本不该这样。他悲怒交集，立刻起身去找吕典算账。再说那吕典，回到家里，后怕至极。做下那么伤天害理的事了，但凡是个多少有点儿天良的人，能不后怕吗？他正借酒压惊，吕琪怒发冲冠地闯入门来。吕典觉得自己的做法百分之百是为朋友好，而吕琪又哪里会容他辩解呢？可以肯定，首先大打出手的是吕琪。吕典也不会一味儿只挨打呀，于是二人厮打一团了，结果吕典后脑磕在了锅台角上，颅裂而亡。妻子死了，朋友也死了，吕琪不想活了，结果他妻子回到家里，看到了可怕的那一幕……我的分析有破绽吗？有你提出来。"

小刘完全被前辈的分析带入了，沉默几秒，摇头。

"那，咱们现在就去县局，向他们宣布，咱俩将案破了？"

"明明是你一个人破的，怎么可以说是咱俩呢？！"

"别来这套！刚才你不是就在跟我一起分析来着吗？走吧走吧，再说多余的我可生气了！"

小刘只得带上前辈，驾摩托向县局驶去。半路他将摩托靠路边停住，吕正奇怪地问："又怎么了？"

小刘头也不回地说："我承认，你分析得丝丝入扣，基本上，可能就是那么回事。但，你也得承认，分析再符合逻辑，那也不过是主观分析，不能成为定论的。没有录音为证，没有录像为证，没有一句口供，你真认为咱们去县局是有实际意义的？"

良久，他才听到前辈在他身后说："那，那……那送我回家。"

不久，吕正同志患了抑郁症。

而那桩案件，至今仍是待破案，民间说法是悬案……

2023 年 5 月 21 日于北京

网事

当今之时代,
民间什么能人没有啊!

苗先生逐渐有点儿"大V"的意思了。并且，声名日隆，接近老网红。年龄不饶人，不论是男是女是谁，六十五六岁了，即使成心表现得像一个年轻人似的，往往还是徒劳。但这是指一般人。毕竟，苗先生已经不一般了，被某网络公司收编为主播后，经专业之形象设计师一设计、一捯饬，看去确乎年轻了几岁。然而看去再年轻，那也仍是一位看去年轻的老者，染发、植眉、祛皱纹和老人斑，实际上都不能使他真的年轻起来，所以首先仍是老者。

人类社会经历了几次飞跃的时代——报业时代、广播业时代、电视业时代、网络时代。这几次飞跃，使人类社会在意见表达方面的速度快上加快，自由空间越来越大。网络催生了自媒体，所以本时代亦被形容为"自媒体时代"，好比平地呼啦出现了百万千万电视台，人皆可成主播。倘所播内容极其吸睛，短时期便名利双收的例子不胜枚举。

苗先生原本是某省一所什么学院的教师，教文秘写作专业。曾几何时，那一专业是香饽饽。教育事业大发展的几年里，该学院换了牌子升格为大学，但他所教的专业却不香了、过气了，于是他开创了该大学的传媒课，成了传媒专业的元老，传道授业直至退休。

那一时期，他的知名度仅限于校内，在校外基本是个默默无闻的人。即使在校内，他除了教学活动，并不喜欢弄出什么个人响动，连同事之间的聚餐也很少参加。网聊啦，刷抖音啦，应酬朋友圈啦，这类时兴的事与他几乎不沾边。除了回家睡觉，他的时间基本上是在办公室度过的。他虽是专业元老，却无单独的办公室，与三四位中青年同事共用一间办公室。他给他们的印象可用"安静"二字概括。是的，苗先生确乎曾是一个喜静之人。

普遍的平头百姓，只要家境无忧无虑，经济上还不错，大抵挺享受退休生活，并都挺善于将退休生活过出各自不同的幸福滋味。但某些人不是那样，不，他们不可被一概地说是人——他们应被视为人士，人一旦成了人士，许多方面便和平头百姓不能同日而语了。退休后一个时期内不适应，甚至找不到北，便是不同点之一。

苗先生乃教授，一般大学之教授那也是教授。教授者，人士也。所以，苗先生对于退休后的生活一度极不适应。他老伴已故，儿子早与他分过了。儿子没能像他一样成为"人士"，换了多次工作，那时在开网约车。儿子分明觉得自己没成为"人士"是特别对不起他的事，便送自己的儿子到国外留学去了。而儿媳妇居然很"佛系"，早早就躺平不上班了，甘愿做家庭主妇。做网约车司机的家庭主妇，占不了她多少时间的。但她也并非终日挺闲，参加广场舞组织的活动和打麻将分散了她大部分富余的时间和精力。"广场舞组织"绝非用词不当，大妈们也是在"组织"的女性，她们那"组织"也是有领导者的，还不仅一位，她是副的之一。正的不在，可代之发号施令。因姓艾，被一大帮"麾下"戏称为"艾副统帅"。这女人很享受她在她们中的地位和权力,胜任愉快。除了经常抱怨退休金太低(在该省会城市中比起来,不算太低,居中等),她对现实再没多大不满情绪。丈夫心甘情愿地将家庭的财经大权拱手相让,使她抨击社会分配不公的过激言论日渐减少。

退休后的苗先生起初巴望校方主动返聘自己,等来等去等不到好音讯。有知情者向他透露底细,劝他别再"傻老婆等汉子"似的等下去了,校方根本没那打算,他这才终于死了心。后来他又巴望省内别的哪所大学特聘自己,结果也是一厢情愿地傻等。而孙子在国外,开销渐增。结果儿子去他那里的时候就勤了,孝心看望的色彩淡了,另外之目的性明确了。

"爸,我儿子可是你孙子,当初你孙子出国留学可是你的主张。他自己说与中国留学生相比,他花钱够掂量的,但我一个开网约车的也供不起你孙子了,只能找你了。不找你我又能找谁呢,这事儿你寻思着办吧!……"

"这事儿"的核心就一个钱字。

于是他只得去银行往儿子卡上划钱。

儿子说的是硬道理。

"爸你单身一个,存钱干什么?到头来,还不是全得留给我们两口子?连我们的也算上,将来还不都是你孙子的?想开点,莫如在孙子需要的时候雪中送炭,解孙子的燃眉之急,使他能常念你的好!爸你这么做是不是更明智啊?……"

儿媳妇曾当面这么开导他,那话不无教诲的意味,显然也是硬道理。硬道理在谁那边,谁就成了理直气壮的一方。

苗先生觉得,有两次,儿子也许是在打着孙子的旗号向他要钱。那么觉得也不能将内心的疑问真问出来啊！他不仅只有一个孙子，也只有一个儿子呀。得罪了儿子，不是就等于得罪了孙子吗？若将儿子和孙子一并得罪了，自己的晚年活得还有意思吗？不是连必要也没有了吗？

故所以然，面对被儿孙啃老的情况，他总是要求自己表现得十分泰然，每每还装出被啃得很爽的样子。儿子反对他直接给孙子划钱，多次说那么做"不妥"。为什么"不妥"，他从没问过。不太敢，也认为多此一举。究竟哪一口是儿子啃的，哪一口是孙子啃的，后来他也不愿推测了。

苗先生的退休金八千多，在省城绝对是不低的，然而比退休前少了岗位工资一块，那一块四千多呢，少得每使苗先生的晚年添了种忧患滋味。存款嘛，他自然是有些的，但那是他的保命钱，专款专用，这也是硬道理嘛！儿子总想从他口中探出实数，而他总是说得含含糊糊。世间诸事，唯钱可靠。耳濡目染的，这一人世间的通则，退休后的苗先生逐渐领悟了。

他总想谋份职业，将退休金中少了的四千多元挣回来。因不知怎么才能挣到手，于是陷入郁闷，进而苦闷，进而找不到北。又于是，加入了网民大军，在网上消磨时间排遣忡忡心事。

网络真乃神奇"奶嘴"，没了正事可做的人，一旦对上网入迷，似乎成为资深网民便是堂堂正事了。

苗先生毕竟是退休教授，他在几家网站的跟帖写得颇有水平，引起一家网站的关注，主动联系上了他，请他参加了该网站的迎新茶语会，还获得了"杰出跟帖者"的称号及一万元奖金。只不过跟跟帖居然还能"杰出"起来！奖金还是税后的现金！不但使苗先生受宠若惊，而且一下子找得着北了。当晚他在该网站发了篇获奖感言性的千字文，引用了"莫道桑榆晚，为霞尚满天"两句诗，真诚又热忱地表达了自媒体时代带给自己的光荣与梦想，于是结束了以前大半辈子"述而不著"的"用嘴"生涯。不久，他被该网站聘为正式播讲人，有份多于四千元的工资，粉丝多了另有奖金。粉丝倍增，奖金亦倍增。播讲内容由自己定，可用提示板，文章也由自己写——自己写是他作为条件提出的，正中付工资的人的下怀。

一向谨慎惯了的苗先生，专对某些安全度百分之百的话题发表观点。那时又到了夏季，穿凉鞋的年轻女性多了——对于是上班族的她们不但穿露趾凉鞋还染趾甲是否构成对男同事的性诱惑，不知怎么一来成了热点话题（其实不足为奇，是网站成心提出并自带节奏炒热的）；苗先生就那一话题首次在网上露面，驳斥了所谓性诱惑的歪理邪说，对年轻女士们美己悦己的正当权利予以力挺，坚决捍卫，并以诗性语言赞曰："夏日来临／十点娇红／美我足兮／养尔心瞳。"他的播讲还有知识性——汉民族女性在漫长的历史时期内受封建礼教和缠足陋习的双重压迫，何曾有过美其天足的自由？又大约从哪一年始，染趾才渐摩登。由摩登而寻常，又是多么符合时代尚美心理的释放规律！如果是位女学者、女名人如此这般，大约也不至于多么吸引眼球，而苗教授可是位年过花甲的老男人哎！于是粉丝由几万而破十万也，女生居多。留言区的跟帖千言万语汇成一句话，那就是——老先生显然食色能力依然棒棒的，可喜可贺！他对那类"坏小子"们的恶搞文字甚不受用，但一想到粉丝破十万后翻倍的奖金，也就坦然面对了——有所得必有所失嘛！

半年后的某月某日，苗先生受邀观看省内某县地方小剧种进省城的汇报演出，那一个县希望能使那一小剧种成为省内的非遗剧种，请了省城内方方面面的领导，半数是从该县"进步"到省城的。有的早已熟悉，有的未曾谋面。苗先生是少数几位文艺界人士之一，多数人他不认识，沉静地坐在贵宾室一隅，偶尔起身与经人重点介绍的什么领导握手。是的，那时的他在省城已是大大的名人了，出过书了，剪过彩了，常作讲座了，有几项头衔了，如"大众社会心理学者""女性文化心理研究会会长""网络美文作家""自媒体发展研究所名誉所长"什么什么的。总之，收入更丰，性格更温和，修养更高了。贵宾室并非多么消停的地方，一会儿有人进，一会儿有人出，一会儿全站起来等着与某领导握手并合影，一会儿全坐下填什么表。

在片刻消停之时，一个三十五六岁、着一身西装的胖子进入，径直走到苗先生跟前，蹲下跟他小声说了几句话。苗先生愣了愣随即微笑点头。对方便从公文包中取出本苗先生著的书和笔，苗先生认认真真地在上签名。贵宾室沙发不够坐了，这儿那儿摆了多把椅子。对方接过书收入公文包，俯身对苗先生耳语，苗先生摇头，对方却自作主张，站苗先生身后，为苗先生按起肩颈来。

苗先生只得向大家解释："我肩颈病重，他会按摩。"

最后进来的是一位职务最高的领导，于是全体起身合影。

那胖子说："我就不加入了吧。"

职务最高的领导说："别呀，合影一个不能少。"

胖子又说："那我站边儿上。"

于是他自觉地站到一侧。合影后，坐在苗先生旁边的椅子上了。

苗先生要去卫生间。

胖子说:"我替老师拿包。"

苗先生略一犹豫,将自己的布袋交给了他。

忽又进来了县里的两个青年,向大家分发礼品袋,胖子替苗先生领了并说:"不给我也行。"

二青年皆愣,一个看了看手中单子,试探又拘谨地问:"您是……"

有位贵宾便说:"是苗先生的助理。"

胖子将一只手探入西服内兜,笑着又说:"要看请柬是吧?我有。"另一个青年赶紧说:"不用不用。"他对自己的同事接着说:"你继续发,我去去就来。"说罢转身往外走,显然是去请示领导。

胖子看着他后背说:"如果不够,我不要没什么的。"

贵宾都笑了,胖子也呵呵笑出了声。

片刻,那青年拎着几袋礼品回到了贵宾室,将其中一袋给苗先生的"助理",并说了几句没搞清状况,无意冒犯,请多原谅之类的话。

那次苗先生得到的是一件真丝睡衣和内装五千元现金的红包。对于他,这已是寻常事。没嫌少,却也没多愉快。倘仅有睡衣,他还真会觉得出场出得不太值。睡衣是名牌,标签上印着的价格是一千几百元。

大约一周后,麻烦找到苗先生头上了。那个县的纪委派来了一男一女两位同志,登门向苗先生核实某些"细节",还录了音,还要求他在笔录册子上签字,按指印。

苗先生非常光火,声明自己之所得不但是正当的,也是惯例。那是自己最低的出场价,也是友情价。若非被动员,自己还不想去呢!

"可您领了双份对吧?"

男同志请他看一份复印的表格,白纸黑字,其上确有他"助理"的签名。

"荒唐!我哪有什么助理!我根本不认识他,那天第一次见到他!他只不过买了我几本书,在贵宾室要求我签名!"

"可他还给您按摩来着。"

"他偏要那么做,我有什么办法?难道能当众斥退他,给他来个难堪?他也那么大人了,我至于那么对待他吗?该讲点儿的修养我还是得讲吧?再说我也搞不清他身份!"

女同志见苗先生脸红了、脖子粗了,柔声细语地解释——他们冒昧造访并非问罪来的,也完全认可苗先生的所得是合法收入。但他们那个县有人揭发县委、县政府的几个部门,多次以联袂举办活动的名义,向企业派收赞助,乱发现金,有趁机中饱私囊之嫌。纪委收到举报,当然得立案调查啊!

那日后,苗先生关注起那个县纪委的官宣网站来,一有空就刷刷。如果该县各部门的所作所为真成了丑闻,自己的名声不是也会大受负面影响吗?他没法不重视此点。

官宣的结论终于出现了——经查违规现象是有的,但中饱私囊查无实据,已对违规操作的同志进行了处分。

苗先生心里悬着的一块无形无状的石头终于落地,又可以坦坦荡荡地面对摄像机镜头,继续做直播了。

他随后一期直播的乃是关于"格"的内容,从"格物致知"之格谈到商品价格之格,进而谈到品格之格。以往,大抵由网站出题,他来作锦绣文章。自从主动破了"述而不著"的戒律,他

"著"的水平突飞猛进，每每妙笔生花，连自己都对自己刮目相看了。他之所以选择"格"的话题，端的是有感而发——那一时期省城出了一个新而异类的群，被坊间形容为"蹭会族"，即不论哪里有活动，若能混入会场绝不错失良机。冒领礼品是主要目的，倘无利可图，与方方面面的领导、名流合影或加微信也是一大收获。那么一来，后者们便成了彼们的"社会资源"，以备有朝一日能派用场。很多地方会议和活动现象密集，省城亦不例外。据传，"蹭会族"中资深者所获礼品，甚至价值万元。

苗先生旁敲侧击，绵里藏针地讽刺了"蹭会族"。依他想来，那冒充他"助理"的死胖子，必是该族一员无疑。一忆起对方周身浮肿般的样子，他嫌恶极了。那样一个油腻又硬往上贴的家伙居然冒充自己的"助理"，使苗先生觉得是奇耻大辱。

播完他出了一口闷气。

岂料一波方平，又起一波——苗先生似乎运里犯小人了！

那死胖子竟将睡衣以极低的价格在网上卖了。而买下的人明明占了大便宜，偏偏鸡蛋里挑骨头，在网上给睡衣的品质打了差评。

这就激起了赞助商的愤慨，将那胖子以诈骗罪告上了法庭。得，苗先生必须作为证人写证言了。他也领了一件睡衣，写证言成了他起码应做的事。就是再不愿卷入诉讼，那也非写不可啊。

徒唤奈何的苗先生对那胖子恨得七窍生烟。

法院传到那胖子未费周折。

胖子没请律师，坦然镇定地自我辩护。

首先他振振有词地驳斥了强加在自己头上的诈骗罪名——自己是凭请柬入场的，诈谁了？骗谁了？他承认请柬是买的，既非法律禁卖品，亦非文物或保护动物，有卖便有买，实属正常。而自己一个平头百姓，为了看一场戏剧，支持该剧种的非遗申请，同时希望丰富和提升自己的文艺爱好水平，买个请柬何罪之有？

起诉方律师严正指出，他那请柬上印的是"嘉宾"二字，而只有贵宾才能进入贵宾室。嘉宾与贵宾，一字之差，当日待遇是不同的。

胖子呵呵冷笑，对那一字之差冷嘲热讽——"不论在人们入场前还是入场后，你们并没广而告之。既没进行任何方式的告之，我一平头百姓，怎知在你们那儿'嘉'与'贵'不但不同，还要区别对待呢？不过就是看一场戏剧，非搞出如此这般的等级，企图复辟封建主义吗？"

——"但你冒充苗先生的'助理'是事实！"

——"从我嘴里说出过一句我是他助理的话吗？如果说出过，谁做证？冒充他'助理'？我干吗那么犯贱啊！"

——"那你当时为他按摩肩颈？"

——"他自己在网上多次说过自己肩颈病重，当时又晃头扭肩的，我身为晚辈，会些按摩手法，及时为他放松放松，有什么值得质问的？我倒要反问你们一句：你们觉得自己心理正常不正常呢？"

——"可另一个事实是，你得到了自己不该得到的五千元和高级礼品！"

——"也不是我厚着脸皮要的啊！我两次当众说我不要，他们非给嘛！却之不恭是我当时的正确想法，我有权不按照你们那一套思维逻辑行事，有权做一个识趣的人……"

在全部庭辩过程中，胖子始终占据优势，简直可以说出尽风头，大秀辩才。倒是起诉方的两名律师节节败退，只有招架之功，几无反诘之词。

胖子还当庭宣布，将以诽谤罪起诉对方，要求赔偿名誉损失几十万，云云。

法官只得声明，那属另案，一案一审，本庭只审当下此案。

休庭后，年轻的女法官离去时嘟囔了句什么。

又岂料，不知何方人士神通广大，居然将庭辩过程传到了网上。按说这是不该发生的事，却的确发生了。一时间如外星人档案泄密，看客云集。半日之内，破几十万矣。有猜是内鬼所为的，有的说不可能，绝对是旁听席上的人以隐形设备偷偷录下来的。当今之时代，民间什么能人没有啊！

不论真相如何，吃瓜群众笑开怀，留言区表情包排山倒海，证明几十万网民皆亢奋，乐哈哈。至于留言，无一不是盛赞那胖子的。或有极少数相反意见，被淹没矣。"平头百姓"四字，使胖子仿佛成了英雄一般的"百姓"人物，而法庭仿佛成了他维护"百姓"尊严的决斗场。最重要的是，他大获全胜了！于是两名律师和苗先生，便成了联合起来站在"百姓"对立面的可憎之人。他们"欲加之罪，何患无辞"的伎俩彻底失败，使评论区的留言中无数次出现"泪崩"二字。还有的留言具有鲜明的性别色彩，如"亲亲的哥，吻你！""世上溜溜的男子任我求，妹妹我只爱哥一个！"至于留言者究竟是男是女，那就没谁知道了。又仿佛，一成为百姓英雄，那胖子的虚胖有风采了，油腻也是少见之气质了。亢奋啊！欢呼啊！力挺啊！打倒一切胆敢站在"百姓"对立面的人啊！打倒打倒！坚决打倒！

那日似乎成了"百姓"们庆祝胜利的狂欢节。

而苗先生不幸成了众矢之的。

"这老家伙,真不是东西!年轻人尊敬他才特有温度地对待他,他反而倒打一耙,道貌岸然,厚颜无耻!"

"弟兄们,操板砖,拍死他!"

"以后在网上见他一次拍他一次,绝不给他在网上露头的机会。"

苗先生看到那样一行行留言后哀叹:"我完了。"

第二天网站与他终止了合同,理由是鉴于"不可抗力"。

苗先生的儿子窝火到了想杀人的程度——他也在网上留言,威胁那"死胖子"小心哪天被车撞死!

同情吧,同情吧,理解吧,理解吧——他的儿子——苗先生的独苗孙子在国外仍嗷嗷待哺般地期待着多些再多些转钱过去啊!自己老爸正顺风顺水地发展着的晚年新营生就这么给彻底毁了,这事儿摊谁身上谁能不怒火中烧、血脉偾张呢?没有了自己老爸的第二份收入,自己和自己儿子往后的日子可怎么过?

人一失去理智往往祸不单行。

又几天后,他开车将一个遛狗的人撞死了。

死者是那胖子。

他力辩自己不是成心的,但是在网上的留言间接证明他有肇事动机。

苗先生闻讯昏了过去。

在医院,苗先生与辩护律师见了一面。

律师说:"关键是,要以不容置疑的证据,证明您儿子绝无故意心。"

苗先生气息幽幽地问:"具体怎么证明呢?"

律师说:"难,实在太难了。坦率讲,我现在还束手无策,爱莫能助。"

苗先生两眼朝上一翻,又昏过去了……

2023年6月2日于北京

醉源

当真身显露，它和错认它的那些人，
将各自迎接怎样的命运？

"新冠"忽遁迹，万民送瘟神——"解控"伊始，人们反而更不敢轻易出门了；但那只不过是心有余悸、审时度势的观望。随着不戴口罩，大胆"放飞"自己的"垂范"者越来越多，"自由行动"遂成常态。一到双休日，各地景点居然人满为患。清明前两日，高速公路上的车辆皆川流不息矣。中国人对于扫墓这事是很重视的。许多人已两三年没回过老家了，归心似箭，网上将人拥车堵之现象概括为"报复性放飞"。

李思雨的沃尔沃XC60被堵在离高速路出口五六百米的地方了。她是省立中医学院的副教授，老师和学生对她的名都曾有过几分不解——思什么不好何必非思雨呢？她在微信群中发了篇小文予以解释——自己出生在东北农村，斯年大旱，土地龟裂，庄稼的秧苗满目干死，父亲便给她取了那么一个后来令人费解的名。结果是，学生们不再称她"李老师"了，反而都改口称她"思雨"老师了，仿佛那么称呼她，体现着一种大悲悯似的。而老师们，则从此对她敬意有加。以往，大家并不晓得她是从农村考出来的，更不晓得她自幼家境贫寒。虽然，该校只不过是省属重点，既非"211"，更非"985"，但录取分数在全省挺靠前的，她能考入该校实属不易。老师们之间一般是不问出身的，对单身女士尤成忌讳。她给同事们的印象沉静而贤淑，大家原以为她是知识分子或干部女儿,不料她自报贫寒身世,而这是很需要勇气的,对于高校的女性尤其如此。她老父亲仍常住农村,此次返乡是为祭母。

堵车的情况主要由于两种原因:一是那儿有高速路入口,辅路上的车辆一辆紧接一辆地涌入;二是由于收费站那边车辆也甚稠密,收费站成了临时控制站,隔十几分钟才放行一次。还有种口口相传的说法是收费站那边发生了严重的碰撞,但这一原因未获证实。

好在李思雨的返乡之路是省内距离,否则她断不会自驾出行。买了那辆沃尔沃后她其实没怎么开过,很想开一次长途过过瘾。虽然被堵在高速路上了,却不是太烦。换一种说法更恰当——其烦在她的修养可控范围内。但有些人难以做到像她那样——一位坐在由儿子所开的车内的老父亲心脏病发作,所幸同时被堵在高速路上的有她这么一位医学院的副教授,而且后备厢带了急救医药包。在高速路上救人一命,竟使她欣慰于堵得也值。

那日,原本四个多小时的路程,她七个多小时后才到家。车停在老家院门外时,天已完全黑了下来。

第二天一吃过早饭,她就开车去往县城看望自己的老师郑崇文。她是县一中毕业的,一中是初高中连读的老重点中学,郑老师是语文老师,同时是她从初中到高中的班主任。她是一中学生时,郑老师对她格外培养,在学习方法上诲之不倦,给予了种种有益的指导,从各方面讲都是她的恩师。郑老师退休久矣,年近七十了。师生二人互加了微信,网上交流较频繁。李思雨每次回老家,都会在第二天就去看望郑老师。她晓得郑老师早就希望拥有一套《辞源》,而中华书局出版的《辞源》最具权威性,但县里的书店没进,郑老师不愿从网上买。一套《辞源》挺贵的,若买了盗版的岂不闹心?李思雨动身前,委托朋友替老师从北京买到了。那是一套礼品级的《辞源》,三卷精装本,外有红色包装盒,其上"辞源"二字是篆体金字,拎着不轻,有六七斤,看去煌煌然高端大气,如贵重的娶嫁彩礼般吸引眼球。李思雨将那套《辞源》当成送给恩师的生日礼物(过几天就是恩师的生日了),她要带给恩师一次不小的惊喜。

师生二人的相见自然十分快乐。郑崇文的儿子也挺出息,与儿媳都在市里工作,家也早已安在了市里。他们却将儿子的学籍转到了县一中,因为县一中的高考升学率在全省名列前茅。并且,郑崇文的老伴前几年去世了,孙子陪伴爷爷生活在一起,不是会使爷爷少些寂寞吗?郑崇文的孙子郑晓春恰巧在家,他听李思雨说《辞源》不轻,便吩咐晓春替李思雨拎进家来(李思雨左手水果篮,右手抱束花,没法同时拎上《辞源》)——那晓春与思雨姑姑下了三楼,来到车前,李思雨说:"别拎着,要抱着,挺沉,怕拎带断了,损坏了外壳。"

晓春说:"好,听姑的。"

待李思雨打开后备厢,二人都傻眼了,哪里有什么《辞源》,不翼而飞了!

晓春说:"姑是不是忘带来了?"

李思雨说:"不可能,我昨晚根本没开过后备厢!"

她愣愣地想了会儿也就想明白了,肯定是那么回事——自己从后备厢取出医药包救人时,没顾上按下盖子,而有那司机被红红的外壳所吸引,断定内装的是值钱之物,趁人们都围过去看自己救人(其实也有人觉得或许会帮上什么忙),左右没人注意,光天化日之下顺手牵羊偷走了。

连李思雨那么有修养的人,都忍不住当着是初中生的郑晓春骂了句:"世上的王八蛋还真不少!"

郑崇文听她恼火地解释后,劝她不必太生气,只当自己心领了,不那么劝又能怎么劝呢?但师生二人乍见时的快乐气氛,不可能不大受影响。以至于李思雨开车回村时,仍忍不住一边时时用双手拍方向盘,一边又破口大骂:"他妈的,他妈的王八蛋,不得好死!迟早会被车轧死!"

那高速公路上的盗贼名叫李亢龙,与李思雨老家同在李村。对于已经不再是农民的农家儿女,"老家"的意思即父母所在的一方水土。纵然父母已作古了,老家那也还是老家。农村出来的人,一般都有二三家亲戚仍在老家,若关系处得挺亲,老家便仍有几分"根"的意味,普遍之人隔几年也便总想回老家重温一次人生的旧梦。

李亢龙这个"九〇后"够命苦的,幼失双亲,由舅舅和舅母抚养大。那年舅舅和舅母已有了一个女儿,大他五岁,本想再要一胎,因日子过得紧没敢要,将他当成亲儿子来养。李亢龙天生不是块善于学习的材料,连高中都没读完,辍学后跟些半大孩子在村里混了两年,刚满十八岁就出外打工去了。文化程度不高,又没什么技长,所干只能是工资偏低的力气活。但他有一点是确应肯定的,便是尚存感恩之心。虽然自己收入有限,逢年过节,都会给舅舅和舅母寄些钱,多少是那么个意思,而他舅舅、舅母也常念他的好。他也挺有自知之明,既然缺乏往远处闯的资本,便基本不离省,在省城打工的岁月最多。因为颇讲义气,便也有了三朋四友,开的那辆旧宝马是向朋友借的。以往他回李村,一般不空手。烟酒茶是必带的,并且也会给外甥女带些东西,衣服、鞋、文具、图书什么的,因而他和表姐的关系也算良好。舅舅一家是他仅有的亲人,他怕和他们的关系搞掰生了,那他在世上就无亲人,李村对于他只不过是埋着自己父母的地方了。这次他走得仓促,什么都没带。本想在路上买,却因自己开的车一离开省城就汇入车流中了,路上没买成。

他那辆老旧宝马在李思雨那辆新车后边,前车后备厢的盖子掀开着,《辞源》红得夺目,想装没看到都不可能。

他以为那是一盒特高级的茶。

能给舅舅、舅妈带回一盒好茶也挺有面子啊,他们从没喝过好茶!

这念头一产生,他鬼使神差地下了车。

他往上一拎,重量使他立刻明白绝不是茶——要么是酒,要么是玉的或铜的工艺品。如果是后一类东西,肯定值不少钱。不值钱的东西,也不至于配那么不寻常的外壳啊!

已将别人的东西从别人车的后备厢拎起来了,这一拎可就放不下了。

他想得怪周到的——如果直接放到自己车上,而那女车主压上后备厢时发现不见了,声张起来,万一还有人看到他的行径了,当众指证,自己岂不是被抓了个现行吗?

那会儿,少数仍待在车里的人,几乎全在看手机——该着他得手。

于是他拎着《辞源》往前走。前方路边上,顺着一溜儿塑料的隔离墩;他将《辞源》放在隔离墩后了。这么一来,不论被找到了或没被找到,"偷"字就根本与他无关了。

李思雨成功地使那位老人脱离了生命危险后，回到自己的车那儿，没细看后备厢少没少东西，压下盖子，如释重负地坐到自己的车里去了。

也正是在那一时刻，收费站又放行了。李亢龙的车缓缓往前开了十几米，暂停了一下，他下车将《辞源》快速地拎上了自己的车，那仅是数秒内的事。

等他的车也过了收费站，李思雨的车已没影了。

"绝不是玉器，肯定是酒！"

《辞源》放在李亢龙他舅家的餐桌上时，他外甥女做出了特权威的结论。那初二女生指着"辞源"两个金字进一步说明："看，明明写着醉源嘛，除了酒，还有别的东西能使人醉吗？"她戴着近视眼镜，而"辞源"二字是篆体，并且不大，笔画多的"辞"字就极像"醉"了。

当舅的自然会问李亢龙，自己带回来的东西何以不知道是什么呢？

李亢龙搪塞地说朋友送时没告诉他是什么，只说是"好东西"，算是向他亲人表达的一份心意。

舅妈欣慰地说："你朋友真好。好朋友要好好处，如今交上位好朋友是种幸运了。"

表姐夫说："醉源的意思，我理解那就是美酒的源头呗。敢这么起名的酒，绝不是咱们老百姓喝得起的酒！两年多全家没聚齐过了，拆开拆开，一会儿吃饭时，咱们也当上流人士一把！"

"滚一边去！"表姐立刻双手按住《辞源》严肃地说，"留着，得派大用处！"

表姐的想法是——女儿马上就初三了，要考上大学，必须先考上重点高中。新规颁布后,百分之四十五的初中生上不成高中了,被分流的注定多数是农家儿女。所以,女儿如果能考入县一中,以后考大学的把握就大了。但那得既凭分数,也凭关系。她已经求托李百通到时候帮着走走后门了,李百通也答应了。这么高级的酒,应该送给李百通。

表姐夫不以为然地说:"一瓶酒就能把那么要紧的事给敲定了?说得轻巧,吃根灯草!除非送茅台,还得成箱的才起作用!"

表姐生气地说:"闭上乌鸦嘴,再胡咧咧我扇你!钱的事用不着你操心,我早有准备了。"

舅舅支持表姐的主张,说到时候自己也会有所贡献。农民的生活一天天变好了,尽力使下一代人受到大学教育,乃是家长们的正事。为了实现愿望,该四处打点的钱就该舍得花,抠抠搜搜的办不成大事。

舅舅说那番道理时,舅妈频频点头,表示非常认同。

而那初二的少女则恒心大志地说:"你们大人只管放心,我一定努力学习,刻苦再刻苦!"

听着亲人们你一言他一语地说话,李亢龙默默吸烟,始终没插嘴。自己一念既起,以可耻的行径窃为己有的"醉源酒",若能为外甥女升高中起到铺垫作用,他觉得也不枉自己在高速路上"胆大心细"地干那么一次。

他虽是个不太可能再有什么出息的人,却也基本上是个正经人。那种可耻行径,对于他是人生第一遭。

翌日,"醉源"出现在了李百通家。

此人人如其名,交结颇广。自称"社会人",常在别人面前摆出一副"全县谁不给我李某点儿面子"的架势，仿佛方圆百里没有他不认识的人，没有他打不通的关节，没有他摆不平的事。在李村感觉他吹牛的人不少，认为他能力大的人也挺多，十之七八是小青年和妇女，某些小青年还挺崇拜他的。他原是村委会主任，大事小情说一不二时，每有村人告他的状，揭发其在租卖土地过程中的经济问题和平常日子乱搞男女关系的劣习。他因而"让贤"了，有关方面却并没将他怎么样，流传最广的说法是县里、市里都有他的后台，将他罩得挺安全。

李百通早已在县里买下了几处房，他家在村里的老宅也翻建成大别墅了。那日，他和他儿子恰巧在村里商议什么事，李亢龙他表姐看到他出入了，让丈夫赶紧将"酒"送去。李亢龙他表姐夫走后，李百通看着酒说："想什么呢！靠这么一份酒，就能支使我替他们办成事了？太拿我不当盘菜了。"

他儿子从外壳上发现了一行小字，念出声来："中华书局……奇怪，出书的单位也做酒了？"

李百通吩咐："手机上搜搜，中华书局是什么级别的局？"

儿子搜到了，看着手机告诉他——虽是出书的单位，却是1949年以前的老字号，名人创办的，正局级。

李百通寻思着说："看这漂亮的外壳，必定是特批的礼品酒。如今的人，谁还有闲工夫看书啊！书不好卖，特批他们搞份礼品酒四处送送，以酒养书，争取多销销书也在情理之中。书再不好卖，出书的老字号单位那也得保住啊。"

他儿子说："那些咱不管，与咱们不相干。单论这酒，敢叫'醉源'，品质肯定上档次。我要当交警那事儿不是得求我赵叔吗？他特爱喝新牌子的酒，我送给他吧？"

李百通说:"行。你赵叔不是外人,你一会儿就送去吧。他在交管局大小是个头,你的事还真得麻烦他先把后门撬开道缝儿。不必带钱,代我捎句话就行——大德不言谢,人情后补。"

当天,"醉源"就又到了那位"赵叔"家。

"醉源"这一包装别致又高级,全县人都没听说过的酒,由于外壳上印有"中华书局"四个具有毫无异议的文化元素的字,在该县形形色色的编织关系网的人中成了奇货,成了香饽饽。

几日后,"醉源"转到了一位副县长家。那位副县长本人并不怎么爱喝酒,却有收藏罕见之酒的雅好。然而生活往往捉弄人——偏偏的,那几日内市里某系统将一批干部集中到了县里开什么行业的什么会议,其中有几位是副县长初、高中或大学的同学。人在社会关系方面大抵喜欢往上交,正符合着"人往高处走"那句老话,官场之人尤其如此——县里爱交市里的,市里爱交省里的,旧交希望长久,新交但愿巩固;这种自下而上的结交有哈着[①]的意味。

于是,周末晚上,几位市里的干部同志聚在了副县长家。纪委查得紧,这是他们心知肚明的,在家里聚好解释一些。

又于是,并不爱喝酒的副县长,捧出了昨天刚收下的"醉源"。看,我可是什么少见的酒都有!——他那种显摆的心理特强。

盒子一打开,"醉源",不,《辞源》呈现出了本尊的真貌。煌煌三大本,每本都有砖那么厚。主人客人全愣住了,旋即客人皆大笑。在那一阵笑声中,副县长尴尬极了。好在他家还有茅台,否则岂不是得现买去了?

---

① 北京土话,恭维、溜须的意思。

酒过三巡,一位客人问:"谁送给你的?"

副县长说是一位镇长送的。

客人沉吟着说:"那位镇长不寻常,提醒你得多研究研究他。"

副县长反问:"此话怎讲?"

客人说:"响鼓何必重锤?自己思量。"

副县长一时发怔。

另一位客人点拨道:"如果有人敢送我《新华词典》,我肯定当面骂他。词典也罢,《辞源》也罢,有什么区别?送得意味深长嘛!"

副县长顿悟,又尴尬起来,赤颜骂道:"他妈的反教了!"

"喝酒喝酒,别扫了咱们兴!"

另几位客人打圆场。

好饮者们所言之"聚聚",大抵便是"喝一通"。一切菜肴,只不过都是佐酒菜。客人们喝得都很尽兴,唯主人强作欢颜,心头添堵。待客人散去,独自僵坐生闷气。第二天一觉醒来,那股闷气非但没消,反而在胸中越加发酵。

偏巧,那个周一上午,由他主持召开廉政会议,参加者皆各乡镇干部。他坐在车里还生着气,联想多多——觉得自从新提了一位年轻的、仕途分明宽广的副县长,那使他添堵的镇长喜新厌旧,巴结新领导唯恐不及,疏远他这位老上级毫无忌惮。也许实际上并非如此,但他将桩桩件件的事那么一联想,联想遂变成了铁打的事实。车已经离开他家几分钟了,他居然命司机返回去,拎上了《辞源》。

于是,大红外壳的《辞源》,夺目地出现在讲台桌上。此前,它每次都是被捧着,经一双双手由社会坐标的低处向较高处奉献，也都是单人对单人的过程，像一切见不得人的行为，起码谈不上光明正大。而此刻，它"现身"于众目睽睽之下了。它的后边坐一位副县长，副县长的后边，是令人肃然的会标。台下的人，皆以近乎仰视的目光望着它。简直可以说，那是它的高光时刻。

"同志们，这是什么呢？这是一套《辞源》。可是呢，你们之中某人，却将它当成名贵酒，天黑后送到了我家里，趁我不在家的时候。我曾多次在大会小会上强调，凡带礼品的人，不管你是谁，也不管礼品是什么，请勿进入我的办公室，更不许按我家门铃！对于我，他们是不受欢迎的人！但你们中，仍有那种厚脸皮的人，偏要试探我的自律红线，干侮辱我的事！同志们，受贿从收礼开始，一步错，步步歪，腐败的胆子是由小变大的，这一道理我多次告诫过诸位嘛！……"

副县长的话铿锵庄严，掷地有声，紧扣会议主题。

台下鸦雀无声，如无人。

"一个'辞'字，因为是篆体，就不认识了？就看成'醉'了？不是眼神儿问题，是文化水平怎样的现象！丢人嘛！当然啰，将它送给我的人，也许别有用心，意在讽刺我的文化水平低，需要经常翻翻《辞源》，再多储备些字词。喀喀，谈到文化嘛，不谦虚地说，在这个空间里我水平最高。所以我也要奉劝某人一句——少跟我玩这种勾当！我的枕边书是《资治通鉴》！你也许都不知道是谁著的！开完会，请你自己把它拎回去！我不点你名，等于给你留了一个全乎脸！……"

他夹枪带棒一番宣泄，台下那镇长可就羞死了，巴不得有"土行孙"的本领，一头钻入地下去。

那镇长当日也将另一个错将《辞源》当"醉源"的下属臭骂了一通,骂得对方干眨巴眼睛一句话也说不出来,只得自认晦气。

如此这般,一套《辞源》,又由一双双手,从社会坐标的较高处向低处"物流"。在这一过程,它就不那么受待见了,被往地上摔过,被踢过,每一个被斥责甚或辱骂过的人,不但会将光火理所当然地发在"下家"身上,也会发泄于那套《辞源》上。

被李百通的儿子亲昵地称作"赵叔"那人,对李百通的儿子更加不留情面——他不但骂了,还扇了李百通的儿子一耳光。由于有求于人家,那平素里腰间横扁担似的小伙子,只能识趣地骂不还口,打不还手。

过后他不但骂了李亢龙的表姐夫,也扇了他同样该叫叔的人一耳光。李百通袖手旁观,仿佛觉得他儿子做得对,替他做了他想亲手做的事。

"我今天把话挑明了,你们求我算是白求了,把你们那鸟东西带走,以后别出现在我面前!"

他将《辞源》扔出了院门。

李亢龙也陪表姐夫去到了李百通家。他俩本以为是去听好消息的,岂料遭到了奇耻大辱!是可忍,孰不可忍?霎时间,李亢龙怒从心头起,恶向胆边生,抡起院中一只高脚凳,当院耍起了全武行。李百通家恰有另外几个年轻人,是他儿子的哥们儿,便也加入了打斗。

李百通报案了。他报的案,镇派出所行动超快。他们赶到现场时,双方各有皮肉伤。李亢龙和他表姐夫的伤还多些。但他俩毕竟是在别人家院子里开打的,派出所的人也不听他俩辩解就要给他俩上铐。李亢龙哪会服服帖帖地任人摆布,挣脱控制跑了,而他表姐夫被铐走了。

李亢龙他表姐闻讯后,前往李百通家讨说法。李百通家大门紧闭,任她怎么敲也没人开门。求人不成白送礼,而且送出这么个恶果来!那女人咽不下气,双手叉腰,冲着李百通家大门就骂开了,边骂边嚷嚷,将自己知道的以及听说的关于李百通的烂事儿抖了个遍。那时,李百通父子已从后门离开,驾车去往县里的家了。

当晚,李亢龙他表姐经人引荐,也到了县里,出现在李思雨她老师家。

快十点的时候,郑老师与李思雨视频了片刻。

"思雨呀,别问为什么啊,照我的话做就是。带上你父亲,明天离开你们那个村吧。"

"为什么啊?"

"因为你是我最喜欢的学生呗。"

"可是老师,我不明白……"

"以后我会告诉你为什么的……"

"老师,你摊上什么不好的事了吗?"

"我会摊上什么不好的事呢,别想那么多,一要放心,二要听话……"

"那,我明天顺路与你告别……"

"不许。如今联系这么方便,告的什么别嘛!……还有,我听说市文旅局有人追求你?"

"……"

"说话呀!"

"不瞒老师,是隋局长。"

"他是副的。"

"他说明年有可能是正的了。"

"三十六岁,仍单身,按说你俩挺合适……"

"谢谢老师支持!"

"我不支持!我的看法是此前看法!这事儿你也得听我的,吹!赶紧吹!坚决吹!……"

"可是老师……我一头雾水……"

"我还是那句话,以后解释!兴许,以后都不必我解释了!……"

尽管满腹疑惑,但李思雨请的是短假,开课在即,也就服从了老师的指示。回到省城后,一忙,当时的疑惑荡然无存也。

大约半个月后,她那个"群"里炸开了锅。一些县里的、市里的人疯传——县、市两级官场地震了,有自首的,有失踪的,有跳楼摔断了腿的。自然,被纪委带走的最多,包括隋局长。有人用"官场塌方"来形容。

而消息灵通之人确凿地说——一套《辞源》是导火索;一位神秘人物给省纪委写的一封举报信撕开了县市官场腐败的纱幔;而一名副县长的交代牵扯出了多名干部……

"神秘人物"之说使李思雨想到了自己的老师。

她正犹豫要不要与老师通话,老师的视频又拨过来了。

"哈哈,思雨呀,看,你要送给老师的大礼,到底还是属于我了!这就叫,命里该有的,早晚会有。不该有的,非要有那就必出事!今后,你这份大礼,就是老师的镇宅之宝啦!……"

视频中出现了那套《辞源》,仍红得喜人。

老师说是自己在地摊市场发现的,见外壳内面有李思雨写的一段谢师文字,毫不犹豫地出三百元买下了。又说,虽破损了多处，有些书页被撕过，但已经由自己仔仔细细地粘贴好了。

看着老师喜笑颜开的样子，李思雨将想问的话咽下去，一时不知该说什么了……

2023 年 5 月 27 日于北京

遭遇『王六郎』

人的一生，好比流水，
可以干，不可以浊。

一

第一次见到那孩子,大约在四年前的夏季,大约。

下午三点多,我拖着拉杆箱走在北京南站附近一条马路右侧的人行道上。很热,虽已到了下午,仍无丝毫爽意。因列车上开空调,我怕凉,穿上了薄绒衣。下车匆忙,没脱,并且连薄西服也穿上了。等候出租车的人排起了长队,调度员说我们那拨排队的人估计得等一小时。这使我甚感意外,不愿等,心想站外也许反而会较快就能坐上车,于是离了站。尽管绒衣和西服是薄型的,一到了外边,还是顿觉身上濡热难耐。若当街脱下两件上衣往拉杆箱里塞,我嫌麻烦。何况,拉杆箱已塞不下了,怕硬塞而弄坏拉链,那岂不太糟了?便说服自己加快脚步往前走,希望能尽快拦住辆出租车。不一会儿,汗流满面,内衣湿矣。马路上驶来驶去的出租车不少,一半空车,却没一辆因我在不停招手而减速。我忽然意识到,网约时代早已开始,一辆接一辆驶来驶去的空车肯定是别人所约的,它们为路边招手之人而停的时代已成历史。这可怎么办呢?我不会网约,何况我手机上并没下载网约软件。

正犯难,见前方不知何时出现了一个大男孩的背,戴长舌帽,身高一米七五左右,也拖着拉杆箱。我断定他和我一样是从南站出来的,原因同样是不愿在站内用一个小时等车。

这年头,像我这把岁数的人跟着年轻人的感觉走往往会"柳暗花明又一村"的,我的老年朋友常对我这个在新现象面前每每不知所措的顽固分子如此教诲。

于是我加快脚步缩短和那大男孩之间的距离。他穿的是浅黄色制服和短裤,有多处兜那种,短袖翻领衫则是浅蓝色的,中间有一排美观的白浪花;而脚上是一双白网球鞋。暴露的胳膊和腿都很红,显然是晒的。那么,他必定是从某海滨城市返京的。也必定,几天后他的胳膊和腿都会变黑的。

他一直走到一处立交桥的桥洞那儿才站住,而我已走近了他。他感觉到我在紧跟着他了,转身疑惑地看我。

我笑笑,尴尬地问:"这儿容易打到车吗?"

他说:"怎么可能!我在这儿等家里的车来接我。在这儿等不晒,比马路边清静。"

大男孩有一张单纯又阳光的脸,气质聪慧,顿时使我联想到了《聊斋志异》中那些善良而才情内敛的小书生,他们是蒲松龄笔下追求起美好爱情来不管不顾的狐仙、鬼妹们喜欢的类型。

我识人的经验告诉我,向这样一个大男孩寻求帮助是会被耐心对待的,又问:"如果我让家人帮我约车,应该告诉家人这里是什么地方呢?"

他反问:"您自己不会?"

我不好意思地说:"是啊,落伍了。"

他笑道:"许多老同志都不会,这是你们不必在乎的短板。但你不能将自己定位在这儿,咱俩不同,我刚才说了,我是在这儿等自己家的车,我家里的人不止一次在这儿接我了。没有准确名称的地方,网约车的导航仪是导不过来的……"

他说时,眉目间一直呈现着笑意。分明地,助人对他是件愉快的事。他的口吻和他脸上的表情,使他看起来像一位负有监护责任的大人在向一个不谙世事的孩子作解释。

在立交桥的阴影下,他的脸看去似乎更阳光了。

"那……"

虽然我特受用他对我的善待,内心里却不免焦躁。

他左看看,右看看,指着一处有明显的拱形大门的小区说:"告诉你的家人,让网约车到那儿接你。"

于是我与儿子通电话,之后谢过大男孩,与他聊起来。

我以为他是初三生,他说他已经高二了。我猜他是偏文科的学生,他说恰恰相反,他的理科成绩更优些,考大学也会选择理科专业,只有在高考特别失利的情况下才会考虑选文科的哪一专业。

他的话使我这个在大学教了十五六年中文的人颇窘。

他看出来了,笑问:"您是大学老师?"

我说:"曾经是,教中文的,退休了。"

"哈,请原谅,希望没伤害到您的尊严!"

他笑出了声。一种开心的笑,其声不高,却爽朗。

我受他那笑的感染,也笑了。

这时我的手机响了,是儿子打来的,说只提供一个小区的名称约不到车,还须提供什么街或什么路。

我不知南站属于什么区,而我站在什么街或什么路的立交桥下,大男孩竟也不知道。

"老师别急,我立刻就能替您查到,分分钟的事儿。您穿得也太多了啊?起码可以将西服脱下搭手臂上吧?您那样儿我看着心疼!"

他掏出纸巾包递向我,我擦汗脱西服那会儿,他快速地在手机上查我们所处的位置;我因为遇到了他庆幸不已。

儿子用短信告知我,已替我约好车了。

大男孩说:"您应该转移到小区大门那儿去,您儿子替您定的准确位置肯定是那里。"

我说:"不急,还有五六分钟呢,陪你说会儿话,你怎么对我称呼您、您的?"

他笑道:"您是长辈嘛。"

我说:"可你还开始叫我老师了。"

他说:"您曾是大学教授,我是高二学生,称您老师太应该了呀。"

脱下西服后,我身上不那么热了,约好了车心里也不焦躁了,于是我们之间进行了以下愉快的对话。看得出,有个人陪他说话,也正符合他的心愿。

"你根据什么认为我是教授?"

"您自己说您曾在大学教书嘛。到了您这种年龄,普遍而言,退休前都会熬成教授了。"

"熬"字由一个大男孩口中说出,使我脸上有点儿挂不住。

他看出了我的窘态,立刻道歉:"对不起,用词不当,应该怎么说好?'修成'?还是'进步成'?"

我也看出,他那种一本正经的虚心请教的样子是装的。那会儿,这阳光大男孩表现出了他调皮的一面。

我没正面回答他的话,而是问:"一个陌生人对你自称曾是教授,你一点儿都不怀疑?从小到大,没人告诫你别和陌生人说话吗?"

他郑重地回答:"您问的是两个问题,我先回答第一个,小时候,我爸妈都告诫过我,千万别和陌生人说话。小时候姑且不论,现在我已经长大了。朗朗乾坤,光明世界,一名高二男生居然不敢和陌生人说话,他将来的人生还有什么出息呢?如果中国这样的青年越来越多,中国的将来岂不堪忧了?再回答第二个问题,我是很有一些识人经验的,我对自己的经验也很自信。从面相学来看,您绝不会是一个可能对他人构成危害的人。"

我也笑了,如同当面受表扬。我虽老了,对于受到表扬还是挺开心的。

和这个路遇的阳光大男孩闲聊,的确使我愉快,遂又问:"你对我一直称呼您、您的,而我却一直称呼你、你的,你没有任何不平等的感觉吗?"

他的表情又郑重起来,像大学生毕业前经历论文答辩似的,以一种胸有成竹的口吻回答:"这是一个伪命题,也可以说是一个陷阱问题。古今中外,概莫如此,早已成为人类关系中约定俗成的一般礼貌现象,又一般又普遍。如果在咱俩之间居然反了过来,那么……"

"那么怎样?"

"那么只能是以下情况,我为主,您为仆,而主仆关系是人类封建关系之一种,封建关系才会使人产生不平等的感觉。不过,值得思考的倒是,究竟是一种什么样的内在动力,使全人类在您、你的称呼方面,形成了完全一致的共识?老师,您怎么看?"

他期待地注视着我,那时他脸上有种求知若渴的表情,我任教时偶尔能从学子脸上见到的表情——偶尔。

和这样一个大男孩说话,不但愉快,简直还十分有趣,我享受。

然而他的手机也响了。他接时,我听到一个女人的声音说她开的车快到了。

大男孩通完话,向我伸出了一只手:"那么……"

倏忽间,我觉得我已喜欢上了他,竟有点儿不愿握过手一走了之。

"先别……我的意思是,咱俩加上微信怎么样?"

我这么说时,脸红了。自从我也开通了微信,第一次向人提出这种请求。

他收回手,意外地张大了嘴,用略显夸张的表情无声地说:有必要吗?多此一举了吧?

"我希望交你这个小朋友……"

我自己都觉得我的话几近于倚老卖老。但话既出口,倘遭拒绝,岂不是走得太没面子了吗?为了顾全自己的老脸,我冲他耳边小声说出了自己的名字。怕他还是对我一无所知,又厚脸皮地说出了我的几部代表作。

"哈,哈,太像小说了吧?让您高兴一下,我看过您的作品!……"

他的上身旋转了一下,那是许多人高兴时的肢体语言。

该我说"那么"了,趁热打铁地掏出了手机。

"我加您吧,会快些。要是让我妈看到我和陌生人如此亲密的样子,肯定大吃一惊的……阿牛?您的网名太好记了!"

我见自己的手机上显示他的网名是"王六郎",不禁再问:"《聊斋》中那个王六郎?"

他说:"对!我特喜欢那一篇。《聊斋》中关于男人之间情义的故事很少,《王六郎》那篇可视为佳作!不多说了,您约的车也该到了,您快到马路那边去吧!要走斑马线,老师别闯红灯呀!……"

结果我俩并没握一下手。

当我站在马路那边的人行道上了,转身回望时,他妈妈开的一辆宝马X5已停在他跟前。

"阿牛再见!"

他朝我摆摆手,坐入宝马了。

但我后来并没通过微信与"王六郎"交流过,一次也没有。我既无那种习惯,也找不到什么可与一名高二男生交流的话题。再说高二正是高考前发奋苦读的冲刺阶段,我不忍滋扰他。但我承认,有那么几次,在较闲而又心情好时(人在闲适之时心情大抵是好的),受好奇心促使,点开过他的微信。他的微信内容甚少,仅有几段读书心得。给我留下印象的却不是他的读书心得,而是他开出的一份歌单,列出了他喜欢听的一些歌——《黄土高坡》《信天游》《天边》《鸿雁》《草原之夜》《乌苏里船歌》《沧海一声笑》《涛声依旧》《这世界那么多人》等。

除了莫文蔚所唱的《这世界那么多人》,他爱听的那些歌,也是我爱听了多年的歌。

受他影响,我听了《这世界那么多人》,同样爱听,并且成了"莫粉",后来听了她不少歌,都爱听。

至于"王六郎"关注过我的微信没有,我就不知道了。即使点开过也等于白点,因为我的微信如同一张白纸,我从没往微信上发过任何文字,也从没转发过别人的任何内容——至今仍是白纸一张。

然而我每每回忆起认识"王六郎"的那一个夏季的下午——那条北京南站附近并不太宽的马路，那处小区的拱形院门，那座车辆可转弯的立交桥下的阴凉，都给我留下较深的印象。

每当我忆起时，耳边就会响起莫文蔚的歌声：

这世界有那么多人，

人群里敞着一扇门……

二

第二次见到"王六郎"，也在夏季的一个下午，也在三点多的时候；与第一次不同的是在我家里，他坐在双人沙发上，旁边坐着他母亲，一位五十几岁、容颜保养得极好的女士。特别是她那双手，白皙如瓷，给人一种看去不真实的感觉，肯定连家务活都许久没干过了。她穿着得体，上衣啦，裙子啦，鞋啦，包啦，显然并非从一般商店买的。她给我的熏过香的名片上写着她是室内家装设计公司的总经理。我随口问了一句她那公司有多少人，她矜持又低调地说不多，才二十几人，是由她丈夫任董事长的什么医疗器械经营公司分出来的一个子公司，由她全面负责而已。我觉得两类公司风马牛不相及，却没说出我的困惑来。

"我的公司人虽不多，在京城的业内还是有些名气的，某些影视明星和歌星的豪宅是我的公司装修的，今后您和您的朋友如果有需要……"

她说以上话时坐得更端正了，脸上也流露出了几许成功女性心理上的优越感。

"妈，别说那些行吗？"

她的儿子低声打断了她的话。那时，"王六郎"刚喝一口矿泉水。他们母子无须我待茶，"王六郎"带来大半瓶矿泉水，而他母亲带的是保温杯。他打断母亲的话时并没看她，打断后也没看她。并且，语气分明是不满的，尽管他那短短的话是低声说的。在他母亲略露愠意一时怔住之际，他开始翻一厚沓用夹子夹住的A4纸，那些纸上印着他写的诗。

那女士虽是"王六郎"的母亲，我却怎么也对她热情不起来。我不喜欢她身上那股子高人一等似的优越劲儿。尽管我是主人，她是客人，而且是坐在我家的沙发上——即使在她不说话时，在她默默打量我的装修简单，家具不但都很一般，而且都已很旧的家时，她内心里早已习惯成自然的那股子优越感也还是难以隐藏。特别是，当她不说"我们公司"而说"我的公司"，不说"北京"而说"京城"后，我觉得自己对她的不佳印象难以改变了。如果我和"王六郎"几年前没有过那么一种"交情"，我是不太欢迎那么一位女士成为我家的客人的。是的，我不但将自己和"王六郎"几年前在一处立交桥的阴影之下愉快地交谈过十几分钟那件事，视为大千世界中的一种老少缘，还一向视为一种交情。当然啰，他们母子成为我家的客人，乃因我与另外几个人的交情在起作用——他们母子是我的朋友的朋友的朋友的什么亲戚！所谓"人际"往往便是如此——两个人一旦成了朋友，不但各自的朋友不久也成了朋友，连"朋友的朋友"们，后来也往往会成为朋友，甚至可能比与起初的两个朋友之间的关系处得还亲密。几天前，我的朋友的朋友与我通话，说他的朋友的亲戚的儿子是位青年诗人，希望当面得到我的鼓励和指导。

我问:"专业的还是业余的？"

他反问:"现而今还有专业的诗人吗？"

我说:"已经没有了。"

他说:"你问得多余嘛！"

我又问:"什么样的青年？是高校的学生还是已经参加工作了？"

他又反问:"有区别吗？跟诗有直接关系吗？"

我一时不知说什么好了。

他承认他也不清楚，但不愿在中间传话了，只能由我当面问了。

我说:"我是写小说的，对诗是外行。"

他说:"在我们真正的外行看来，你们都是文学那个界的人，总比我们内行吧？这事儿你必须认真对待，而且要表现好点儿。别忘了不一定哪一天，你也许又会求到人家！"

他说的"人家"也就是他的朋友，是北医三院（北京大学第三医院）的一位内科主治医生，北医三院不但离我家最近，还是我就医的定点医院。对于他的提醒，我缺乏不认真对待的底气。

于是"王六郎"母子就出现在我家里，坐在我对面，而我以招待上宾的礼节招待之。

起初我并没认出"王六郎"来。毕竟，我与他立交桥下匆匆一别后，已时隔三四年没见过了。他仍穿制服、短裤和T恤，但脚上却随随便便穿了双拖鞋，还剃过光头，刚长出极密的一层黑黑的头楂。他坐得也特端正、特安静，不主动说话。他为自己那些打印在A4纸上的诗定名为《无聊集》，三个黑体大字下边是他的网名"王六郎",括弧内打印的五个字是"真名王任之"。下边一行字的字号与集名的字号相比,小得反差分明。

"王六郎!"

顿时,我连对他母亲也有了亲近感。

"六郎,居然是你吗?太使我意外了!"

我有点儿激动。

他困惑地定睛看我,仿佛不明白我何出此言。

我启发他回忆:"忘了?三四年前,在离南站不远的地方,一座立交桥下……"

他竟摇头,仍定睛看我,困惑漫出双眼,弥漫在他脸上。

我大感不解了——他临行前,不可能不知道将去谁家嘛!

"阿牛,想起来没有?"

他又摇了一下头。

这我就无可奈何了,并且没法从他的表情得出结论——他究竟是成心装出从没见过我的样子,还是真的完全不记得了?

"梁老师您……以前认识我儿子?"——他母亲也困惑了——不,她脸上的表情证明她内心里充满了疑惑。

"妈!你问得有必要吗?"——他又对他的母亲不满了。这次说话时扭头瞪了他母亲一眼,他母亲被那一瞪,内心里显然生气了,笑笑,拿起保温杯喝了口水;我从她的眼里洞见了一股隐怒。

我只得讪讪地说:"是我认错人了。老了,记忆常出差错了。"

说完,我向"六郎"要过诗集,戴上老花镜,低头看了起来。按说,他或他的母亲,应先将诗集寄给我,待我全部看完再约见我,可他们母子并没那样(也许都是急性子吧),并且已经成了我家的客人,已经端坐在我对面了,我就半点挑剔的意思也没流露。

好在不是小说而是诗,并且多数是古体,七律、五言绝句之类,翻几页看几首,讲几句勉励的话,指出某方面还有待进步,这么做了也算完成朋友交给的"任务"了。

第一页第一首诗仅两行,题为《自嘲》:

螳螂误入琴工手,
鹦鹉虚传鼓吏名。

"六郎,啊不,王任之,'无聊'二字你过谦了,是不是已经有些名气了呀?"

我嘴上这么说着,内心已经欣赏起来。古体诗强调"赋、比、兴"。而兴嘛,又强调境界之高远。那两句诗在"兴"一方面虽显格局不大,但在"比"这方面,还是挺有意趣的。

"王六郎",也就是王任之少女般腼腆地说,名还是有了点儿的,不过其名体现在网上。

"我写诗,主要是为悦己,如果同时也能悦人,对我而言写诗就不无意义了。我胸无大志,有点儿意义又符合个人兴趣的事,我在进行的过程中就愉快。人生苦短,愉快又挺少,比起自寻烦恼来,悦己亦欲悦人的生活态度,也算是一种挺积极的态度吧?"

自从进入我家的门,端坐在我对面的沙发上后,"六郎"第一次开口说了那么多话。那番话他说得极畅快,我觉得是他的心里话。

我抬头看他,他母亲忧郁地看我。我郑重地说:"完全同意!"

"六郎"就微笑了,他母亲也笑了。

第二首诗头两句将我震住了:

半截云藏峰顶塔,
两来船断雨中桥。
人在西园山翠里,
斜风细雨度清明。
湖上雾隐巫山脊,
江山对君凝愁容。
一身作客同张俭,
四海何人是孔融。

"哎呀,哎呀,六郎……不,王任之啊,你的诗呢,对不起,请你们允许我吸支烟……"

我摘下眼镜,用目光四处找烟,却没发现。

他母亲惴惴不安地说:"如果孩子写得实在太差,您只管往直里说。他不会生气的,我更不会。"

"六郎"却说:"吸我的吧。"

我接过他递给我的一支烟,他按着了打火机。

我深吸一口之后批评地问:"年纪轻轻就开始吸烟了?这可不好。"

他惭愧地说:"正打算戒。"

他妈却说:"如果你想陪老师吸一支,就吸吧,妈批准了,不必非忍着。"

我说:"我也批准了。"

他笑道:"不了,没那么大瘾。"

而我朝"六郎"竖起了拇指。

他母亲说:"老师表扬你了,那你就干脆戒了!"

我说:"能那样最好。但我这会儿最想肯定的是——王六郎,不,王任之,你这首诗我写不出来!你天生有一颗诗心!这首诗写得很棒,江湖山海居然都写到了,第二句和最后一句尤其好!总而言之,王六郎,王任之,如果你能持之以恒,在诗歌创作方面是很有前途的!……"

我夹烟的手发抖,年纪老了,什么毛病都有了,稍一激动手就抖。那时的我,仿佛伯乐意外地发现了千里马。

"谢谢老师肯定,我那不过就是写着玩写出来的一首诗,在苏杭旅游时触景生情……"

"六郎"那时的表情相当平静,只不过脸上闪过了一丝具有嘲讽意味的微笑。那是一两秒内的事。我捕捉到了,但没往心里去。

"这是什么话!儿子有你那么说话的吗?找打!老师您别计较,我儿子一点儿人情世故都不懂,他情商太低,您千万别把他的话当真!"

他母亲也显得颇为激动。

我接着说,希望能看完全部的诗,之后再约一个日子,用更从容也更充分的时间,与"六郎"详详细细地谈他的诗。只有那样,才不枉他们母子登门讨教的诚意。

那时,我这个门外汉,似乎是"诗圣""诗仙"了一般。

如果我没说那番话就好了,后来种种令我烦恼的事就可避免了,与我完全无关了——起码对我就好了。好为人师往往会自我打脸,正所谓尴尬人难免尴尬事。

我送母子二人出门时,那母亲有意让儿子走在前边。当她的儿子已在门外了,她在门内小声对我说:"我太不喜欢他的网名了,王六郎,听起来多古怪啊,希望您能劝他改改。"

我笑道:"古怪的网名多了去了,他的网名其实挺有文化内涵的。但既然你当妈的难以接受,我会相机行事的。"

当我家只有我自己了,我拿起"六郎"的诗集坐下,将诗集放膝上,又吸着一支烟,低头看着《无聊集》三个字,不由自主地陷入了沉思。

那个"王六郎"王任之,他究竟是成心装出根本不认识我的样子呢,还是的确忘了我俩怎么认识的了?我俩明明加了微信,他的确将我忘了分明不可能。

那么他又为什么非装出根本不认识我的样子呢?

左思右想推测不出个所以然来。还有,我明明是在夸他的诗,那时他脸上闪过的具有嘲意的微笑,究竟又所为何由呢?

也是越想越违背情理。

索性不想那么多了……反正日后还会见到他,疑惑总能释然的。

三

第二天上午,"六郎"的母亲与我通了次电话,恳切地希望我下午再单独"接见"她一次。

我不解地说:"您太急了吧?您儿子那么厚的诗集,我还没来得及再翻翻啊!"

她说:"和诗没太大关系,所以我得单独见您,有些情况不得不预先告诉您了!"

"和诗没太大关系?另外还有什么情况啊?"

我之疑惑更大了。

她说:"三言两语讲不清的。我儿子已经去过您家了,我怕他单独再去。他那么大人了,我也看不住他呀。何况我公司里还有一大摊子事儿,也不能整天把自己牵他身上啊。如果您没有足够的心理准备,我怕您再见到他后,会发生什么对您不好的事。我不是说肯定会发生,但是万一呢?……"

我听得身上一阵阵发冷,如置身于空调的出风口。她既已把话说到这份儿上了,除了及时见她,还能有什么办法呢?

"王任之,我儿子他……我可怜的儿子,他大三还没上完就辍学了……他,他已经住过一次精神病院了……"

"六郎"的母亲说完以上话,低下头,掏出手绢,捂住脸嘤嘤哭了。

我顿时僵住,陷入无语之渊。除了吸烟,不知如何是好。

那女士告诉我,她儿子大三时摊上了几桩自尊心受到严重伤害的事,曾有企图跳楼的举动,精神上也开始显出异常来,使她和丈夫极度不安。在不得已的情况下,他们将儿子送往回龙观精神病院,接受了三个多月的治疗。他刚出院不久,有些诗其实是在精神病院写的……

"院方怎么诊断的呢?"

吸完一支烟,我终于心情平静了,也能够问出我想了解的话了。

"结论是初期精神分裂。医生说只要以后别再受刺激,或许能好。"

我说:"会那样的,我们都该相信医生的话。"

其实我说得特违心。我的亲哥二十二岁初入精神病院时,资深而善良的医生也是那么说的。当年我哥大一没读完,相比而言,

"六郎"比我哥幸运。但我哥如今已八十了，仍在精神病疗养院里。我认为常住精神病院大抵也会是"六郎"的命运归宿，但我哪里忍心将我知晓的普遍规律告诉他的母亲呢？有时候，直率近于伤天害理啊！

我又问："究竟是些什么事，严重地刺激了你儿子呢？"

她说首先因为这么一件事：与她儿子同宿舍的一名同学新买的折叠手机丢了，不知怎么一来，她儿子成了怀疑对象。但那件事很快就水落石出——公安机关调看了多处监控录像的资料，最终发现是那名同学自己忘在食堂的餐桌上后，被别的专业的同学"捡"去了。第二件事是失恋——她给自己的儿子介绍了一个对象，是一位影视明星的女儿，已演过几部电视剧了，虽然演的都是可有可无的小角色，但人家女孩的父亲也算是圈内大佬，母亲出身于老革命干部家庭。她作为母亲认为，从长远来看，人家女孩在演艺界不久就会红起来的。她儿子也答应了处处看，第一件事发生才几天后，两人处掰了，她儿子接连数日变得像哑巴。第三件事就是，前两件事发生后，紧接着期末考试了，她儿子竟有三科不及格，名字上了告诫书。而她儿子所在的那所大学，虽不是"双一流"，也不是"985"，却老早就是"211"了。专业也不错——应用物理。她儿子在班上虽然不是拔尖的学生，但总体成绩一向在前十名内……

"那，您认为，哪件事对您儿子的负面影响最大呢？"

"当然是第二件事啰！我上次来您家说过的，我儿子智商不错，情商不行。那么好的姻缘，结果让他给谈崩了。别的不论，我那二十几个人的公司，平均下来，一年也就挣个几百万。可人家女孩子，有一年连演戏带接广告，轻轻松松就挣了一千多万！

还是税后！如果我们两口子有那么一个儿媳妇，将来省多大心啊，连孙儿孙女的人生都不必考虑了！又是我儿子多大的福分啊！唉，遗憾了，太遗憾了！命里没那福，遗憾也挽救不了啦，既成事实嘛！我可不愿提这事儿了，什么时候提什么时候觉得窝囊！至于手机那事儿，我和他爸当时就没太当回事儿！两万来元的一部手机，对于我们这样的家庭算什么呀！只要儿子特别喜欢，即使一开口就要十部，我们当爸妈的眼都不眨一下就会给买！独生子嘛，不当宝那也是宝啊！可我儿子不赶那种时髦！为第一件事，我和他爸一起去了次学校。老师和校领导听了我们的话，认为我们说的在理，所以才请公安介入了，为的就是早点儿还我儿子个清白嘛！清者自清，事实证明了这一点嘛！第三件事就更不是个事儿了！补考就补考呗！事出有因，加把劲儿，用学习实力证明自己不是一败涂地就行了嘛！……"

那女士打开了话匣子，滔滔不绝竹筒倒豆子般说了那一大番话。看得出来，那些话憋在她心里很久了。

"主要是第二件事！人家女孩子和他分手后，转身就跟一位导演好上了！以现而今的成功人士的概念看，拍过两三部长剧的导演肯定就是成功人士了嘛，哪位不是八位数的身家呢？"

"八位数是多少？"

我一时算不过那账来。

"过千万甚至几千万啊！相比之下，我们这样的家庭半点优势也没有了。我儿子就更不值一提了！等于还处在一无所有的时期嘛！一无所有再加上情商低，既不会好好哄人家，更不肯放低自尊哈着人家，人家姑娘干吗非跟你处下去呀？老师，毫无疑问，正是这件事，将我儿子的精神体系轰垮了！……"

我以为她的话已经说完了，不料她又格外强调、重点分析地做了两番补充。她第一次成为我家的客人时，自然而然话里话外所流露的是难以掩饰的优越感。第二次坐在我对面时，由于谈到了她儿子那无可挽救的恋爱，她竟表现出了强烈的自卑，仿佛她的儿子及她的家庭错失了被册封为"贵族"的良机，因而也错失了大量财富似的。她内心里不但对儿子大失所望，其实也存在着幽怨了——可怜天下父母心！虽然她并没说出那种话，但她的表情没骗过我的眼睛。

我十分诧异。

除了默默吸烟，不复有话可说。而一个男人面对自己家的客人（特别是一位女客）无话可说的情形，乃是十分尴尬的处境，对双方都是那样。

"梁老师，我……我觉得自己作为母亲有责任使您知道的事，毫无保留地告诉您了。虽说家丑不可外扬，但我顾不上那么多了。您要是还有什么想了解的，只管问吧……"

她打破沉默的话，使我不得不开口了。

我感谢她特意来我家一次，没拿我当外人，告诉我那么多不宜对外人道的事。我说的是真心话，被信任是一种好感觉。我说我暂时没什么还想了解的了，并且保证，即使她没陪着，她儿子独自来我家，我也不会将她儿子当成危险人物。对于我，她儿子不但一点儿不危险，而且还曾给我留下良好的印象。

于是我向她讲了三四年前我与她儿子认识的经过。

"还互加了微信？哎呀，哎呀，你们爷俩这不是有缘吗？我说你们爷俩，您不介意吧？"

她又有点儿激动了。由于新话题的产生，我和她终于都从尴尬中解脱了。

我说:"有什么介意的呢?本来就是缘分嘛,按岁数论,我俩就确是爷俩的关系啊!"

我说的还是真心话。到那时为止,"六郎"曾给我留下的良好印象仍没受到任何损坏。我内心里除了对他所遭遇的三件事抱持同情的态度,除了对他居然退学了,居然还住了一次精神病院深感惋惜,并无别的什么反面看法。

"这孩子,从没对我提过,我对天发誓,他可一个字都没对我提过!我回去一定审问他,数落他!"

那当母亲的又生儿子的气了。

我赶紧说:"千万别!何必呢?不论什么原因,都没有认真的必要。如果我想知道,以后慢慢会知道的。那么,您不是也知道了?"

"您认为,诗……我的意思是,写诗这件事,能使我儿子的病逐渐好起来吗?"

在泪翳后边,她眼里闪出希冀的光。

我略一犹豫,含糊地说:"对于他,目前有事做总比无事可做好,爱写诗是对任何人都大有裨益的事。我觉得,也许……不,我差不多可以肯定,诗会使奇迹发生的。"

我说违心话了。

"跟您聊了聊,心情好多了,太感谢您了!如果我儿子将来能成为诗人,我们夫妇会接受那样的现实的!反正我们就这么一个儿子,以我们的经济能力养得起他。儿子成了诗人,那也不是多么丢人的事对吧?"

她终于站了起来。

我肯定地说:"对。不是不是。"

"您刚才说,您儿子的精神体系……据您所知,究竟是怎样的体系?"

在我家门口,在玄关灯下,我忍不住问了一个问题——是我唯一主动说的话,也是最想问的问题。

"啊,是啊是啊,我是那么说过,我儿子自己经常那么说,可他说的是思想体系还是精神体系,我记不大清了。反正精神也罢,思想也罢,在我这儿都是一回事儿。也许他那时就有点儿精神不正常了,精神不正常的人还不都是由于思想出了问题?要不才二十几岁的人会自以为有什么体系?"

"对不起啊,我的话也许问得太冒昧,您和您丈夫,双方的家族有没有精神病史呢?"

她的话促使我问了另一个问题。

她说医生也那么问过了,绝对没有。

送走她,我又独自吸了支烟——一边吸烟一边与朋友的朋友通了次视频。朋友的朋友的脸刚一出现,我就不留情面地将他斥责了一通。他被训了一会儿才明白,我是因为他没告诉我"爱写诗的孩子"住过一次精神病院而生气。

他一脸无辜地替自己辩解——他的朋友也没告诉他,若非听我说他也不知道!

朋友的朋友一脸慈悲地说:"那么这事儿你更得认真对待了,帮人帮到底,不许当一般事儿来应付!"

四

"阿牛老师,拙诗您又看了一部分没有?"

"全拜读了!"

"那,肯再赐教否?"

"欢迎光临,时间你定。"

"那,如果我单独去呢?"

"同样欢迎。"

我和"王六郎"终于进行微信联系了。对于我,像互用代号的单线联系方式开始启用,感觉古怪,颇神秘似的。

两天后他又出现在我家,还是那一身,脚上穿的也仍是拖鞋。这次他倒特随便,居然替我清洗了烟灰缸,之后坐下,大大方方地吸烟。

我说:"经我允许了吗?"

他笑道:"谁跟谁啊?在你家连这点儿自由还不给?"

我严肃地说:"只批准你吸一支。"

"此时此刻,一支足矣。君子言笃,我戒烟那话仍算数。"

他也表情庄重起来,怕烟灰落茶几上,将烟灰缸向自己挪近了些。

他一那样,我反而因自己装严肃不好意思了,笑问:"买不起鞋了?穿双拖鞋到处走很有派头?"

他也笑了,亦庄亦谐地说:"有派头当然谈不上,一不小心成了诗人,不是想体会体会诗人那种落拓的范儿什么感受嘛。"

"上次在我家,为什么装作从不认识我?"

"制造点儿悬念,好玩呗。生活中要是连点儿戏剧性的情节都没有,岂不是太无趣了?"

"动机如此单纯?"

"单纯的人,无复杂之念。人一患了精神病,想不单纯都不能了。"

在我心中形成大困惑的事,经他那么一说,仿佛是我自寻烦恼了。偏偏,他又诚恳地加了一句"对不起,害您想多了"。

"我没往多了想。你……果然学了理工科?"

我愣了愣,一时搞不清他的话究竟是荒腔走板的疯话还是正常人的正常话,明智地转移话题。

他却说:"您已经向我连发五问了,能否容我插一句,也问问您呢?"

我又一愣,只得说:"好吧,请问。"

"我妈又来过了?或者,与您通过话了?"

"没有,绝对没有。你也想多了。"

我不假思索就立刻否定,连自己也不明白为什么要否定得那么干脆,还否定得那么快,没过脑子似的。

"这就不对了。上次我们并没谈过我的专业,如果我妈没来过,您也没跟她通过话,您怎么知道我学的是理工科呢?"

他注视着我又问,几近无邪的眼睛像看着主人的狗宝宝的眼睛。

我不但发愣,简直还有点儿羞耻了。

"六郎啊,别忘了你是为什么来的。你应该理解,我的时间是宝贵的,咱俩你一句我一句逗闷子似的聊些不着调的话,这算怎么回事?有意思吗?"

我又一次试图转移话题,也就是转移到关于诗的方面。

"那么好吧,当我没问,咱们开始谈诗吧。我必须向您声明,您上次特别欣赏的那首诗,不是我写的,是别人写的。"

"别……人?"

"对,古人。具体说是清代诗人们写的。"

"诗人……们?"

"对,我从四位清代诗人的诗中各抄两句,组成了那首七律。"

"你……为什么?"

"起初是因为喜欢纳兰性德的诗。也不是多么喜欢,我们那所理工大学有老师开了那么一门选修课,为的是提升学生的人文素养。不知怎么一来,许多女生都喜欢上了。后来我认为,纳兰氏的诗并非多么好,浮丽缠绵而已。女生们喜欢的更是他的豪门身世,还有他的样貌,据说他的样貌像小鲜肉……"

"别扯远了,谈重点。"

"重点就是……"

据他说,恰恰由于对纳兰性德的诗不以为然,促使他想了解一下中国古诗到了清朝一代,究竟还有怎样的气象可言,于是在图书馆发现了一部书——《雪桥诗话》,之后成了枕边书,每每爱不释手……

我边听边在百度上查,还真查到了那么一本书,严格地说不属于诗集汇编,而是一部关于清代诗人以及他们的诗事掌故的小百科书。

"六郎"交代,在他的诗集中,大约凡是入我法眼的,都是他从《雪桥诗话》中东抄一句、西抄一句拼凑成的。

"还是没说到重点,究竟为什么?"

"说了呀,您没注意听吧?"

"我一直在注意听,你说的是关注清诗的起因,并没说你为什么要骗我,一句都没说!"

"您恼羞成怒了?"

我确实有几分恼羞成怒。他这句话点醒了我,使我立刻意识到,对于一名住过精神病院的青年,一名曾给我留下深刻而良好印象的青年,一名求知欲挺强的青年,我既已邀人家来了,若不能善待他,那么我的表现太糟糕了。

"我有吗?怎么会!六郎,你应该明白,咱们爷俩肯定是有缘的,我很在意这份缘。所以,我们之间的谈话,都没必要兜什么弯子,更没必要互相挑理、抬杠,你说对吗?"

我做出和颜悦色的表情,希望接下来的交谈气氛不再令我神经绷紧。

"百分之百同意。我想在我妈先于我又来了一次之后,您最想知道的肯定是,主要是什么原因使我住进了一次精神病院是吧?"

我万没料到他竟如此单刀直入,然而却已点头。

"我妈肯定已对您说过,她认为主要是失恋原因,医生、护士也是那么认为的。我住院不久,从医生到护士到患者,就都私下说'又住进一个失恋的'!嗳,这世界怎么那么多自以为是的人?"

"如果不是……"

"当然不是!我才没那么玻璃心!我爱的姑娘,第一她要爱护小动物以及一切无害的弱小的生命;第二她要爱花;第三她要爱听歌,我在沉浸地听一首好歌时如果一时感动眼眶湿了,她要能理解,而不要认为我神经出了问题。那小妖姬与以上三点都不沾边,我王六郎怎么会因为她不爱我就疯了呢?心性不同,岂能成为同床共枕之人?"

"你当面叫过她小妖姬?"

"没有。绝对没有!当面我叫她全名,只在内心里将她看成小妖姬。"

"为什么当面叫她全名呢?普遍情况是,恋爱中的青年互相都叫昵称嘛。"

"问题是我根本对她没有过动心的时候!您设想一下,假如我是皮埃尔而她是海伦……"

"容我打断一下,既然你读过《战争与和平》,那么你就得承认,皮埃尔起初对海伦也是大动凡心的。"

"可如果皮埃尔不是由于继承了爵位,成了贵族中的富豪,他起初会爱上高傲又本质上极其俗气并且水性杨花的海伦吗?在《战争与和平》中,他俩不久之后不是就闹离婚了吗?我与那小妖姬交往,纯粹是由于经不住我妈的絮叨。所以,她转而即跟一位导演好上了正中我下怀!不论她的将来多么发达我也毫不后悔!根本不一样的人成了夫妻,那结果不肯定是同床异梦吗?补考更不是个事儿了!连个坎儿都算不上!稍微加把劲,名次也许还会往前跃了呢。使我当时想不开而精神失常的是胡鸿志!……"

我忍不住又打断他:"六郎,你承认自己精神失常吗?"

他立刻纠正:"失常过。这一点已经成为事实,我当然承认啰!精神病也不过就是一种病,医院给出了权威性诊断,我也住过一次院了,为什么要否认呢?不过现在我出院了,证明我好了。"

"你这么想我太高兴了。胡鸿志是谁?"

我在心里说"谢天谢地!"——倘患过精神病的人承认自己曾患过此病,奇迹便有发生的可能。

"胡鸿志是睡我下铺的同学。通常情况是,先报到的同学优先选择铺位。我比他早报到一天,选择了下铺。他最后一个报到,只剩我的上铺还空着了。他是典型的胖子,以后每天不知要上上下下多少次,那对他多不方便啊。所以呢,我主动将自己的下铺让给了他。后来我们的关系就越处越好了,好到什么程度呢,我认为可以用虽非手足,胜似手足来形容。他家经济状况一般般,母亲开家杂货店,父亲常年在外地打工。可他却是各方面都极要强的学生,除了体育,连在同宿舍的六名同学中,也要暗争谁的影响力最大……"

"要强不过分的话,并非缺点。"

"是吗?"

"我的话没毛病。"

"可在两方面他争不过我。一是学习,无论他怎么努力,名次总是排在我后边。我承认,我不允许情况反过来,他有多努力,我就比他更努力……"

"你们这是成心内卷。"

"也不能那么说,学校虽然不搞排名那一套了,但同学间还暗中排名呢!我的成绩如果落在了他后边,我就守不住前十的红线了。另一方面他也没法跟我争,我是我们六名同学中的主心骨、核心人物、结账者。看电影、看戏剧、聚餐、周末郊游,我一向是出钱的主。我心甘情愿,他们心安理得。我爸妈给我的生活费很充足,甚至可以说太充足了,我自己花不完,让同学们沾沾我的光不是挺应该的吗?你知道拉法特这个人物吗?"

我想了想,照实说不知道。

"在《战争与和平》中,草婴译的那版,第一卷第九页,由虚伪又贪财的华西里伯爵的口引出过这么一位人物，注解中注明他是瑞典作家，著过《面相术》一书……"

"跑题了，别掉书袋。"

然而我不禁暗自惊讶他读书之细，记忆力之强。同时，内心里又生出很大的惋惜。

《战争与和平》使我第一次了解到，世上竟有《面相术》一类书，这引起了我极大的阅读兴趣，可不论在校图书馆还是市图书馆以及国图（国家图书馆），都没找到那本书，也许根本不曾译过来。在此过程，我翻阅了几本咱们中国的同类书。所有那些书中，无一例外地记载，体胖而眉修目细者，是谓佛相，敦厚有善根，胡鸿志基本长得就那样。受面相学的影响，我俩之间虽然也形成了内卷，但我仍将他当成好同学、同学中的好朋友。我们这一代独生子，其实内心里特别渴望真友情。有一个假期，他还在我家住了十几天。我给他买的机票，因为他没坐过飞机。网约车虽然更方便了，但我妈开车我陪着，我们母子二人一起将他送到了机场……可……可我怎么也想不到，害我者，鸿志也！……"

"六郎"掏出烟盒，又叼上了烟。他的指发抖，唇也抖。由于唇抖，一边的面颊抽搐了几次。

我说："六郎，咱不激动。事情已经过去了，不管多么严重，都不可能对你造成二次伤害了！"

他却说："那样的疼，一次就够记一辈子了！"

按"六郎"的说法是——在食堂里，人已经很少时，有一名往外走的学生经过了他们六名同宿舍的同学坐过的餐桌。只剩胡鸿志还坐在那里，被遗忘的手机显眼地摆在他对面。

那外专业的同学被手机吸引了，看着胡鸿志说："肯定不是你的呗。"

胡鸿志的表情没做任何反应。

外专业的同学又说:"那我替主人保管了,是谁的你让谁来找我,反正咱们以后还会在食堂见到的。"

对方说完拿起手机匆匆走了。

"如果食堂的那个地方没有监控,如果虽有却坏了,那么我跳进黄河也洗不清了。因为我曾对那手机表现出了喜欢,还开玩笑地说过:'哪天丢了别往我身上怀疑啊!'正因为有监控,找到那名外专业的同学易如反掌,而那名外专业的同学振振有词地自辩,自己只不过是替手机的主人保管,如果不是自己当时拿走了,也许还真丢了呢!并且,后来他也确实碰见了胡鸿志几次,倒是胡鸿志反而装作不认识他。监控显示,他分分明明地确实对胡鸿志说过几句话。胡鸿志无法否认,一时也来不及胡乱编,只得承认对方是那么说了。结果呢,公安的同志为难了,无法以'偷'定罪啊。但公安的同志也很困惑,问胡鸿志为什么不告诉手机的主人。您猜他怎么回答?他说'忘了'!公安的同志又问他:'你后来多次见到过拿走手机的人,没能使你想起什么吗?'他说自己'脸盲'!……"

"别吸了!都快吸到过滤嘴了……"

在我的制止下,"六郎"才将烟头按入烟灰缸,随即站了起来。

我又一次制止:"坐下!否则我不听你讲了……"

他这才坐下,眼里充满愤恨。

"嗑会儿瓜子。"

我将盛瓜子的小碟推向他。

他服从地抓起几个瓜子,由于手抖,唇也抖,竟嗑不成。

"那，含块糖吧。"

我剥了一块糖递向他。

"含着糖我还怎么说话？"

他没接，拿起带来的矿泉水，一口气喝了小半瓶。招待"王六郎"这样的客人是很省事的。精神病患者要靠安眠药才能保证睡眠质量，所以医嘱让他们勿饮咖啡或茶，这一点我懂，看来他自己也清楚，并且遵守得挺自觉。

我问："那些细节，你又是怎么知道的？"

他说公安方面既不能定那个外专业的学生什么罪名，也不能定胡鸿志的罪。他一口咬定自己"忘了""脸盲"，任何一条法律都拿他没办法。公安的同志只得留下讯问材料，由学校自行处理。学校也拿他俩没辙，对他俩批评教育了一番也就将那件事按下了。而学生们的各类"群"里亢奋了多日，各种看法都有，一些细节不知怎么就曝了出来。

"不可全信吧？"

"如果并不属实，校方怎么不出面澄清？胡鸿志又为什么不抗议？不少同学认为，胡鸿志的本念是，想趁食堂里人再少的时候将手机占为己有，被别人抢先拿走了是他没想到的！可谁理解我的感受？在真相还没大白之前那几天里，我蒙受了出生以来的奇耻大辱！胡鸿志，我的好同学、好同学中的好朋友，由于他'忘了'，他'脸盲'，我成了重点怀疑对象，身背偷名百口莫辩！他怎么能那样对我？我俩可是虽非手足，情同手足的关系啊！有些日子，他往上铺蹬的时候，我恨不得抓住他腿将他拽下来，摔他个仰面朝天！然后骑他身上，活活将他掐死！……"

"六郎"的双手做出将人往死里掐的手势，同时他在咬紧他的牙,这时他两腮的肌肉绷硬了,颈部的血管也凸显了。

我起身去找来一把折扇递给他。

"我王六郎为什么会受到朋友如此卑鄙的陷害?!"

他接过扇子,没扇,啪地在茶几上击打了一下。

我说:"别发那么大火,冷静冷静。还是刚才那句话,事情已经过去了,不会对你造成二次伤害了。"

"一次还不够受的吗?那种耻辱我终生难忘!"

他又用扇子击打了一下茶几。

我强装一笑,不以为然地说:"如果那种事发生在王六郎身上,你觉得他会像你现在这样吗?"

"好,好,很好,我正想请教请教您对蒲松龄和王六郎的看法呢!既然您先引起话头,那咱俩掰开了揉碎了细说端详吧!您认为,如果蒲松龄是王六郎那个少年溺亡鬼,他会因为大发慈悲之心而放弃千载难逢的投生机会吗?那机会可是众神出于对他的爱怜,按照冥界合法程序恩赐给他的。对不对?"

"对。"

"如果错失了机会,下次机会不知要再等多久了,对不对?"

"对。也许几年,十几年后;也许几百年,逾千年后——蒲松龄是那么写的。"

"那么编的!一个女人怀抱一个孩子投河,这是那女人的错!也是那孩子的命,与王六郎并不相干!非是他自己施展了什么不道德的方式,要以别人的二命换自己一次投生的机会,是上苍那么安排的,对不对?"

"对。你到底要说什么?"

"还是那句话,如果蒲松龄就是王六郎,他会放弃吗?"

"这……这你叫我如何回答?"

"正面回答!"

他终于展开了扇子,在胸前忽嗒忽嗒地扇,仿佛他是良知拷问者,而我是被审判者。

"你的问题谁都没法回答!如果蒲松龄还活着,我们倒可以问问他,但他已经……"

我有些不耐烦了。

"那么你就当你是王六郎,我们假设,你会错过那么一次投生的机会吗?那可是千载难逢的机会,想好了再回答!作家应该是诚实的人,别一张嘴就胡咧咧!……"

他手中的扇子忽嗒得更来劲了,一下紧接一下,速度很快。看去不像是在扇风凉,倒像是表演手技。

我也更烦了,耐着性子说:"我嘛,大约是做不到的,我没有那么高尚的品格。我想,我想蒲松龄大约也是做不到的。因为他毕竟不是圣人,圣人是人类的一种想象,但……"

"哈!哈!"他手中的扇子不忽嗒了,一甩之下唰地收拢,接着不断敲击另一只手的手心,脸上浮现精神胜利者蔑视论敌的冷笑。

我愕然,气不打一处来。

"你!"他用扇子朝我一指,"还有蒲松龄!你们都是一路货!明明自己做不到,为什么还要编出那么多烂故事骗人?虚伪啊虚伪!难怪鲁迅说……"

"别搬出鲁迅!最看不惯你这号年轻人!读了几页鲁迅的书,仿佛就他妈是人性专家了!蒲松龄创作出王六郎这一人物,体现的是他对人性的理想!人性是在理想的熏陶之下一点点进步的!

没有理想的熏陶,人类也许至今仍吃人呢!你仅凭自己读那点儿书一味在我面前掉书袋,恰恰证明你的肤浅!老实告诉你,我忍你多时了!你既然已经开始贬损蒲松龄了,为什么网名还叫王六郎?干脆叫王六鬼算了!……"

我失控了,边说边站了起来,挥舞手臂,在他面前踱来踱去,顺手将扇子从他手中夺了过来,用扇子朝他一指:"你!你受那点儿冤枉算什么?'玻璃心'指的就是你这类青年!疼了一下怎么了?世界上一生从没受过伤害的人很多很多吗?刚被伤害一次就好像把世界看透了?古今中外,这世界上还有不少普罗米修斯式的人呢,你的话明摆着是对他们的大不敬!如果你以后还这样,好人会躲你远远的,因为像你这样下去,根本不值得好人在任何情况下挺身而出保护你!……"

谢天谢地,我的手机那时响了。响得可真及时啊!否则,不知我还会对他训斥出什么话来!而那会使我倍感罪过的。终究,他是一个曾住过精神病院的青年啊!

是一个关于采访的通话。我在别的房间通完话,重新出现在他面前时,见他复坐得端端正正的,两只手放在膝上,一点儿都不抖了。表情也近于平静,只不过双颊淌下汗来,脸色有点儿苍白。

对于精神病人,有时大加训斥也会使他们平静下来——这不仅是我的经验,更是被事实证明了的。在精神病院,这一招往往挺奏效,特别是女护士训男患者,那真叫一物降一物!有的男患者见女护士要生气了,还没被训呢就开始变乖了。不过,像"六郎"这种轻患者这一招才管用。

我虽对自己的失控心生惭愧,但完成义托的初衷却已荡然无存。这第二次单独见面,我除了由诗受辱,再就根本没谈几句诗嘛!而若不谈他的诗,我又何苦非要陪一个精神不正常的人谈下去呢?!

"那什么,对不起,一会儿有人来采访,只得请你告辞了。"
我因索然而撒谎。

那时我的确是虚伪的。即使他没看出来,我之虚伪也是事实。

"骗我。您那么大声说的话,我隔着房门全听到了,您和对方约定的时间是明天上午。"

耳听之实,有时比眼见之实更是事实。

我张口结舌。

"其实,您根本不必撒谎,太损害您在我心目中的良好形象了。如果您已经烦我了,直说最好,我这种住过精神病院的人使别人烦很正常。"

他说时,自卑地笑。他的话明明是在刻薄地嘲讽我,却还要装出自卑的样子!——在我看来他分明是装的,因而我认为那时的他也很虚伪,这使我的惭愧减少了,却同时使我大为光火。

我曾以为精神病人大抵会因病而变得思维简单,不再有虚伪可言,那会儿"六郎"的表现颠覆了我的认知。

"你给我站起来!"

他服从地缓缓站起。

我朝房门一指,低声却严厉地说:"出去!"

他没动,小声说:"您恼羞成怒?"

是的,我之一怒,因羞因恼。

我又说:"立刻给我出去!"

他便朝门外走去,两步后转身说:"如果我冒犯了您,向您道歉，请您原谅。"

他深鞠一躬。

而我走到他跟前，将双手搭他肩上，似乎是在亲昵地往外送他，实际上是在往外推他。

门一开，我愣住，他也愣住——他母亲居然站在门外，眼有泪花。

她说："请别见怪，我儿子单独来见您，我不是……不放心嘛……"

可怜天下父母心，可怜天下父母心啊！

"六郎"说："妈，搂搂我……"

他母亲就搂抱住了他，并说："又受伤了吧？谁叫你说那么多惹老师生气的话呢？这下，没脸再来了吧？还不向老师赔礼道歉！"

他说："道过歉了，也鞠了一躬。"

他说完哭了。

我一转身，背朝那母子，心里难受。

事情居然变得如此别扭，实非我愿。

"梁老师，太给您添麻烦了，谢谢啊，我们今后不会再来打扰了！……"

她的话使我不得不向她转过身去。

"我也给您鞠躬了。"

那女士也朝我深鞠一躬。

我不知所措，立刻还躬，口中说了些什么，自己都记不清了。

我将他们母子送到了电梯口那儿，邻家的丈夫恰巧在等电梯。他与我很熟，每见必打招呼。但"六郎"母子都哭过的样子使他十分诧异，打招呼不是，不打招呼也不是，往后退让两步，低头看手机。

当天晚上，我主动与"六郎"的母亲通话。

她代表她丈夫再次感谢我，说她丈夫也因儿子惹我生气了向我道歉，请我原谅。说自从儿子病了以后，她丈夫的一头浓发一下子白了一半，整天唉声叹气。

她说着说着小声哭了。

而我又撒谎。说事情绝非她在门外听到的那样，往往，亲耳听到也不能据以为实——我的解释是，我成心那样，为的是一旦装出严厉的样子，使他们的儿子有些怕我。

"他显然是不怕你的，估计也不怕他父亲。我猜对了嘛！像他目前这种情况，没个怕的人是不行的，你们是当爸、当妈的，他不怕你们符合普遍规律。而我，虽然非亲非故，却是他经常希望见到的人。你们的儿子，从本质上讲也是读书种子，文学青年嘛！而我是老作家，名气嘛大小也还是有些的。所以，没个人和你们的儿子谈读书、谈文学，他会憋闷得受不了。目前，我是他唯一的人选。可如果我在应该使他怕我一下的时候没那么做，他再见我也就没了什么意义。我今天成心对他发脾气，正是要使自己在他心里成为那么一个人——既是知音而又有点儿怕的人，也就是诤友！所以呢，希望你们当父母的，能正确理解我的一番苦心……"

我真正的苦心，是极力想要修补自己在一位无助的母亲心目中的形象。那一时刻，我既同情"六郎"，也很同情他的父母。甚至，对他父母的同情，似乎还多点儿。连我自己也分不清，我口中所说的话，哪几句是由衷的，哪几句只不过是变相的自辩。

"哎呀，哎呀，梁老师太好了，多谢您为我们和我们的儿子考虑得这么细啊，太令我感动了！那什么，我没理解错的话，您的意思是……我儿子以后还是可以再去见您的？……"

"嗯……在我空闲的时候……当然，那当然，您并没理解错……"

我嘴上这么说，内心里也开始同情自己了。

显然，她丈夫正在她旁边，一直在听我和她通话。

这时，与我通话的就换成了她丈夫。他也照例说了些感激又感动的话，并说他们的儿子回到家里后一直挺懊丧，希望我跟他儿子也通几句话……

"儿子！儿子！梁老师要跟你通几句话……"不待我同意，他已高声大嚷喊起他的儿子来。

我赶紧制止他，说"六郎"也许正在消化我对他的劝导，来日方长，我俩加着微信呢，我会主动通过微信与"六郎"交流的……

结束通话，我呆坐沉思，逐渐形成了一种颇能安慰自己的逻辑——所谓虚伪，当指通过心口不一、口是心非的话语，蒙骗别人上当或对别人居心叵测、图谋不轨……

我没那种目的。

这么一想，心情好点儿了。

五

我并没主动给"六郎"发微信，是他主动的。三天后我才关注到他发的是一篇学诗心得。他的心得没题目也没称呼，起句就谈诗。他认为——中国古代诗词除了赋、比、兴三大要义,还有两种美感尚未被充分评论,便是画面感和时空切换之得心应手。他举"大漠孤烟直,长河落日圆"强调画面的宏阔感;举"小荷才露尖尖角,早有蜻蜓立上头"来证明画面的细微感;也举了"有时三点两点雨,到处十枝五枝花"证明画面感的"趣"。至于时空切换,举例尤多,如"道由白云尽,春与青溪长""绝壁垂樵径,春泥陷虎踪""残雪暗随冰笋滴,新春偷向柳梢归",等等。所极赞者,当数张继之《枫桥夜泊》,认为四句诗中体现了极现代的运用自如的电影语言——中远景、俯仰摄、声色同步等镜头转变方式浑然一体,使人如在看电影。并将以上两点心得归结为动态描写之经验与诗句"剪辑"之精当,统称为古代景象观赏之"四维本能"。而"兴"者,时空三维之外所生主观思想耳。

我一不"小心"又被惊着了。

古今名士讲诗析词的我看过不少,但以上"心得",却闻所未闻,见所未见。

"胡鸿志,胡鸿志,你罪过啊罪过!该死啊该死!……"

我内心不禁发出了诅咒。

听"六郎"讲他时,我虽得出了"小人"印象,却并没怎么恨得起来。毕竟,他那类"小人"并没直接危害到我,难以站在"六郎"的立场换位思考。可这时刻,我感同身受了,并产生了一种由京剧念白引起的喟叹:"上苍上苍,既生王任之,何生胡鸿志!"

"六郎"他认为,对中国古典诗词的优长继承得好的,与其说是当代诗歌,莫如说是当代歌词。并认为中国当代歌词旖旎多彩的新页,得益于二十世纪八十年代伊始港台歌词的正面影响。举

《黄土高坡》《辘轳·女人和井》《沧海一声笑》《天边》《这世界那么多人》等流行歌曲为例,分析了它们是如何从古代诗词中汲取营养的……

他的"心得"内容丰富扎实,如一篇角度新颖独特的小论文。倘我是导师,定会给出高分。

在"心得"最下方,仅以这样一行字结束——期待指正。

他还真够高傲的!换了另外任何一个青年,大抵都会写"请梁老师指正"的,他却连"梁老师"三个字都懒得稍动一下手指打上去,好像他忘了,"老师"二字是他当年主动叫的!难不成他认为那是他当年赐我的叫法?在我伤了他一次之后,决定收回啦?

然而他那篇"小论文"写得多么好哇!好到了我根本不可能无动于衷、不做反应的程度——起码在我看来是那样。

于是我回复了几百字的拜读"心得"的心得,恭称他为"兄台",赞赏他的"心得"为"奇丽慧文"——三分"奉承",七分真话。

对于我的反应,他做出了极快的反应。

"啊……哈哈哈哈!您可真会开玩笑,承受不起、承受不起,大大的承受不起呀!但我现在非常需要表扬的话,全盘收下了!又,我喜欢阁下称我'兄台',以后我称您阁下,您称我'兄台',就这样一直戏称下去可好?我现在也极需要生活中有点儿乐子!……"

他的表达三分嘻哈,七分认真。有一点可以肯定,他不再生我气了。也可以认为,虽然他进过了精神病院,本质上却还是当年那个内心阳光的大男孩。只有内心阳光的人才愿意抛弃前嫌而不至于耿耿于怀，积恨成仇。

自那日后，我俩通过微信交流得多了。却也不是太频繁。他理解我各种应酬不断，仅希望我有空就关注一下他，有指导意见就回复一下，没有则算，不必非得次次回复。

实际上我的做法也只能那样。

他的理解颇令我为他高兴——能替别人考虑是正常人的表现，我真心祝愿他早日康复。

我俩也主要在谈诗了。与其说是我在指导他写诗，莫如说他在促使我这个门外汉一步步入门。原来他从中学时期就开始写诗了，新旧作加起来近百首。他表示要认真修改，该淘汰的淘汰，精选出自己满意的，打算出一本诗集。

我支持他的计划。

事情在向好的方面发展。

他父亲也与我通了一次话，说他家在云南什么地方有幢别墅，也可以认为是一处小庄园，极利于休养身心，平常只有一对是中年夫妇的公司员工在那儿看管、打理。他们两口子因为工作忙，一年去不上几次，每次住不了几天，而他们的儿子去的次数更少。他们已对各自公司的工作做了较长期的部署、交代，决定带儿子去那里住一段日子……

这我更支持了！同时替"六郎"倍感庆幸。据说现而今患精神疾病的年轻人渐增，他们绝大多数背后没有"六郎"那样的父母，没有一个不差钱的家庭，更没有一处美好的庄园！

人比人，羞煞人啊！

几天后，他们一家三口起程去往云南了。

又几天后，"六郎"自云南发来三首写景感怀的诗和词。诗皆古体,不若词佳,却也都拿得出手。他特别强调,绝无抄袭组合之句,但自知欠斟酌,并不打算收入集中。

那三首诗和词说明他情绪颇佳,我认为这一点比他的诗、词写得如何更重要、更可嘉。

我也就未加点评,只回复了一句话——"祝兄台在滇天天快乐!"

不料半月后,他也只给我发来了一句话:"我要结婚啦!"

字是红色的,镶金边,背景是他家的别墅,院内树形美观,阶旁花团锦簇,喷泉散银珠,鱼儿溪中游;左右两面墙几乎被蔷薇完全遮蔽,盛开的花朵绚烂多彩。分明还有一对孔雀,看去像真的。放大细看,不但是真的,还是活的。放大时,电脑贴图的喜鹊上下翻飞,并有爆竹无声炸开。

端的是好去处!我不但替许多别家的与"六郎"同病的青年羡慕,连自己也心向往之,顿生占有的妒念。

然而我并未当即祝贺,因不知所谓"结婚"之说是精神不正常状态下的想象还是果如其言。

隔日,"六郎"的母亲与我通话,证实"六郎"向我发布的喜讯属实。她说对方是当地农家女,年芳二九,清纯、有姿色、聪慧。他们的儿子挺喜欢那女孩,他们夫妇也认可,临时决定将一件以前从没想过也不敢想的事顺应天意给办了,可谓不虚云南之行。

我问怎么就是顺应天意了?

她说他们一家三口是在离庄园不远的一个村里闲逛时偶遇那女孩的,"六郎"初见之下目不转睛,一步三回头。他们夫妇就托人去打听,女孩尚未处对象。再托人试探地商议,女孩父母喜出望外，女孩自己也十分愿意。

"如果没来云南，这良机就不存在不是吗？如果人家女孩已经处对象了，我们也不能硬插一杠子啊！这不是老天有意成全此事，单看我们开窍不开窍吗？当然啰，前提是我们毕竟是不一般的家庭，我们的儿子一表人才，否则人家姑娘和人家爸妈也不肯迈出那么一步……"

我吞吞吐吐地又问——那，准备在哪儿举办婚礼呢？是云南？还是北京？紧接着补完了一句："若在北京，我一定参加！"

她说："就不回北京办了。一旦回北京办，一传俩，俩传仨的，想不搞出动静都难。而知道消息的人一旦多了，想不办得排场些也难。过几天，悄没声地为他俩合了房就算大功告成了……"

"可……怎么又不是……"

"如果他俩一块儿生活后，任之的病居然彻底好了，那是我们一家三口的大幸！白养着他们小两口我们夫妇也无怨无悔。反正白养一个也是养，白养两个也是养，我们有那经济实力，养得起，不让他们小两口要孩子就是了。我们夫妇也做了另一种考虑，所以不瞒您说，我又怀上了。万一事不遂人愿，他们小两口根本过不长，那我们也有思想准备，理性对待，赔偿人家姑娘一笔钱就是了。谁也没长前后眼，走一步看一步呗。即使不遂人愿，那也不是我们的错，而是老天爷成心耍我们！老天爷耍了谁，谁都只能受着……"

我只得说，他们夫妇考虑得还是挺周全的。另有一句话到了嘴边，被我咽回去了。确切地说也不是一句话，而是一种想法。因为不愿直问，所以如鲠在喉。

那想法是——我觉得他们夫妇考虑再周全，似乎忘了还有一个道德与否的问题——对那女孩。结束通话后,转而一想,又觉得自己未免迂腐——她已说了,女孩父母喜出望外,女孩自己也十分愿意,钱可摆平他们的得失,何谈道德不道德呢?还好并没问出口,若问了,多讨厌啊!岂非世上本无事,庸人自扰之?

排除了头脑中的胡思乱想,心绪顿时开朗、敞亮,替"六郎"谢天谢地也!趁着高兴,给"六郎"发了一条特有温度、真情满满的祝福。

"六郎"回得也很快:"最先的祝福必定来自最关心自己的那个人,我愿阁下分享我的喜悦!"

我又想——他既喜悦,果有上帝的话,那么连上帝也会替他高兴的吧?

处于蜜月中的青年,往往认为世上除了爱,再就没什么事儿还算个事儿了!大抵如此。以后一个月里,"六郎"除了给我发些照片大秀他和那女孩儿之间的昵爱,再无新诗发来。而那些照片,多数是他俩自拍的,也有别人替他俩拍的。至于别人何人,我猜不是他妈便是他爸。

爱本身即最好最美的诗——这是许多诗人的逻辑。"六郎"显然在身心完全投入地验证那一逻辑,无暇顾及其他了。他不但是有诗为证的诗人,而且是年轻的,此前从没爱过的诗人啊!从照片上看,女孩果然秀丽、清纯,双眸晶亮,也果然使她的眼神充满聪慧。

她的美是原生态的。

倘奇迹果然发生,那么将为精神病医学提供一条宝贵经验——男欢女爱具有意想不到的疗效。

我这么思忖时,便不禁为"六郎"虔诚祈祷。

六

我却大大地想错了！

不久，也就是八月中旬的时候，"王六郎"全家回到了北京。全家的意思是，包括那女孩。那女孩名分上也是王家的儿媳了。

"六郎"并没被爱冲昏头脑。对爱与诗他居然做到了两不误，兼顾得不容置疑。他带回了自己编选的、每一句都产生于自己头脑中的诗集，为自己的诗集暂定名为《拾穗集》——分为古体与自由体两部分。

他们一家四口都成了我家的客人。我第一次见到了"六郎"的父亲——一位头发已经稀少但显得处事干练的父亲。

他决心已定地说他要为儿子出版那诗集。

由于他的同时出现，"六郎"的母亲甘居配角地位了，但连连点头，对丈夫的话及时附和。"六郎"却郑重地说出与不出，集名改或不改，哪些诗可以不收入集中，他完全听从我的态度。

那女孩几乎不说话，端庄地坐在"六郎"旁边，一只手轻挽着"六郎"的胳膊。我看她时，她便一笑，偶尔，另一只手拿起待客的零食吃。

我首先肯定了集名很好，无须改。

"六郎"对他爸妈笑道："怎么样？我的话没错吧？"

他母亲也笑道："任之预见您肯定喜欢这集名。可就是，我觉得用真名好，或另起一个笔名，'王六郎'这个笔名不怎么样。"

"六郎"坚持道："妈，我连终身大事都听你们的了，出诗集这事儿你就别瞎掺和了。要出我就用'王六郎'这个笔名，否则在我这儿通不过，宁可不出了。"

他的话虽然说得特平静，一点儿也不情绪化，但也有他父亲说话时那么一股子坚决劲儿。基因真厉害，他的精神一变正常了，连说话的语气都像其父了。是的，我认为他的精神的确恢复正常了，眼神儿不再发直，笑得自然了。

爱也很厉害。

我说："'王六郎'这个笔名不但有出处，而且耐人寻味，在此点上我站在你们的儿子一边。"

"六郎"笑了，并说："向老师汇报，我又喜欢蒲松龄了，我的妻子就是我的婴宁。"

女孩也笑了，将头一偏，轻轻靠他肩上。

"正因为有出处，我知道了那出处以后，反而更不喜欢了……"

他母亲仍欲坚持。

"得了，你少说两句吧。笔名不过是笔名，并非多么重要的事……"

当爸的制止当妈的继续坚持己见，紧接着将自己和儿子之间的分歧摊在了我面前——他不但力主要由北京的大出版社出儿子的诗集，而且力主要出得精美，像珍藏本那样，就是出成豪华版也不计成本；还要开次较高规格的研讨会。总之，当爸的一心要使儿子出诗集这事在京城（他和妻子一样也将北京叫京城）办得风风光光的。"六郎"却相反，主张较低调。他说自己已经适应了云南的气候，生活在庄园觉得很幸福，而云南也有几位优秀的诗人，所以他宁愿在云南的出版社出诗集，宁愿在当地开一次小型研讨会，认识认识云南的诗人们。对于自己以后的人生，他做出了长远规划——更多的时候生活在云南，有诗有爱，享受幸福。

"生活在远离市区的地方,有什么幸福的?"

"生活在那么好的环境里还不幸福吗?古代的府邸也就那样吧?还得多好才算好?"

"你靠写诗能养活自己吗?"

"写诗当然挣不到钱,纯粹是爱好。以后我还会尝试创作小说、电影或电视剧本。总之我自信以后完全可以靠创作养活我俩,逐渐就不必再花你们的钱了。"

"六郎"那么说时,女孩脉脉含情地看他,目光中满是信任和依赖。

"我提到钱了吗?你老爸说一个钱字了吗?儿子,根本不是钱的问题。咱家是那种差钱的人家吗?儿子,好儿子,老爸实际上是这么想的,正因为你有那种打算,所以老爸得帮你在京城产生影响,从而打开局面!功夫往往在诗外,这个道理你也应该懂嘛!你只有日后成功了,是京城的一个人物了,才是对那几个当初伤害你的小子最强有力的反击!……"

当爸的略显激动地那么说时,"六郎"起初还挺耐心地听,及至后来显得不耐烦了,将头一扭,生气地说:"不爱听,那一页在我这儿已翻篇儿了!"

"你看你这孩子!我……"

当爸的向我耸肩、摊手,并使眼色,意思是让我帮着劝。

当妈的终于逮着机会插话了。

她说:"儿子,你也得理解理解我们父母的心情啊!你俩的事,爸妈没怎么替你们办,爸妈不是一直觉得对不起你嘛!所以,你爸那么坚持,也是要弥补一下遗憾,替我们自己找补回心理的平衡。儿子,这你得学着理解点儿!……"她也向我使眼色,眼色中有与她丈夫同样的意思；她显出特别委屈的样子，泪汪汪的了。

这一对夫妇与儿子的关系似乎有点儿奇怪——当自己的儿子被诊断出精神方面的疾病后，他们对儿子唯恐没做到百依百顺，仿佛奴婢侍奉主人；一旦他们觉得儿子的精神恢复正常了，情形似乎又反过来了，竟在一些无关紧要的问题上据理力争了！

听着他们之间的对话时，我内心里产生了不解。而当他们陷入沉默的僵局时我又想通了——大多数父母与他们的"六郎"那样的儿子之间基本如此啊！而这，也是父母之所以可怜的方面。

我不表态也得表态了。

我知我不可以选边站，便和稀泥。

我说："这样行不，两天后我将诗集读过再议。如果我觉得水平上乘，那么任之你就听你父亲的安排。明明值得，为什么偏不呢？如果水平居中，那么我认为你们做父母的也要面对现实，明明不值得往影响大了办，非弄出太大的动静不见得是好事。"

"六郎"立刻说："这话我爱听，同意！"

他爸欲言又止，他妈用胳膊肘拐了他爸一下，连说："行，行！"

第二天下午我就将诗集读完了。看来"六郎"是有自知之明的，而我十分赞成他的主张。

但晚上，"六郎"的父亲提前打来了电话。

那当父亲的直白地说："梁先生，梁老师，咱们都明白，文学嘛，诗嘛，还不是仁者见仁，智者见智嘛！我们夫妇的愿望，全靠您的结论成全啦！……"

显然，手机被他妻子夺去了。

"梁老师，您更得理解我们，我们两口子都是很顾面子的人！

在我们的圈子,面子就是人设,人设就是面子,有时得像顾命那么顾!自从儿子出事后,我们当父母的压力巨大!所以,现在我们非把面子找回来不可!此时不找,更待何时呢?……"

我听到了抽泣声。

手机复归她丈夫了。

那当爸的说:"请您千万别见怪,我们真没拿您当外人,因为您从前是我们儿子唯一的成人朋友,而现在是他唯一的朋友!我们的意思您懂的……"

他们的意思我确实懂,也不难懂。

于是关于"六郎"的诗集,我只能说违心话了。

我用"仁者见仁,智者见智"来宽解自己对自己的不满。"六郎"是年轻人,"鼓励后人"四字使我违心得不无底气。何况,总体看来,诗集还是达到了出版水平的。

于是接下来一切进展顺利且快。

钱在大多数人那儿只不过是钱,在某些人那儿叫"资本"。"资本"出马,事事容易。

仅月余,诗集问世,果然印制精美。

研讨会如期召开,地点选在五星级酒店,参加的人颇多,名士不少。我的朋友的朋友也到场了,还有他们的朋友的朋友,所有人看去都是高高兴兴来站台的。

我问朋友:"感受如何?"

他说:"好大的一次广告!"

我说:"这不是六郎的本意。"

他小声说:"我指的是他父母,那儿呢。"

我循着朋友的目光看去,见"六郎"的父母应接不暇,笑容可掬,如沐春风。

我终于发现了"六郎",他孤独地呆坐在一个角落,只有那女孩陪他坐着,他父母先后用声音找他,他仿佛根本没听到。女孩推他,他也不站起。

然而研讨会开得很成功。每一位发言者都对"六郎"的诗给予了热情洋溢的肯定,也对他本人在诗创作方面寄予厚望。

我自然也发言了,没谈"六郎"的诗,只讲了怎么与他认识的事,会议气氛由于我的发言而暖意融融。我看出,来宾中除了我及少数几人,大多数人并不知道他进过精神病院。

我也看出,在倾听大家的发言时,"六郎"表现得很正常,时而记,时而对发言者的肯定报以感激又腼腆的微笑。一个精神正常之人,在那样的场合,那么一种氛围中,肯定也就表现得那般了。彼时的"六郎"谦虚而又温文尔雅,如好学生聆听导师们的点评。

会间穿插了几次伴乐诗朗诵,由专业乐队和专业人士进行,朗诵的是"六郎"自己的诗作,他预先选定的。

众人次次报以掌声,效果甚佳。

气氛从始到终洋溢着鼓励后人的善意和诗意。

会后是聚餐,人人都给足了面子,没有借故离去者。可举办婚礼的大餐厅里,七八桌周围座无虚席。酒水自然都是高级的,菜肴丰盛而美味。

结束时,我又问我的朋友的朋友:"感觉如何?"

不待他开口,他的朋友的朋友从旁接言:"就诗的研讨会而言,可谓盛况空前,盛况空前!"

对方已微醉。

我的朋友以及他的朋友以及他的朋友的朋友一致附和：

"完全同意！"

"那是那是！"

"印象深刻！"

不经意间，朋友们都聚了过来。

其实我问的是"六郎"的表现。

我因也喝了点儿酒，到家已十点多了，洗洗倒头便睡，翌晨被手机扰醒，斯时近九点矣。

"惨啦惨啦，想不到会这样，研讨上头条啦！……"

我的朋友一说完就将手机挂了。

我赶紧刷头条，见研讨会被抹黑成"闹剧"了。"六郎"进过精神病院的事也被曝光了，精神失常过的原因被言之凿凿地说成是失恋。跟帖极多，十之八九，以逞讽刺、挖苦、攻讦、辱骂、借题发挥为能事。偶有同情帖，淹没矣！

胡鸿志在网上集合成了胡鸿志们。我心如速冻，全身寒彻。

一年后，我去精神病院探视老哥时，忍了几忍没忍住，试探地问："有个叫王任之的青年，据说也在这里住院？"

老哥立刻说："还叫'王六郎'对吧？爱写诗？"

我说："对。"

老哥说："那孩子有文才，诗写得不错，和我在同一个病区，大家都挺尊敬他，是我们病区的模范病友。"

我说："你别叫他'王六郎'，还是叫他本名好。"

老哥说："他喜欢我们叫他'王六郎'，对住院也挺适应的。"

在回家的路上,朋友的朋友发来一条短信,说"六郎"的小弟弟过"百日"了,他爸妈为"二胎"向朋友们征集文化含量高的好名字……

2023 年 6 月 23 日于北京

复仇的蚊子

她怎么也想不到,
自己居然变成了一只蚊子。

一

郑娟是好看的女人。

现而今的人们,尤其男人们,早已不只用"好看"二字赞美女人了。现而今赞美女人的词汇极大地丰富了,并且仍在创新着。但在从前,"好看"二字是民间的底层赞美女人时最常说的二字。"好看"是受端详的意思。是越细看越能发现美点的那么一种模样。除了"好看",再就是漂亮了。比漂亮还漂亮的话,那就够得上是"大美人儿"了。民间的底层赞美女人,基本上就这么三级标准。

郑娟还达不到"大美人儿"的级别。

甚至,也离漂亮的标准有点儿差距。

然而,她却的确是个好看的女人。容貌好看,身材苗条,走在路上,回头率蛮高的。当然,指的是县城的路上。三十六岁的郑娟,其实也没离开过县城几次。那南方的县城二十几万人口,是新区开发得挺现代,旧区改造得挺得体,新旧结合得颇自然、颇有味道的一个县城。很难说该县城居民们的幸福指数怎样,没谁调研过、统计过。但他们生活得都比较从容淡定倒是真的,起码表面看起来是那样。郑娟一家三口以前过的也是那么一种从容淡定似的日子——自己经营一处小百货超市,丈夫刘启明是名刑警,女儿上小学二年级了。富不起来,却也穷不到哪儿去。

二〇一四年七月里的一天早晨,郑娟突然不再是一个女人了。不但不再是一个女人了,连一个人也不是了。究竟好看不好看的,对她全没了意义。

像许多女人一样,她有醒来后摸一下脸颊的习惯。

她摸了一下自己的脸颊,居然没摸到。

咦——怎么回事儿?

她困惑了。

又摸一下,摸到了——但感觉与以往太不同了。

刚醒嘛,神志处在一种似梦非梦的状态,那种不同没太使她当回事,只不过有点儿困惑而已。

她那会儿怎么也想不到自己居然变成了一只蚊子——一只雌蚊。

这是任何一个人都料想不到的事呀!

在枕头下方一尺左右,在薄薄的线毯的褶皱之间,她伏在宽大的双人床上。丈夫死后的一年多里,她度过了近四百个独眠之夜。夫妻间感情一向挺黏,独眠不是她所习惯的。一场车祸不但使她失去了丈夫,而且使她失去了女儿。多少个夜晚她的泪水弄湿了枕巾,仇恨在心里发芽!

但她现在变成了一只雌蚊。

她还没睁开一下眼睛。

她想仰躺着,仍闭着双眼缓一缓噩梦连连之后的迷糊劲儿——却没能仰躺成功。

一只活的蚊子,不论雌雄,是一生也无法"仰躺"一次的。

除非被冻僵了；或者，快被蚊香熏死了。

我怎么动不了啦？

她又困惑了，但还是没有睁开眼睛。

她想摸出枕下的手表看看几点了，同样也没成功。当时的情况其实是——作为一个人的意识和变成了一只蚊子的神经反应系统之间，还没有达到最初的通畅。也就是说，她作为一个人的意识是一回事，而作为一只蚊子的反应完全是另一回事。她终于睁开了眼睛，然而除了光亮她什么都没看见。蚊子虽也有眼，但视力是很差的。蚊子是靠对气味的敏感来决定行动的，而且几乎只在需要吸血的时候才有所行动。那时的她，也就是那只雌蚊，并不饥渴，所以也就没有行动的欲望。像所有那种情况下的蚊子一样，"她"一动不动地自以为安全地伏着，如同老人在养神，如同婴儿浅睡。实际上，作为一只蚊子，"她"的生命标准是成熟的，经历却是一张白纸。一个三十六岁的、身高一米六八、体重一百一十七斤的女人的一切微缩成了一只蚊子，"她"的第一感觉当然会是以为自己根本不存在了，也当然会是找不着北的。

那种仿佛自己根本不存在了的感觉，不仅使"她"极为困惑，而且使"她"极为惊骇了。

怎么，难道我死了吗？

是的，"她"以为自己已经死了，只剩灵魂飘浮在空间了。而关于灵魂呢，"她"此前是宁信其有，不信其无的。并且，"她"的理解告诉"她"——灵魂是一种可脱离肉体存在的意识，却又不会一直存在下去。能存在多久，因人而异，因人怎么个死法而异。

"她"因为自己已经死了而哭泣起来。那是绝望与恐惧相混杂的哭泣。"她"太不甘心已死了！害死丈夫和女儿的一干人等还逍遥于法外，丈夫和女儿之死的真相还没大白于天下，"她"还有报仇雪恨的使命在身，怎么可以就这么不明不白地死了呢？！即使使命完成了，"她"也还是愿意活着，不愿意死。

伏在薄线毯褶皱间的那只蚊子微微动了几动，由于"她"的哭泣。

二

一年多以前，她的丈夫刘启明活着的时候，有一个时期心事重重，经常紧锁愁眉地发呆，显出心理压力巨大的样子。在她再三的追问下，有天晚上，一番做爱之后，丈夫主动向她倾吐了心中的郁结——他在参与侦破一起受贿金额巨大的干部腐败案的过程中，逐渐明白了连他们公安局的某几位头头脑脑都涉罪于案了。而在他们背后，腐败案的始作俑者竟是县里的几位领导。郑娟听罢，一点儿都没往心里去，她说老公你至于在家里唉声叹气、愁眉不展的嘛！你在专案组不过是个小角色，装傻就是了呗。他们腐败他们的，咱们过咱们的小日子，跟咱们可有什么实际的关系呢？他们就是腐败得再不像话，不是也没将咱们的一分钱给贪了去吗？丈夫说那倒是，还发给了我一万多元的办案辛苦费呢！郑娟就笑了，说那你应该高兴才是嘛！丈夫说我怎么能高兴得起来呢，那明摆着是封口费嘛，我收还是不收呢？党的十八大会议召开以后，反腐反得多来劲啊，又打"老虎"又拍"苍蝇"的。我如果收了，哪一天露馅了，我不也成了一根线上的小蚂蚱了吗？那也肯定是要判刑的呀！如果我锒铛入狱了，你跟女儿往后的小日子可怎么往下过呢？

郑娟她一向是这么一个女人——事不关己，从来只当耳旁风的。各色人等对腐败现象的街谈巷议、义愤填膺，绝不会影响她一门心思过好自己小日子的心思。她能熟练地用电脑，但对网上真真假假的关于腐败的新闻丝毫也不感兴趣。她只在网上买东西或为小超市订货，或看看关于明星名人们的绯闻八卦解解闷儿。丈夫刘启明却与她截然相反——他特关注社会时事，尤其关注腐败现象与反腐新闻以及社会治安报道。没得什么那类新闻值得关注的时候才看各类体育赛事。往往，丈夫手握遥控器，锁定一个正报道反腐新闻的频道边看边大发忧国忧民之义愤，陪着的她却已手握花生或瓜子打起盹来。

那一天，与丈夫交谈了几句之后，对于丈夫备感烦恼的事起先本不怎么走心的郑娟，也不由得有几分重视了。

她不解地问："现在既然反腐势头来得这么迅猛，他们怎么还敢顶风上呢？吃了熊心豹胆了？"

丈夫说："吃了熊心豹胆也不敢顶风上啊！是党的十八大召开以前的腐败。以前已经将腐败的事做下了，贪污受贿的钱已经入了自己账号了，忽有人举报了，上边下了批文要求从速查清，他们除了想方设法地掩盖真相，再也没有什么好的自保的计策可应对了呀！"

她追问："你不收那笔封口费，你们专案组上上下下的人对你就没不好的看法？"

丈夫叹道："已经有了啊。"

她想了想，为丈夫出了个主意，教丈夫怎么样怎么样装病，然后要求退出专案组。

丈夫说自己虽然不曾在单位装病,却已经以别的借口为理由要求退出专案组了,只不过还没批准。但一场大冲突却已发生了——两天前他发现自己的抽屉、柜子被人翻过。

"你的钥匙被偷了?"郑娟不免有点儿吃惊。

"在我们这行里,干那种事儿还用偷钥匙?"

丈夫苦笑,说他开骂了,结果和一名同事打起来了。说柜子里的记事本不见了,而记事本上,写着诸条自己对于案情真相的怀疑。

郑娟劝道:"那你也不必有心理压力嘛!有心理压力的应该是他们,绝不应该是你啊老公!"又说,"如果他们居然做什么对你不利的事,那我支持你干脆向上边举报他们!你在单位虽然是普普通通的小角色,但如果受欺负了咱才不忍。这年头,谁怕谁啊!何况你还掌握着完全可以整倒他们一大片的材料!"

丈夫就又叹气,说真是她说的那样当然就可以藐视他们,谁也不怕。可自己实际上并不掌握什么证据确凿的材料,只不过心存疑点而已。疑点毕竟不是事实,所以还不能轻易举报——如果举报,而最终被证明只不过是自己的疑心,根本不是事实,岂不是自取其辱,在同事之间落下笑柄了吗?

郑娟说那又有什么可怕的呢?反腐是每一个公民的权利,更是公民对社会的责任。即使举报错了,那也没什么可笑的。谁取笑他,是谁自己不对。

丈夫说虽然理是那么个理,搁在一般老百姓身上,没什么大不了的后果。但自己不是一般老百姓啊,自己是公安人员呀。身为公安人员,自己应该清楚举报要有事实根据呀。否则,别人指责你居心不良,企图诬陷,就是跳进黄河也洗不清了。身为公安人员，最忌讳的就是有了这一污点，那还能继续穿着警服在公安这一行里工作下去吗？

她说那也不能算是污点。

丈夫说对于公安人员，不是污点也是污点啊……

两口子交谈到这儿，郑娟不知再说什么好了。

上床后，郑娟使出女人的浑身解数，尽显妩媚，故作娇羞，主动投怀送抱，给予种种柔情温爱，一心想要与丈夫云雨，用性趣驱除丈夫的烦恼。而丈夫却因思虑重重，无法同时进入状态，始终疲软，令郑娟好生索然、郁闷而又无奈。

隔日是周六，丈夫说要驾车带女儿去郊区散散心。郑娟因为小超市要进货，脱不开身，便没同去。半个多小时后，噩耗传来，丈夫和女儿都亡于一场交通事故，死状极惨。所幸她没同去，若也在自家车上，估计连她也做了横死之鬼了。

那不能算是因公殉职的。追悼会开得匆匆草草，象征性的悼词也只不过寥寥数语，最该参加追悼会的同事、领导借故并没参加；参加者都不情愿似的——鞠过躬就走了。

郑娟大病一场，之后开始走法律程序，要求对方司机经济赔偿。在这个时期，她也不由得起了疑心。顺着疑点明察暗访，疑心越来越大——对方司机竟是本县一位副县长的远亲，而那位副县长也是丈夫生前所怀疑的腐败干部之一！法院判得不能说不公正，赔偿数额也算说得过去。但她却只不过收到了一份判决书及区区三万多元钱，再就一笔钱也要不到了。法院的答复是对方确实无力全额赔偿了。她说经过她的暗中走访，了解到对方还是一处品质良好的大理石矿的老板呢，而且开的是奔驰。又开奔驰又是矿业老板的人，能说没有赔偿能力吗？为什么不强制执行呢？

钱是根本抹不掉她的伤痛的,那怎么能呢?但如果连赔偿款都拿不到,丈夫和女儿岂不是白死了吗?两条人命啊。一个好端端的幸福的小家庭被毁了啊!法官则耐心开导她,劝她切莫钻牛角尖,凡事不能想当然。法官说法院方面也明察暗访了呀,说法院了解的情况乃是——大理石矿的开采权、销售权并不属于被告嘛,被告只不过是名义上的法人,只有一份并不太高的工资,法院是要严格依法办事的,那不违法。但法院如果封矿上的账,没收不属于被告而实际上属于别人的矿业收入,那可就是执法犯法了。至于那辆奔驰车,当然也不是被告的,而是真正的矿主的。

她问,那真正的矿主是何许人呢?

法官说这可不便相告,因为这属于非当事者的第三方的隐私。相告了,就等于身为法官,侵犯了非当事者的第三方的隐私了。

法官还极同情、极遗憾地说:"你丈夫和你女儿,如果上了意外人身伤害险种就好了。你也要节哀顺变,再不幸的事,摊上了又有什么法子呢?死者不能复生,活着的人还要一如既往地活下去啊!"

她含悲忍气地问:"请您告诉我,我怎么就能一如既往地活下去呢?"

那位比她大十来岁的男法官略微一愣,随即打着哈哈敷衍道:"问得好问得好,是啊是啊,我理解你目前的心情,特别理解。再回到以前的生活轨道上是不太可能了。但是呢,任何不幸,只能摧垮我们的一部分人生,却不能摧垮全部。比如,我们渴了还是得喝水的,饿了还是得吃饭的,困了还是得睡觉的,这些人生的基本方面,还是得一如既往地进行下去,除非……我说还要一如既往地活下去,指的主要是以上方面。我说得对不对啊?是对的吧？……"

法官一番话，说得她半晌哑口无言。她目不转睛地望着他，觉得他真是太能说会道了，同时想到了四个字——"行尸走肉"。

法官又说："你作为原告，不必太性急。人家被告不是没说再不赔偿了嘛！人家一再表示，赔还是会如数赔偿的。不过呢，要给人家时间。五年赔偿不完，十年还赔偿不完吗？十年赔偿不完，十五年二十年还赔偿不完吗？总而言之，人家并不想耍赖。我们法院的判决，也是到任何时候都有效的……"

法官的话彻底激怒了她。尤其对方口中一而再，再而三说出的"人家"二字，如同往她心中的怒火上浇油。

她瞪着对方骂了一句很难听的话，一句有语言自尊感的女人即使在极其生气的情况之下也羞于骂出口的那么一句话。而她一向是一个有语言自尊感的女人，这受益于她曾是一所师范学院的学生，更受益于她有当过三年小学教师的经历。她活到三十六岁，口中真的就没说出过几次脏字。自从当了母亲以后，一次也没说过。那日，那时，瞪着那位法官，她如惯于以秽语骂街的泼妇似的骂出了口。

对方又愣了愣，眨眨眼，修养极高地矜持一笑。那时对方的双手捧持着一夹子案宗，一笑后，将夹子夹在腋下了。于是她看到，对方的另一只手还拿着手机。

那法官抱歉似的说："我将咱俩的话从头到尾录下来了，这是我的工作习惯。我认为对于法官，这是个好习惯。"

他一说完就转身扬长而去。

而她站在原地呆若木鸡。

以后她就见不到那位法官了。

但是她想要解决自己的问题，非得再见到那位法官不可啊——只得四处找关系求人。现而今，求人只用嘴是不行的。得送礼，她送了。现求人只送市面上常见的种种食品特产、保健品之类的也是不行的，那些东西作为平常联络感情的礼品还勉强送得出手，真求人办事时，往往会被视为垃圾礼品的。她还算是个谙知世风、与时俱进的人，自然除礼品之外也给了一笔封在红纸袋里的钱。三十六岁而又风情正茂的女人求人，就得允许所求之人对自己的轻佻行为，不管情愿不情愿，那是都要装出愉快的样子的，否则就是太不懂事了。这点儿"事"她是懂的，只得"愉快"地允许对方趁机占尽肌肤便宜。

她终于又见到了那位法官，前提是她得当面向"人家"认错。

她当面认错了。

法官就又将上次对她说过的话几乎原汁原味地重说了一遍，像上次一样，一而再，再而三地强调"人家被告"其实并非想怎样怎样，只不过希望怎样怎样。总之，听来仿佛是这么一种意思——"人家被告"其实挺懂事的，也挺愿意服从法院的判决，只不过能力有限……所以她应理解，也应懂事。

那次法官的双手什么也没拿。

那次她又想骂那一句不堪入耳的脏话来着。

却没敢再骂，怕法官兜里揣着手机，而手机开着录音功能。

她颇费周章却一无所获地与法官又见上了那么一面。

不久以后的事更令她难以接受了——被告因患过肺结核病，服刑期间查出痰中有结核病菌，被保释监外治疗，没几天便回家养着了。

于是郑娟开始了迫不得已的书信上告"战役"。

为了能使县里的领导们以及管着他们的地级市的领导们确实收到一封封信并做出重视的批示，她又开始求人。真心同情她的人劝她，何必那么花钱送礼大费周章地求人，说不那样各级领导也是可以收到她的信的，起码有些领导能收到她寄出的部分信。但那时她已听不进劝了。她的经验使她认为，劝她的人都未免太天真了，尽管她相信他们的同情是由衷的——但她不仅希望那些领导能确实收到她寄出的信，更希望他们做出重视的批示啊！要达到后一种目的，不借力怎么行呢？

　　她送礼送得越发实在了。

　　给钱给得越发大方了。

　　被形形色色保证能帮上她忙的男人们占肌肤便宜时，样子装得越发乐意了。

　　然而礼白送了，钱白花了，也白被形形色色的男人们一番番大占便宜了，就差没跟他们上床了。

　　也许正因为就差没跟他们上床了，她的信皆如泥牛入海，没了下文。他们中的一个是律师，五十来岁，矮而壮，半秃顶，如果不是西装革履的，就怎么看怎么不像是律师了。然而收了介绍费的人言之凿凿他千真万确是律师。不但是，还是县城里鼎鼎大名的律师。她以前从没跟律师那一行的人打过交道，根本不了解律师中谁有名，谁又只不过初出茅庐，便信了介绍人的话。何况，她也相信人不可貌相。

　　律师在电话里说："郑娟啊，你的事啊，就隔着那么一层薄薄的窗户纸，你就不明白究竟该怎么办。只要有人愿为你捅破窗户纸，指点迷津，你的事办起来就没什么大难度了。"

　　言下之意，他就是那个愿为她捅破那层薄薄的窗户纸进而指点迷津的人,她的"贵人"。

她就说了些拜托、感激不尽的话。

对方说:"看在你苦苦相求的分儿上,那我就帮帮你吧,哪天我先为你捅破窗户纸。不过呢,咨询费你还是要付的。我是律师事务所的合伙律师,我白接受你的咨询,所里人会说闲话,会有意见的,明白?"

她连说:"明白,明白。"

她也正想核实一下介绍人的话,第二天就去对方指定的律师事务所交了三千多元的咨询费。那律师事务所的办公环境挺上档次,没见到那位律师本人,接待员说他参加开庭去了。

她有心套话,随口而言似的问:"他一向很忙是不是啊?"

接待员说:"是呀是呀,如今官司多,我们所的律师都很忙。何况他是我们的名牌律师,更比别人忙了。"

离开律师事务所后,她暗自庆幸自己找到的是一位名牌律师,并且因而对介绍人心存感激,也就不像点钱时那么心疼那三千多元,转而认为花得值了。

隔几天,她收到了那律师的短信,说她的事太敏感,不便在所里与她谈。

她回短信建议了一处地方。

对方说那地方人多眼杂,更不便了。

她又建议了一处地方,对方说那地方太幽静了,是个口碑不良的地方。

"怎么,你不知道吗?那里是有那种关系的男人女人经常出没的地方,是出绯闻和丑闻的地方,我是从不去那种地方的。"

看他短信的意思,仿佛受了侮辱。

"那，还是您说个地方吧。您说哪儿，我去哪儿。"

她表态唯恐不及。

于是他接连不断地向她的手机发过去一条条短信。前一条刚确定一处地方，后一条随至，指出种种言之有理的顾虑予以自我否定。起码，在她看来那些顾虑是言之有理的。如是者三四，似乎整个县城就没有一处适合他与她坐下来安安静静地谈事的地方了。别说他有那种感觉了，连她自己也有啊。她摊上的案子不但一度是县城里的重大案件，成了头条新闻，还引起过广泛的流言蜚语、街谈巷议。后来不论她出现在哪里，总像有几双眼睛在暗中监视着她，即使走在路上也每每有那种感觉。

她干脆拨通了他的手机，试探地问："那劳驾您到我家里来谈行吗？"

"到你家里不太合适吧，我可是从不到当事人家里谈业务的。"

他的话听来不怎么情愿。

"我家现在就我一个人了，绝不会有人来打扰。再说我家住的小区挺偏僻，新小区，入住率也不高，您不太可能碰到认识您的人。"

她已经在说服他了。

她太渴望见到他这位能替她捅破那一层薄薄的窗户纸，并且当面指点迷津的人了啊。

"那，也只有如此了，你将详细住址发过来吧。"

他总算勉强同意了。

他出现在她家里那天，她预先将屋子收拾得干干净净，沏好了茶，备好了烟。当听到他的敲门声时，她觉得如同上帝按时站在门外了。丈夫刘启明虽然是穿公安服的人，但也是一个偷偷信仰耶稣的基督徒，还信得蛮虔诚，所以她每每觉得上帝离她也怪近的。

他吸着好烟，饮着好茶，称赞着她家这里那里的舒适和干净整洁，穿插着重复地说同一段预先背过似的话："你摊上的事，我是发自内心地同情的。想必你也清楚，许多人不愿听你说你丈夫那件事，更不敢和你谈那件事。本县公检法以及我们律师，尤其不敢沾那件事。你是聪明的女人，不必我说出原因，想必你心里那也是有数的。我这样的男人如今不多了，我不敢说自己是个见义勇为的男人，但起码敢当你面说，出于同情，我来见你那是无私无畏的。你的事吧，隔着层窗户纸看就很复杂，捅破了那层窗户纸看，其实解决起来也比较顺利……你家窗台那几盆花养得真好，我也喜欢养花，看到别人家里有花我心情就愉快，对主人就有一种情不自禁的亲近感……"

他的话重复过来重复过去的，就是不捅破他所言的那一层薄薄的窗户纸。有时看似真知灼见已到唇边了，却话题一转，又称赞起她家的舒适和干净来。

终于，她从他看着她时的目光中明白了原因，进而心中有数了。此前她已为了她的事，两次向同一个男人奉献身体了。是的，那接近是奉献。那男人比这律师年轻，才比她大两岁，比她丈夫刘启明还小一岁哪。他自称县公安局政委是他表姐夫，有他表姐夫这层关系，他与县法院的头头们关系也走得挺近，而靠以上关系，他觉得自己能帮上她的忙——起先那起交通事故不是交管局做出的结论吗？他自信能替她要求县公安局予以重视，介入重新进行调查。如果得出的结论不再是事故，而是蓄意谋害，那法院不是就得重审重判了吗？她的目的不是也就达到了吗？他是一家房地产公司老板的助理,挺斯文的一个男人。她不是经人介绍而认识他的,是他毛遂自荐主动认识她的。他也很坦率,说此前她虽不认识他,但她却早已是他的梦中情人了。自从他有次在她的小超市买过饮料,以后就常去她的小超市了,买东西是自己给自己找的借口,其实是为了再见到她,再从她手里接过诸样东西。

"你回想一下,我是不是常到你的小超市去?如果你不在,我会转身就走。只有你在的时候我才买,买完这样买那样的,每次都买一大袋子,每次你也都笑着说:'欢迎下次再来。'想起来了吧?"

她回忆了一下,想起来了,以前确实在自己的小超市里见过他几次。

于是她凄苦地笑了笑。

"我承认我心里确实对你有非分之想,否则我也不会主动来。但是,我的希望是纯洁的,是不能与我的非分之想画等号的……你明白我的意思?"

她点点头,表示明白。

他说那几句话时,夹烟的手指抖抖的,吸烟的双唇也抖抖的。他像不速之客一样迈进了她的家门,双手递名片时就发抖。坐下后双腿也没停止过颤抖。总之,他一直处在心理因不安而紧张的状态,显然一直提心吊胆的,分明是怕她先火起来骂他个狗血喷头。

而她那一个时期对自己的要求却是——只要表示愿意帮助她的人,不管其表示是真是假,自己都应一律地回报以感激,包括假的感激。她觉得自己太孤立无援了,太需要帮助了,连空头支票那种帮助也需要。对于渴极了的人,眼药水儿也是水。

她以女人研究水果摊上的水果是否打过蜡的那一种目光看着他，语调尽量平静地问："你主动找上门来，表示愿意帮助我，其实主要是因为你想趁机和我发生性关系，我这样理解对吗？"

话一说完，连她自己都吃惊自己问话的方式未免太过于单刀直入了。然而她一点儿都没脸红，已是结过婚、有过孩子的女人了，对于男人们打算和他们相中的女人发生婚外关系的想法，她早就了如指掌不觉可耻了。只不过她一向善于把持自己，从没背着丈夫与别的男人劈开过大腿。

他倒吃惊起来，呆瞪着她一时说不出话，仿佛被她几下就剥光了衣服。

她又问："你和你老婆关系好吗？"

他却脸红了，自卑地说："我俩……我俩三年前……离了……"

"把烟掐了吧。"

她说着站了起来。

他的手更加发抖了，笨拙地摁了几次才将吸剩小半截的烟彻底摁灭在烟灰缸里，还弄脏了手和茶几。

"你站起来。"

他站起来了，掏出手绢擦手指、抚茶几，同时低声下气地说："我……我是真的愿意帮助你，真的……"

"这我看出来了，什么都别说了。"

她拉着他一只手，倒退着将他引入了卧室。

当二人做完那种事，他离开床穿衣服时，她赤身裸体仰躺着，只用枕巾盖着小腹预防着凉。她目光竟挺温柔地望着他，有种久违了的心满意足的感觉。那时她忽然明白，自己需要的不仅是心理上的真真假假、真假难辨的同情和帮助的许诺，也有直接的生理的慰藉。一年多未行房事，对于她绝非习以为常。恰恰相反，有时候她想得厉害。丈夫活着的时候，两口子三天两头就变着花样做一番。丈夫每服"伟哥"什么的，而床边这个以前根本不认识的男人的持久善战靠的却是实力。她对丈夫那种在药物作用之下的来劲是有切身感受的，而床边这个男人可不是银样镴枪头。

他穿好衣服，恋恋不舍地望着她，忽然想到似的说："差点儿把正事给忘了，我打算如何帮助你的几个步骤，咱俩应该商议一下是吧？"

而她说："不必了。谢了。我心领了。"

她对他将怎样实施帮助反倒漠然处之了。不是根本不在乎了，而是从他在床上如饥似渴的表现看出来了，他夸大了他在那些当官的男人之间的能量。她丈夫生前曾对她说过，男人们的能量基本上是同等的，在别的方面太强了，在床上就不怎么行了。反过来也是一样的。她比较相信丈夫的话是有道理的。因为自从丈夫也对自己在单位的晋升与否牢骚满腹后，做爱前往往就偷偷服"伟哥"之类的了。

他说："那，我可以走了？"

她说："当然。"

他说："我自己想怎么帮你就怎么帮你？"

她说："随便。帮得上就帮，帮不上也别觉得内疚。"

她说完闭上了眼睛。他将房门关得很轻，尽管轻，还是不可避免地发出了响声，听到后，几乎同时，她眼角淌下泪来。

不久，她却反过来约见了他一次，也是在家里。她求一个最好的女友引见她认识一位县人大代表。对方称得上是她的闺密，县人大代表是对方的哥哥的高中同学，关系非比一般的高中同学。

可对方找了一个极显然是借口的借口拒绝,同样显然地,是要以那样的借口使她明白,请她以后不要再视对方为闺密了。那件事使她感到自己是孤立到众叛亲离的地步了,也使她感到"洪洞县里无好人"了——虽然她所在的县城并非洪洞县。

就是又受到了那一次心理挫折后,她不由自主地约见了他一次。

他一进门就说:"我发誓,绝不是我虚情假意地骗你,我是真心真意、实心实意想帮你的,可没想到他们一听都摇头,劝我别管闲事,还指出了你的一些不是。太有难度了,太有难度了,我太对不起你了……"

她用一根手指压住了他的双唇,随之默默拉着他一只手,像上次那样倒退着将他牵入卧室里去了……

而眼前这位县城里的大牌律师,却是一个仅仅论样子也引不起她一点儿好感的男人。女人和男人在习惯于以貌取人这一点上没什么本质区别。也不是习惯或不习惯的问题,其实直接就是人性的固有倾向,这种倾向在看待异性时决定着相当普遍的好恶。情况每每是这样,明明一个女人在花言巧语,但只要她的模样是男人所喜欢的,那么大多数的男人也会听得特享受,没被好看的女人骗惨过的男人尤其如此。他们会一边听着她的花言巧语,一边在心里这么想:谁叫我喜欢你这样的女人呢,所以你的花言巧语也令我听了高兴。正如海涅的诗句所言:"虽然我明知你一点儿都不爱我,但你的香吻同样使我如醉如痴!"反过来,女人的眼看待男人时也是如此。

那律师的样子引不起她一点儿好感是含蓄的说法,干脆的说法应该是——他的样子属于她很反感的那一类男人。而他居然穿得西装革履的,还往衣服上喷了香水儿,这就使她更加反感了。是的,如果他不是那样的一个男人,那么他车轱辘话绕过来绕过去的,她还会有更大的耐心坚持着听下去。你再绕,那也总有自己把自己绕累了的时候吧?但面对的是他那么一个男人,她实在坚持不下去了。

她强忍着没因发作而失态。

她告诫自己:不能生气,千万不能生气。郑娟,你必须听他向你捅破那一层薄薄的窗户纸啊,否则你肯在自己家里见他又是何苦来的?再说,如果你发作了,先不论失态不失态,他过后四处贬损你,你还能指望仍会有人肯帮助你吗?连关系那么好的女友对你的事都怕惹上什么麻烦而避之唯恐不及了,何况别人啊!你为了认识他花了三四千元钱呀!只要他今天能向你捅破那一层薄薄的窗户纸,向你指点迷津,那你那三四千元钱就不算白花不是?

"你的事至今也没个令你满意的结果,归根结底是因为你虽然求了那么多人,但却求到的都不是高人。高人是什么人呢?是那种一句话往那儿一搁,相求的人就如同醍醐灌顶,立刻茅塞顿开的人。捅破一层薄薄的窗户纸,说来轻巧,那也得有那高水平……"

她已经开始反胃了,再听下去有可能就呕吐起来了。

"对不起,失陪一会儿。"

她不看他,说完即起身进入卧室了。

几分钟后,律师大声问:"哎,你还谈不谈啊?我的时间可是宝贵的!"

卧室传出她如龙头余流般的声音:"进来谈吧。"

他也正中下怀地进入卧室了,见她已直躺于床,一丝不挂。

然而他差不多是白忙活了半天,忙了一头汗却并没忙出几许快活来,更谈不上快感了。而她的身子却一直凉冷冷的,连体温都没因他心有不甘的白忙活而升高一点点。

当他沮丧地站在床边穿衣服时,她依然以那种平静极了的语调问:"现在该捅破那层薄薄的窗户纸了吧?"

他说:"什么窗户纸?……啊对对,是啊,是啊,是该捅破了。它是这么回事,你吧,你是不可以两种要求同时提出的。导致你丈夫和你女儿死亡的究竟是一场交通事故还是一场蓄意谋害,这是一个问题。要求法院强制执行经济赔偿,这是另一个问题。希望两个问题一块儿解决,太复杂了。所以要分开,只先解决一个问题。后一个问题相对单纯些,所以应先……"

不必他醍醐灌顶,她已经明智地先易后难地进行了,他的高人之高见对于她连是一个好建议的价值都没有。

她平静地说:"滚。"

说完便闭上了眼睛。

房门响过后,这一次她眼角连眼泪也没淌。头脑里一片空白,像活死人似的。

她最后一个求到的还是一个男人。一个快七十岁的老男人,县里一位退休老干部。她和他之间并没发生肉体关系。他腿不好,离开了轮椅站不住多一会儿的。见面地点在他家,他老伴进进出出的使他想怎么样也不敢轻举妄动,只能趁他老伴不在眼前时亲亲她的手,拍拍她的腿——当时她穿的是裙子。

"乱支着儿!瞎支着儿!愚蠢之见!还是得要求公安部门将你丈夫和你女儿的死因先搞清楚。作为亲人,你既然心存疑点,那就有正当的权利要求公安机关介入侦查!这是你的公民权利。打蛇要打在七寸上。第一个问题解决了,真相大白了,第二个问题不就迎刃而解了吗?对吧郑娟?……你的腿可真白……"

后来她就不再没头苍蝇似的四处求助于那些男人了。求助于他们的一番番屈辱的经历使她明白——世界是男人的,也是女人的,归根结底是男人的,因为绝大部分权力由男人们掌控着。女人如果要求助于男人们了,不跟他们来潜规则是很难求助成功的。即使来潜规则那也未必就能顺利地求助成功。因为女人求助于男人而又进入了潜规则的过程,即使将自己的身子搭上了,那也往往会被认为是自愿因而是自作自受的事,难以启齿对他人道的。

于是她下了上访这最后的决定。

对于上访,她是很不情愿的。那一年对上访者们管制得极为严格,种种耳闻使她畏如险途。只剩那么一条路还没走,也就只有知难而往了。起先去往的是省城,在省城她的境遇还不太糟,接待部门的人士承诺会有批示,但实际结果是有批示还莫如根本没有批示,回到县城不久她便发觉自己被严密监控了,连她所经营的小超市周围也经常可见形迹诡秘的男女了。她明白那几个男女是执行有关方面的任务,对她的小超市实行"蹲点"的。顾客日渐减少,生意从没有过地冷清了。那一个月的利润结算下来还不够付店面租金的,她干脆将小超市关了。

她横下一条心要上访到北京去了,她孤注一掷、破釜沉舟。几次在列车站被拦截住,押回到家里,予以严词警告:"你的做法是破坏社会和谐稳定的行为!"

然而她总是能避过监视的目光又出现在列车站,却也总是会又一次被拦截住。最后一次,她被押到了一个"有利于"她"好好反省自己的偏执"的地方。那是一处废弃的农村小学，一间教室成为她的"感化室"，几个男女住在另两间教室里。他们住的教室有纱窗，床顶也挂着蚊帐。她住的教室没有纱窗，也没蚊帐。他们也不分给她蚊香，怕她弄出火灾来。正是盛夏农村蚊子既多又猖獗的季节，被"感化"的十几天里，不论白天还是晚上，她几乎就等于是一个被别人成心喂给蚊子的女人了。

在那些想一死了之都死不成的日子里，她无数次祈祷："上帝呀，如果你真的是存在的，恳求你把我郑娟变成一只蚊子吧！我希望把我变成一只隐形的、蜻蜓王那么大的，飞的时候半点儿声音都不发出的大蚊子！仁慈的上帝呀，郑娟无怨无悔地哀求你了！……"

那时，这女人心里充满了憎恨。

她一向是善良的、本分的，视一概之报复行为为罪过的女人。变成一只大蚊子来实行报复，是她那时能想得到的最狠毒的报复方式……

三

此刻，她真的变成了一只蜻蜓王那么大的、隐形的雌蚊。但她还不清楚自己所变成的是一只多么奇异的雌蚊——除了蚊子，另外什么有眼睛的东西都看不到她。她自己却能看到自己，比如她飞到镜前的时候，飞近水面也能看到自己的影像。蚊子的视力是很差的，她这只巨大的蚊子却有一双蜻蜓才有的那种复眼，视力比蜻蜓还强。更为奇异的是，她根本不必与雄蚊交配就能够生小蚊子。是的，是能直接生出小蚊子，就像有的鱼能直接生出小鱼那样。只要她在白天既吸过男人的血,也吸过女人的血,那么男女两种人血在她体内就可以"自动"合成一只只小蚊子。它们没出生时像微小的鱼子,一离开她这母体就变成了蚊子。她每晚可生下一千几百只小蚊子,而它们见风就长,隔夜就是能叮人也能交配的成年蚊子了。而且她所生出的蚊子寿命比较长。一般蚊子最多活半个月,她的"孩子们"可以"猫冬"活上两三年。

是的是的,她当时还不清楚自己变成了一只多么大、能量多么强的蚊子。

"我究竟怎么了?病了还是死了?……"

这种恐惧的本能一产生,她便无声地飞到了穿衣镜前。确切地说,那是两种本能使然的行动——女人的本能和蚊子的本能。女人的本能使她想照镜子,蚊子的本能使她立刻朝镜子飞过去。女人的本能支配蚊子的本能。于是她立刻出现在镜前了。她想照镜子的本能极为迫切,几乎使她一头撞在镜上。却并没撞在镜上,因为蚊子的反应不会使那么可笑的结果发生。对于一只蚊子,居然一头撞在镜上或其他什么物体上,岂不太可笑了吗?

于是她看到了自己——一只蜻蜓王那么大的蚊子悬在镜前,蜂鸟般快速地扇动翅膀。虽然不能像直升机似的定位于空中,但基本可以保持水平状态。

"这是什么鬼东西?是我变成的吗?"

那一对半圆的花瓣玻璃球似的复眼,起初使她以为自己变成的是蜻蜓,但立刻又看出,那根本不是一只蜻蜓,而是一只堪称巨大的蚊子——蜻蜓的嘴和蚊子的嘴区别是明显的。

"噢,上帝上帝,我究竟做了什么罪过之事你要这样惩罚我?不但将我变成了一只蚊子,还将我变成了一只不伦不类的大蚊子！你将我变成了这么大的一只蚊子，不是要使我一飞离自己的家就会被发现吗？那么不论大人孩子，谁会不以将我消灭掉为快事呢？……"

她这么一想就号啕大哭起来。那只不过是一个女人的意识部分在哭，无声，也无泪，没有任何相关的脏器反应。作为一个女人，整个的她也只剩下了意识，其他一切的一切，全都微缩成了一只蚊子，并改变生理结构存在于一只蚊子体内了。尽管相对于蚊子，那可不能说是一只微缩的而简直是一只巨大的蚊子。

但是她的意识一号啕大哭，对于她变成了蚊子的身体还是会发生一些间接的影响，她的蚊子的身体难以水平地悬在镜前了，翅膀扇动的频率不协调了，这使她蚊子的身体忽悠一下坠了一尺左右的高度，紧接着以一种高超的飞行技巧飞开了——那也是蚊子的本能反应。具有女人的和蚊子的两种本能的这一只超大的蚊子，它的奇异之处也在于，当女人的本能将会导致不好的结果时，蚊子的本能会反应迅速地化险为夷，反过来也是如此。

于是她又降落在床上自己刚刚"趴"过的地方。

"我要复仇，我要复仇！我要实行私刑性的惩罚！"

这种强烈的想法一经产生于她的意识之中，压倒了恐惧，并且使她不再抱怨上帝，也不再哭了，因为她忆起了自己曾那么多次地祈祷上帝使她变成一只蚊子。

"噢，上帝，原来你是真的存在的！那么你就应该允许我采取报复行动，否则你就枉为上帝了！……"

随着她这么一想，她作为女人而唯一存在的那一部分，也就是她的意识里顿时充满了复仇的能量和强烈的行动念头。那时刻，蜻蜓王般的大蚊子完全听命于一个原本很善良的女人"怒火熊熊"

的意识了。

于是她一下子又飞起来了。先是朝窗子飞去,有玻璃挡着,自然没法飞出去。一扇窗开着,也有夏初刚换的新纱窗挡着,那么大只的蚊子,根本不可能从纱窗的网眼钻出。

"到卫生间去!到卫生间去!"

女人的意识果断又明确地下达了行动指示,于是大蚊子从窗前掉头飞入卫生间了。她每次洗完澡之后都习惯敞开卫生间的门,为的是使潮气容易散出,卫生间干得快些。卫生间的窗是半开着的,南方人家差不多都那样。为了防止蚊子飞入,往往在窗台上放一种小布袋,里边塞满气味像樟脑丸一样的驱蚊药。蚊子对那种气味特敏感,不敢冒险接近。

"噢,也不能从小风窗飞出去!"

她正这么提醒自己这只蚊子,却发觉自己已经在外边了。作为蚊子的她丝毫也没嗅到那种气味。或者反过来说,那种气味以及其他一切蚊香、驱蚊剂、熏蚊草之类的气味,对于她这一只大蚊子是丝毫也不起作用的。她在庆幸自己的无恙之后,居然冒险地飞近了小布包,想要搞明白它对自己为什么竟无伤害。没有伤害就是没有伤害。她甚至在小布包上伏了一会儿,也未感到任何不适。

"哈,哈,想不到我变成的是这样一只蚊子,上帝啊,您老人家太心疼我了,教我如何能不信仰您呢?……"

在她的意识之想象中,上帝以一位慈祥老者的形象出现,酷似罗中立的油画《父亲》——她曾在电视美术频道见过那一幅油画,留下了很深的印象。《父亲》很像她早已故去的同是农民的父亲。她很爱父亲,父亲也很爱她,父女感情深厚。只不过,她想象中的上帝并不扎白毛巾，而是一头凌乱的白发，这一点又有几分像晚年的莫扎特。郑娟可不是一个除了挣钱再就只习惯于嗑着瓜子打麻将，或蜷在沙发上一集接一集兴趣盎然地看垃圾电视剧的女人。不，不是那样的。实际上她是一个喜欢看书的女人。以前常常是，丈夫在低着头聚精会神地玩手机游戏，而她同样聚精会神地在看书。她对书的选择挺有品位，这使她文化见识的视域挺丰富，许多大学生都没有的见识，她反而是有的。她是民间寻常女性中一颗为数不多的读书种子，所以她那无所归属的独立存在于空气中的意识的联想十分丰富。而这种十分丰富的联想，又使她的意识觉得自己仿佛仍是一个女人，只不过被隐身了。蚊子是蚊子，并不是她，最多只能说是她的一部分，还不是主要的部分。

她少了几分害怕，勇往直前地飞往第一个复仇对象必定会在的地方。她目的地明确地飞着飞着，看见一个姑娘在公共汽车站候车。姑娘二十三四岁，挺秀气，短发，穿无袖连衣裙。裸着的双臂白皙，皮肤细嫩。那样的两条手臂，确切地说是那姑娘的体味，几乎只有蚊子才能闻到的体味，诱使她胆大无比地飞了过去。那时她这只大蚊子忽感饥渴难耐。她昨晚没吃晚饭就睡了，她的蚊腹瘪瘪的，她那蚊子的身体里顿时产生了一系列的生理反应，使她立刻想要畅饮人血，如同酒鬼犯了酒瘾似的。

然而她不是一个行事莽撞的女人。在任何情况之下，她都是一个胆大心细的女人。她先绕着姑娘的头飞了一圈，看那姑娘的反应是否敏捷。姑娘却丝毫反应也没有，仿佛是聋子。姑娘的手伸入了挎包里，她猜想姑娘将要取出手机了。姑娘取出的却不是手机，而是袖珍本的小书，安徒生的插图版童话集。她已看出那姑娘并不聋,当附近一棵树上有蝉突然鸣起来时,姑娘朝那棵树望了一眼。

她困惑了。

自己这么大的一只蚊子,飞时得发出多响的振翅声啊。这姑娘明明不聋,为什么就听不见似的呢?

但她仍不敢贸然行动——她太清楚有些人对付蚊子的策略了!明明听到了蚊子的嗡嗡声,却装出毫无察觉的样子,正在怎样,照样怎样,只待蚊子刚一落定甚至是将要落在身体的什么部位时,出其不意地啪的一掌,一只蚊子就丧命了。那类人是蚊子杀手,十只想要吸他们血的蚊子,往往有八九只还没来得及下嘴就被拍扁了。她自己没变成蚊子之前就属于那一类人,所以她要对那姑娘再进行试探。一只蚊子如果受一个成年女人的意识的支配,如果那女人并不是一个脑残的女人,那么那只蚊子便一定是一只极为狡猾的老谋深算的蚊子——虽然她是一只刚"出生"的不谙蚊道的蚊子。

她怀着高度的戒备飞近了姑娘的耳朵,翅膀几乎触着姑娘的耳郭了,就在那么近的距离悬浮着。蚊子要保持在空中悬浮不移,翅膀扇动的频率就应更快,发出的声音也更大。

然而姑娘分明还是没听到,低头专心致志地看着书。

县城里的生活节奏是慢的,虽有公共汽车,乘车的人却不多,车次相隔的时间较长,候车的人等得都耐性可嘉。

姑娘的表现使她终于明白,原来自己变成了一只飞着的时候并不发出嗡嗡声的蚊子!这使她简直有些惊喜了。她又在姑娘的眼皮底下飞过来、飞过去的,还胆大无边地在《安徒生童话》上落了一会儿——姑娘的表现依然如故。

这使她进一步明白,原来自己还是一只隐形的蚊子!

"哈,哈,现在人奈我何?人奈我何!我变成了这么奇异的一只大蚊子,如果还不实行一个都不宽恕的报复,更待何时?更待何时!上帝老人家将我变成这样的一只大蚊子,不就是为了成全我的报复愿望吗?……"

她不但惊喜,而且对于即将实行的报复稳操胜券,信心百倍,勇气大增。

却并没抵消掉饥渴的感觉。丝毫也没抵消。

腹中空空,又飞了一阵,真是又饥又渴,她急迫地需要饱吸人血!

姑娘沉静地低头看书。

她从书上一飞起,目光首先被吸引住的却不是姑娘的手臂,而是姑娘颈子的一侧。那部位的皮肤像姑娘的手臂一样白皙,比手臂还细嫩,并且白皙细嫩的皮肤之下,隐隐呈现一截淡蓝色的、毛线般粗细的血管。这是在成年人中不常见的情况,只有极少数儿童和少女的颈部才会那样,连少年们的颈部也很少如此。

那血管使她亢奋。

这世界上不曾有一只蚊子能直接将吸针刺入一个人颈部的血管中。

然而她的吸针绝对可以轻而易举地刺入!

正当她预备突袭时,姑娘合上了书。书的封面印着安徒生的半身画像,那实际上其貌不扬的童话作家的样子被画家美化了,看去有几分像英国的美男子诗人拜伦和雪莱了。

她的家里如今仍保留着一本同样版式的《安徒生童话》。

她曾为女儿读过。

女儿曾端详着"安"的画像说："他很漂亮。"

在她和女儿之间，安徒生一向被亲昵地说成"安"，仿佛是她家的一个好亲戚。

她从没告诉过女儿真相——"安"一点儿也不漂亮，用其貌不扬来说他已是相当礼貌的说法。不仅如此，"安"还是男人中的小矮子。

就在那时，姑娘吻了一下"安"，吻得很深情。

姑娘这一动作，竟使她的刺针没有刺下去——她嘴两旁的瓣颚已经分开了，她的刺针已快接触到姑娘的皮肤了。

然而她收回了刺针，合拢了瓣颚，从姑娘的颈旁飞开了，悬浮于姑娘对面了。

那秀气的姑娘看去是一个尚未恋爱过却已开始思春的人儿。

"我不能，她和我无冤无仇，看去分明还是一个好姑娘！再说她正在看书，看的居然还是《安徒生童话》！如果她在玩手机，那么是另外一回事。这年头，看书的年轻人已经不多了，看书的姑娘尤其少了。看'安'的童话集的姑娘，往往会被嘲笑为弱智的！这样的姑娘是应该友好对待的，我不能……"

她那女人的意识以各种理由说服自己不要"空袭"那姑娘，她的蚊子之身却由于饥渴难耐而生理反应强烈，一次又一次地向姑娘的皮肤接近。或者还是颈部，或者是脸、手臂，甚至有几次向下飞，企图接近姑娘的裸腿。大蚊子的瓣颚也一次又一次分开、合拢，再分开、再合拢……

正当她的意识和她的蚊子之身互相争夺行动权的时候，公共汽车终于开来了。几秒后姑娘已在车内。她被车门关车外了，灵机一动，落在车后窗上搭乘起顺风车来了。

她气喘吁吁，觉得更饥渴了，还觉得好累。刚才那一番女人的意识与蚊子之身的争斗消耗了她不少的生理能量。见到那姑娘背靠扶手立杆又在看"安"的童话集，她竟因毕竟没有伤害到对方而产生了几许欣然。

搭顺风车的她，快捷地来到了一处会场。昨天电视新闻报道，上午有一场关于维护社会公正与治安的会议要在那里召开，她估计她的第一个报复对象肯定在会场中。

她估计得不错，他果然在那里，坐于台上，正对着话筒侃侃而谈。那男人并没对她潜规则，更没在肉体方面占过她什么便宜。实际上，二人没面对面过，更没说过话。但在所有她将要实施报复的男人中，她最恨的是他。她知道，是他亲批文件将她列为重点监控对象的。在她被"收容"期间，他还到那地方去检查过看管人员的"工作"情况。在关她的房间里，她听到过他和他们的对话：

"这就是禁闭她的房间？"

"是的，领导同志。"

"要使她彻底明白，给政府制造麻烦是绝无好下场的！"

"明白。"

"纱窗不必修。蚊香不必给。"

"那么，蚊帐呢？"

"更是多此一举，蚊子又叮不死人，让她受点儿惩罚是应该的，也是你们的责任！否则派你们在这里干什么？"

"懂。都懂。请领导放心。"

他走后，他们对她的态度更加冰冷了，而且将她的关押时间延长了半个月，直至她肯于屈服地写下悔过书才获释放。

蜻蜓王般的隐形的不发出一点儿振翅之声的大蚊子,遍体膨胀着复仇的怒火朝在台上侃侃而谈的男人飞过去,如同一架携带着核弹头的歼击机朝歼灭目标飞过去。如果她不是隐形的,那么人们看到的也许是一只着火冒烟的"大蜻蜓"。

那男人啪地往脸上拍了一下。确切地说,是一掌拍在右眼上。

"哎呀,什么虫子叮了我一下。请原谅我的失态之举啊亲爱的同志们,坐在台上就这一点不好,雅或不雅的动作都会暴露在众目睽睽之下……"

他还想趁机幽上一默。

虽然那话也没什么幽默性可言,台下却照例响起了阿谀献媚的笑声。有人还起身高举手机为那时的他拍照。

"刚才我讲到哪儿了同志们?……"

啪!

他紧接着又往左眼上拍了一下。

而他的右眼已肿了起来。

多大只的蚊子啊!它的刺针像静脉注射针头似的;何况还是一只愤怒到极点的大蚊子,当然袭击效果立竿见影喽!

"哎呀、哎呀!……"

那男人双手分捂在左右眼上了。他的感觉不是痒,直接就是疼,如同被马蜂蜇了。他离开了座位,碰倒了椅子,就那么双手捂眼,哎呀哎呀叫着,满台跑圈。

她却并没停止进攻。她嘴两旁的瓣颚一次又一次激动地分开,一次又一次准确地将刺针深深插向他的脖子、耳朵、额头、鼻尖、手。

台下的人全都站起来了。他们什么都没看见,也什么声音都没听到，根本不明白发生了什么情况。简而言之，都看呆了，有人还以为领导突然中了邪呢。

居然又有高举手机拍照者。不心疼领导的家伙，不但什么时候都会有，而且往往在领导突遭不测时原形大暴露。

"别照啦！都照什么照？张科长，你还想不想再当科长了？快上台保护领导呀！……"

于是有人对领导的爱心被唤起了，犹犹豫豫地往台边移动，进一步退两步的。不明情况，尽管爱心被唤起了，却谁都不敢冒失登台。万一真是什么邪魔附体呢？一旦转附到自己身上，那是闹着玩儿的吗？

而领导却舞扎着双手，哎呀哎呀直叫着，啪嗒一声掉下台去。

她这才算多少获得了一些报复的满足和快感，再没攻击别人，扬长而去。她是可以顺便也攻击别人几次的，比如那些想要表现对领导的爱心的人，但一考虑到他们挺无辜，分开的瓣颚于是收拢紧了，有原则地作罢了。如果她想，她也真的可以由着性子对所有的人攻击不止，那会使整个会场一片惊叫疼喊，乱成一锅粥的。

但她并无那种想法。

她离去得像进入会场一样顺利，伏在一个着急忙慌打手机的男人的背上进入了电梯——那男人是领导的秘书。出了电梯，她一下子就从一扇敞开的窗口飞到外边去了。

对于蚊子，人血以及其他一切动物的血本身是没有味道的。对于她这只奇异的大蚊子也不例外。她吸入时只感觉一股温热的液体进入了腹内，于是似乎电器充了电似的，生理化学反应使她觉得自己又强大了许多。但同时也感觉身子沉重了，以至于影响飞行速度了。就像人吃得太饱了反而倦怠那样。

她飞向一棵树,躲在几片大叶之间睡了过去。那一觉她睡得很长,醒来时已是黄昏。那时的她才真正感到精力充沛,能量饱满,战斗力极其旺盛。

她看到了这样一种情形——那棵树的一侧是一片水塘,塘中莲叶翠绿,几茎莲花娇蕊初绽。在水塘上方,一群蚊子飞作一团,忽而飞散,忽而聚拢。它们分散,乃因有一只蜻蜓在攻击它们;它们聚拢,乃是出于一种自保的本能。蜻蜓从飞作一团的蚊群中逮到一只,比逮到一只单独飞着的蚊子难度要大些,所谓视觉迷乱的缘故。

那是一只被人叫作"黄毛"的蜻蜓,比"红辣椒"大不少,比"八一"的身子稍微短点儿,却较肥壮,从头到尾全身都是黄色。黄中带褐那一种不纯正的黄色。连四片翅片上的筋络状的线条也是那么一种黄色的。那只"黄毛"的飞行技巧很高超,显然特有空中捕食蚊子的经验,蚊群企图迷乱其视觉的伎俩对它显然失灵。它每向蚊群冲过去一次,总能准确地逮到一只蚊子大快朵颐。一般而言,一只蜻蜓吃掉两只蚊子就基本上饱了,吃掉三只就未免会撑得慌了。可她眼见那只"黄毛"已经吞食掉四只蚊子了,却还不肯罢休地继续向蚊群进攻着——看来是蜻蜓中的一只天生的吃货。

她讨厌吃货,不管是人还是蜻蜓。而且,眼见自己的同类受到一次次无法招架的攻击,顿然心生同情和侠义。还没等她那作为女人的意识想好了究竟该不该管这等闲事,作为蚊子的她已经本能地也是果断地采取行动了。

她从树叶上起飞,向"黄毛"冲了过去。"黄毛"虽有一对复眼却看不见她,它只是从气流的变化预感到将有什么对自己不利的事发生了,还没来得及有所反应,已被她撞得在空中连翻了几个筋斗。它凭着高超的飞行技巧刚一稳住身子,竟被她用六只"手"紧紧抓牢了尾部。她就那样拖着"黄毛"在空中忽上忽下地飞,使"黄毛"对自己的身子完全失控了。如果说"黄毛"是一条蛇,那么大只的她宛如一条巨蟒,"黄毛"根本不可能是她的对手,只有被"修理"的份儿。

"黄毛"看不见她,那群不知怎样才能有效自保的蚊子同样看不见她。但它们感觉到了一只强大的、不知从何而来的无形的同类的存在——那是蚊子之间的化学信息的传递和接收现象,只有蚊子之间才能明白的事。它们也看到了"黄毛"被"修理"的惨状。那时她的六只"手"已自上而下地牢牢地钳制住了"黄毛"的头。只要她想,可以轻而易举地将"黄毛"的头扭下来,或仅仅两下就用刺针刺瞎它的双眼。比较而言后一种手段虽然蚊道一些,但"黄毛"还是必死无疑。

她犹豫着究竟该怎样结束战斗。

越聚越紧密的蚊群这时发出了更大的嗡嗡声,同时也做出了集体的释放性更强的生理化学反应,那种反应类似于人的欢呼与口号:

"王!王!神圣的蚊之王!……"

"吾王万岁!吾王万岁!……"

在她听来,确切地说是她所感受到的化学讯息经由她的意识译成了欢呼与口号。

蚊群中的每一只蚊子都特亢奋——她的无形的存在,使它们以为她是无限大的,当然也就可以占领全部空间。它们想象着同

· 129 ·

类中产生了如此伟大的一只，那么地球以后肯定便是属于蚊子们的常乐家园了！

更多的蚊子迅速地从四面八方聚拢了过来，欢呼与口号之化学释放波频更密集也更声如雷动了。

这反而使她作为女人的那一部分意识顿时冷静了。

"见鬼！我怎么会被呼作蚊子们的王？我才不要做什么蚊子们的神圣之王！我才不愿堕落得不可救药，见鬼见鬼见鬼！……"

作为一个曾经的女人，她所反感甚至可以说讨厌的事之一，就是呼众集群起哄架秧子。她的经验告诉她，不论什么人，一旦参与了那种事，也不论在其中扮演什么角色，不被利用几乎是不可能的。要么是成为主角利用了由群氓组成的乌合之众；要么是反而被乌合之众所裹挟，最终身不由己地被利用，结果也变得与他们差不多了。

何况现在的情形是聚蚊成雷，是绝对的害人虫们的集结，比人类中的乌合之众的起哄架秧子更讨厌啊！

于是她的六只"手"松开了，将已认命一死的"黄毛"放生了。

"黄毛"仓皇地飞走了。

"战无不胜！战无不胜！……"

群体庞大了许多的蚊子，亢奋不减反增。

讨厌的情绪在她的蚊身中成了主要的行动本能，使她明智地选择了逃之夭夭。

"追随吾王！追随吾王！……"

庞大的蚊群凭着生理化学定向本能穷追不舍。

"我讨厌这种事！"

她也释放出了强烈的生理化学讯息，随之加快了飞行速度……

四

她不知怎么摔落在自家的卫生间里，幸而并没摔伤——在落地那一瞬间又恢复为女人。

她一时蒙，未明白是什么事发生在了自己身上，以为自己不小心滑倒了。

她离开卫生间，从冰箱中取出瓶矿泉水，坐在沙发上喝了一口，觉得脑子里一片空白。虽然天还没黑下来，但挂表的指针显示的时间已是七点多了。对于自己在已经过去了的一白天里的经历她毫无印象。

"我又病了吗？"

她摸了一下自己的额头，并不发烧。

电视遥控器就在手边，她随手拿起开了电视。央视新闻是她一向要看的。之后是本省新闻，那也是她照例要看的。

"今日上午，省第一人民医院收住了一名奇怪的重伤患者，该患者是由某县医疗抢救中心紧急送到的。据其自诉，在开会时突被看不见的什么东西叮咬。为了不引起公众没有必要的恐慌，上级指示暂不报道那一县名……"

伴随着男播音员永远波澜不惊的语调，屏幕上出现了由手机实拍剪辑成的新闻画面：

那个被她报复过的男人的双眼肿得像大眼泡金鱼的双眼；他的脖子肿得快跟头一般粗了；他的鼻子肿得像貘的鼻子了；手肿得像熊掌……

还有记者对现场目睹者们的事后采访：

"您没看见和某东西是看不见的，这两种说法的意思很不同，您究竟是哪种意思呢？"

"我的意思很明白啊，当时会场中那么多人，什么都没看见的不止我自己嘛，没有一个人敢说自己看见了什么呀！许多人都用手机拍照了、录像了，结果都是没有呈现什么可见的活物嘛，这跟什么东西是看不见的意思没什么不同嘛！……"

此则新闻报道使她一下子忆起了自己的所作所为，却无法明白自己怎么就能又恢复成了一个女人，然而成功实施了报复的痛快之感，使她又一次祈祷起来："上帝啊，另外那些卑鄙男人的行径也是应该受到惩罚的呀，那么我还是得多次变成蚊子啊……"

她心中默默这么祈祷时，无意间从镜中发现——自己的头在渐渐缩小，面容在渐渐发生改变。

那种改变令她大骇。

"噢，上帝上帝，不是这时候，不是这时候，您怎么比我还性急呢？……"

于是她的头和脸又复原了。

于是聪明的她领悟了，自己是可以通过内心祈祷来控制身为女人与身为蚊子之间的随时变化的。她大喜过望，移坐桌前，执笔展纸，开始写一份报复名单。

嗡……

她听到了飞蚊发出的声音，一只身子呈霉草根色的蚊子转瞬间落在白纸上。她下意识地举手欲拍，却并没拍下去，一种莫名其妙的亲和之感使她的手又轻轻放在了纸旁。

"王，我的神圣的法力无边的蚊王，请原谅我贸然出现在您面前，我有些至关重要的话希望能与您坦诚交流。"

只有老蚊子的身子才是那种颜色的。

出于敬老的礼貌,她向老蚊子传递出了"洗耳恭听"之讯息。

于是在她与那只老蚊子之间进行起生理化学系统的思想碰撞。

"王,我无限崇拜的王,没想到您还能化为人形,这真使我大开眼界啊!"

"老者,您得明白,我讨厌别人,不,别的蚊子对我说个人崇拜那套话,非常讨厌,请您开门见山。"

"那好那好,不过首先还是得允许我讲讲历史。"

"允许。"

"在地球上出现了人类以前,我们早于他们几亿年就出现了。可是呢,现在地球反倒主要成了他们人类的。自从他们聪明了一点儿,就千方百计地想要彻底消灭我们,这是一个事实吧?"

"是的。"

"他们连电蚊拍都发明出来了,以后不知还会发明出什么东西来对付我们。可我们呢,我们那么渺小,发明不出来任何足以自卫的武器,更不要说进攻性的武器了。人类谴责在他们中使用化学武器,但对我们使用起大规模杀伤性武器来却仿佛天经地义,这公平吗?"

"那是因为我们,不,因为你们……因为蚊子传染疾病……"

"王,我的王,我不介意您说'我们'还是'你们'。您是至尊至圣之蚊王,与我们普通的悲催的蚊子当然不可混为一谈。但,说到我们对人类健康的危害,那我就必须认认真真地与您讨论一番了。我们蚊子才能在人类中传播区区几种疾病啊?更多的疾病是他们自己搞出来的呀!如果没有生了血液性传染病的人,我们想传播又怎么能传播得了呢?就寻常叮咬而言,我们一次才吸他们多点儿血啊,那一般后果无非就是痒一阵,肿个小包嘛。相对于他们自己对自己造成的危害,比如战争,比如天天吃被农药严重污染的食品,我们的危害岂不是微不足道吗?"

"你说的不是一点儿道理也没有。但是以你的年龄,你应对这世界的真相具有一些常识性的认知才对。这世界上的许多事,本就是公说公有理,婆说婆有理的。"

"是啊是啊,不幸身为一只蚊子,今天已经是我活过的第九天了,能活过十几天的蚊子少而又少,这一点想必您也知道。既然您说这世界上的许多事是说不清孰是孰非的,那么老蚊我斗胆请教,人类又凭什么将彻底消灭我们认为是绝对正义的事呢?"

"老蚊,我不愿与你讨论下去了,以免咱们伤了和气。你就最后直说吧,究竟为何不请自来?"

"我的王啊,蚊子将死,其言也雷人。史有蚊言文曰:'量小必人类,传病真蚊子。'恳求您以蚊王雄风,号召世界各地各等蚊子,组成天下最众之蚊子大军,与人类决一死战!天下者,蚊子之天下也。下定决心,不怕牺牲,将被人类控制的天下归属权夺回来!那细皮嫩肉、易于我们吸血的人类,我们可运用传播疾病之战术,使他们成为瘫痪人,不能再对我们的叮咬构成危险,于是变成我们的永久血库。那么一来,我们蚊子的一生,将不再是忐忑的一生。我们的寿命,也许就不再是十来天,而可能是几十天,甚至几个月,几年,几十年了。这地球,也将是我们蚊子的常乐家园了……"

"住口!简直是一派胡言,疯话!"

然而老蚊子一经竹筒倒豆子般说起来,便刹不住车了。

它滔滔不绝地只图痛快地继续说:"我知道在某处有一片拆迁造成的残垣断壁,那里曾是早年的传染病院,因为条件根本不达标所以被拆了。那里的许多断壁上留下了斑斑点点的干血迹,偶尔还能发现我们蚊子的干尸沾在上边。想想吧,传染病院啊,那些干血迹全是有病毒的!干了没什么的,我们可以用我们的唾液去化开。据更老辈的蚊子们传下的回忆,那里还有艾滋病患者住过院呢。人类以为我们不能传染艾滋病,他们大错特错!只要我们携带着艾滋病患者那种有病毒的血迹,即使是一星半点儿,即使是干了许久又用我们的唾液化开的,只要弄到他们人类皮肤的伤口处,使他们传染上艾滋的概率那也是很高的。至尊至圣的王啊,暂且先将这县城当成战场吧,让我们蚊子将它折腾得人仰马翻吧!用词不当,用词不当,如今县城里也看不到马了,那就声东击西地搞得它人心惶惶吧!……"

那郑娟是不听犹可,越听越加地怒从心头起,恶向胆边生。

她猝击一掌,但听啪的一声,老蚊子被拍扁在白纸上了,六条细腿平平地呈现着,翅膀也是如此,完好无损,如同绝佳的扁平标本。

她觉得自己的心随之颤抖了一下,那是一种人们形容为"心疼"的微感觉。反应于她,是很复杂的情绪现象。她心里甚至还产生了一种类似罪过的意识,却一点儿忏悔都没有。

她用纸将老蚊子包起时,想到死了的是一只有今天没明天的老蚊子,便连类似罪过的隐约意识也完全消失了。

她想将纸团扔进纸篓,却没那样;想将纸团由马桶冲掉,也没有。最后她将纸团在烟灰缸里烧成灰烬,加了点水,浇在花盆里了。那么做完了,她的心情也就恢复了此前的平静,仿佛刚才的事根本没发生过。

她又开始列报复名单。

于是，第二天，第三天，又有男人被什么"看不见"的古怪东西蜇了。虽然后果的严重程度不同，却照例被送到了省里的医院。县城里的医院不敢贸然收治，怕担责任引发医患纠纷。而严重程度不同，乃是由她实施报复时的愤怒程度怎样来决定的。对谁"刺"下留情了几分，谁的下场便不至于太惨。

不论是省里、市里，还是县里的电视台在进行报道时，都统一了新闻口径，一致将"看不见"的东西说成是"没人看见"的东西，为的是免使人心恐慌。

起初县城里的人们普遍相信"没人看见"之说。没人看见嘛，不过就是没人看见啰，极少有人往"看不见"方面去想。大多数人猜测是某种毒蚂蚁之类的虫子，顺着人的鞋爬到人身上——它们那样咬了谁，谁自己和别人确乎是不太容易看见的。

有些人幸灾乐祸，纷纷奔走相告。这年头，没有冤家的人屈指可数啊。何况，那三个男人，都是县城为人不仁、行事霸道、口碑恶劣之人。他们原先并不那样，有了点儿权势后，渐渐地身不由己似的就那样了。除了他们的孩子老婆，几乎没人同情他们。他们的朋友们谈到他们的遭遇，装出同情他们的样子，其实内心里也是挺欣快的。他们那种男人不太可能有真朋友，正如他们自己不太可能是别人的真朋友。

然而县城里的各种防虫水脱销了，特殊人士们甚至托关系走后门搞到了被毒蛇、毒蜂、毒蝙蝠、毒蜥蜴之类的咬伤后，足以保障生命安全的预防药品。网上开始销售同类进口药品，真真假假，价格不菲。尽管，县城里从没出现过以上有毒的厉害东西。

然而她两耳不闻窗外事，一心只图报复功，按照名单排列顺序，一天收拾一个。行动为蚊，在家为人，从容不迫，干得越来越顺遂,也越来越有成就感。

到了第七天,她出门扔垃圾袋时,见小区里停着几辆大卡车,三户人家同时在搬家。有一户还是与她同一单元、同一楼层的斜对门邻居。

她问:"大娘,你们怎么都搬家了呀?"

邻居家大娘说:"郑娟,你一点儿不知道吗?"

又问:"您指的什么事啊大娘?要发生地震?"

大娘说:"也不是地震那么严重的事,但也怪吓人的。县城里都闹了好几天的古怪事了,也不知有了什么人眼看不见的东西,一被它叮咬了结果够惨的。虽然到目前为止被叮的全都是大男人,谁知道以后呢?如果哪天也开始叮女人和孩子呢?省城派来了专家,可也没能给出个明明白白的说法。所以呢,有别处可住的人们宁肯不怕麻烦先搬走一时期避避……"

回到家里,她坐在沙发上吸着一支烟。她曾是一个吸烟的女人,戒多年了;那天破戒了。

斯时她心生一种大罪过感。

这是扰民啊,扰民扰得太严重了呀!

一向安分守己的她,没法不自我谴责了。

但名单上还剩下一个名字没被划掉。那是她认为必须予以惩罚的一个男人,与第一个报复过的男人一样必须予以惩罚——她本是求助于他的,他不但没相助,趁机蹂躏了她之后反而恶语威胁,警告她应该明智点儿,不许再执迷不悟。

她决定傍晚时分去将最后一档事了结了……

看去还未满周岁的婴儿在年轻的母亲怀中惬意地吮乳。

"难怪几天来我眼皮跳抖不止的,不想你爸上午去区里视察时还前呼后拥的,下午就被'规'了去了!刚才我到银行一问,咱们几口人名下的存款都被冻结了,连宝宝名下的账户也取不出现金来了。人家是早就暗中将你爸查个底掉了,可你爸还怀着侥幸心理以为能平安过关!家中值钱的东西都不知该往哪儿转移好,这可怎么办?这可怎么办?光那些东西也值几百万啊!你聋啦?倒是出出主意呀!……"

一个西葫芦身材的大妈级的女人歪坐于沙发,哭唧唧地说着,是那应该受到惩罚的男人的老婆。

"妈,你别絮叨了行不行啊!事到临头,我能想出什么对策啊?"

那女儿哭了,眼泪滴在孩子脸上。

一个青年进入这户人家,是当女婿的。

那女婿急赤白脸地说:"都他妈是白眼狼,向谁都探听不到什么情况!不管认识我的不认识我的,都东躲西躲地不肯见我!……"

这人家的三个大人,仿佛身在汪洋大海中的一叶小舟上,小舟无帆无桨的,而且开始渗水,他们都显出束手无策的大恓惶来。

斯时郑娟已在这个家中了。该惩罚的男人被"双规"了,她挺索然。却也不愿白来一次,正犹豫究竟应由谁来替罪。

她听说那是老婆的女人有心脏病,怕她根本经不住自己的袭击一命呜呼了——即使刺得留情。

那是女婿的经常吸毒——这在县城里早已是公开的秘密,虽然他一次也没被关进去过;她怕他的脏血污染了自己的血。

孩子太小,实在无辜,而且同样可能会因她的间接报复危及生命。

最后她决定对那个女儿采取行动——父债子还，这是民间法则。同样，父亲作孽，当女儿的替父亲承受一定程度的惩罚也不算蛮不讲理，何况她是一只雌蚊，其报复并不具有性侵犯的性质，更不是打算取对方的性命。

忽然那婴儿不吃奶了，瞪大一双乌黑的圆溜溜的眼盯住她看。

她联想到了民间一种带有迷信色彩的说法——未满周岁的婴儿的眼，可看见大人们看不到的东西。

这一联想使她断定那小小人儿确实看见了她。

而那小小的人儿咯咯笑了，笑得如同初开的向日葵，使她觉得自己心里仿佛有一轮太阳悬在叫心尖的地方，向下投射着舞台顶灯般的光，将她心灵的边边角角都照亮了。

她做过母亲的经验告诉她——婴儿如果起初吃的是奶粉，改吸母乳了基本上不需要什么适应过程，那是他们的天性所更愿意接受的改变。而反过来则情况大不相同，如果一个婴儿吮惯了母乳，起初改吸奶嘴是会发生排斥现象的。有的婴儿甚至会哭上一整天，直到饿极了才肯含奶嘴……

她不愿使那咯咯笑着的小小人儿遭受大人之间的怨毒的牵连，不管他是否真的看到了她，不管他可爱的笑与她有关没关。

"妈，孩子他爸，你们快过来看宝宝怎么了！先是不错眼珠地看那儿，后又咯咯地笑起来没完……"

于是当爸的和当姥姥的凑了过去。

当爸的横着一根手指在孩子眼前移来移去，继而转身四处巡视着房间。

孩子却已不笑了，目光随着她的转移而转移。

当姥姥的双手一拍:"不好了,我想起了一种迷信的说法,也许有什么邪性的东西进来了……"

言罢双膝跪地,双手合十,闭上眼睛快速地念起什么经咒来。

郑娟一下子飞到茶几底下去了。

她是不怕任何咒语的,但那半老女人的语速令她讨厌。她也还没有穿壁的本领,只能在谁开门时趁机而去。

她放弃了最后一次报复行动——那也是一次狼狈的行动。

"郑娟,你已经三个多月没产生不良幻觉了,想出院吗?"

问话的是坐在她对面的女医生。

她点了一下头。

"那么,你今天就可以出院了。哦,这份报你带走。是它使你的病情迅速好转的,留作纪念吧。"

她默默接过了报,霎时泪如泉涌。

报上有篇整版报道,通栏大标题是"中纪委明察暗访惩办腐败,组合拳自上而下重击魍魉";副标题是"三年前交通事故竟是谋杀,一干人等尽数判刑"。

自从读了那篇报道,她的心情(将她送入精神病院的坏人们认为是精神)日益平静,甚至都有点儿不在乎被视为疯子了。

她换上自己的衣服,拎着一个纸袋走出了精神病院的大门——纸袋装着些小东西,是她被强制送来时从她兜里翻出的。

那是初秋一日,上午九时许。天空晴朗,阳光明媚。

一个男人伫立于一辆轿车旁,捧一大束鲜花。

他笑了,快步向她走去。

她犹豫了一下,也向他走去,脸上几乎没有所谓表情可言,心情却有那么点儿愉快了。她对他早已不陌生,一年半以来,他每个星期都来医院看她,每次都给她带她想吃的,陪她度过一个上午或下午。

他说:"我所遗憾的是,一心想帮你,可根本没帮上。"

她说:"人的能力有大小,谢谢你的尽力而为。"

他将鲜花递向她,她高兴地接过去了。

他拉开了车门,她又犹豫一下,坐入了。

车开走时,她不禁扭头朝医院望了一眼——白底黑字的牌子的下半部被刚停在那儿的另一辆车挡住了,她只望见了"精神"二字……

2014 年 10 月 15 日于北京

丢失的心

"它好像根本不是我的了。"
K 先生指着心口这么说。

K先生病了。确切地说，是K先生觉得自己病了。

在不到一个月的时间里，K先生数次对夫人忧郁地说："我肯定病了。"

他觉得心脏出了问题。

"它好像根本不是我的了。"——他第一次指着心口这么说时，引起了夫人的高度重视。

夫人问："具体什么感觉呢？"

K先生嗫嚅地回答："说不太清楚。反正我就是觉得它不是我原来的心脏，而是别的什么人的了。"

听了他的话，夫人反倒不怎么认真对待了。

"它已经开始影响到我这里了。"——K先生第二次说时，指的不再是心口，指的是头颅了。

"使你头疼过吗？"——又引起夫人的重视了。

"比头疼还糟糕。我想，也许不久以后，我整个人都会被改变的。我的，也是咱俩共同的生活方式必将随之改变，可我不愿出现那样的情况。"

确实，K先生这个人有点儿变了，夫妇二人习以为常的生活方式也有点儿变了。自从他们结婚后，三十几年里家中不曾有过一本闲书，有的全是财会方面的、股市交易经验方面的书。他退休于证券交易所,夫人退休于财会科长的岗位。夫妇二人都曾是很敬业的专业人士,从不看闲书的。他们认为看闲书的皆是精神空虚,是对自己的人生找不着北,完全丧失了方向的人。他们不屑于与那样一些人交往,朋友圈里没有一个那样的人。

"老婆你看,我居然开始买闲书了!不但亲自到书店里去一本本挑选,买回来后还一本本读,读了后居然还要思考写书人的观点对不对;居然还与写书的人进行单方面的探讨、辩论;读到欣赏的段落,居然还会再读一遍,甚至反复读!居然还会做出更可笑的事,居然向朋友们推荐!……"

K先生居然在他并不算长的话语中多次用到"居然"二字,以强调事态的荒唐程度。他们两口子及他们的朋友们,一向将世上所有的书分为两大类——读了有用的和读了没用的。有用的指能立竿见影地指导人们解决实际问题,助人实现实际愿望,达到实际目的之书;其余一概是无用之书。而对写前一种书的人,他们尚会颇怀敬意称其为"作者",对于后一种写书的人,则往往以"靠写书挣钱的人"来谈论了,谈论时难免流露出不屑的意味。即使在有用的书中,两口子大半辈子以来也基本上只读三类——菜谱、养生保健、传授如何挣到更多的钱的书。此外居然也读某些已然挣到很多很多钱,跻身富豪阶层的成功人士的传记。

确乎,近半年以来,他们家的书架上多了几十本无用之书,无非是些文学的、文化的、艺术的、历史的,以及关于人生与社会的思想类书。一言以蔽之,用他们的话来说,纯粹是"精神极度空虚,无聊到不知究竟该拿自己怎么办才好的人所读的闲书"。

"老婆,难道你居然一点儿都没觉得我已经变得多么不正常了吗?我怎么变成现在这样一个人了!难道你居然一次也没问过为什么吗？咱们的朋友们约咱们聚餐、打麻将，我居然变得不怎么情愿了！我也不怎么爱陪你看电视剧了，当你告诉我网上的关于明星的八卦新闻时，我也几乎没有了与你分享的乐趣！以前咱俩经常一上午或一下午地自编几段夫妻笑话发给朋友们是吧？可这半年以来，咱俩压根儿就没再共同创作过那样的微信内容也是一个不争的事实吧？更要紧的是，有几次别人请我去讲座我都拒绝了，理由居然是因为正在按照自己给自己订的读书计划读某一本闲书！这他妈的算什么见鬼的理由？！如果一个人对挣钱的态度都开始漠然了，那么这个人岂不是就快变成白痴了吗？！……"

K先生对自己种种不正常的表现忧心如焚，说着说着，居然眼泪汪汪的了，如同那种种不正常的表现是癌症前兆。

他夫人虽然也认为他的那些表现属于不太正常的表现无疑，但显然还没不正常到值得他惶惶不安的地步。

她善于排忧解愁地安慰道："老公，你与从前的你相比，尽管真的有些不正常的、古古怪怪的表现，但那种不正常和古怪不是也不算太出格吗？别忘了咱俩大学本科学的都是中文，当年都有先见之明，预感到了中文的没出息才一块儿奋发图强考上了经济系研究生的。我想那四年的中文底子，肯定在咱们的头脑之中残留下了某种影响。现在那种影响找到你头上了，所以你才会有那种种古怪的表现。你当年是一名优秀的中文学子嘛，残留的影响当然会根深蒂固一些。不像我，我从来就没喜欢过闲书这种浪费人时间和精力的有害无益的东西。我当年考中文只不过是权宜之计，明智的选择。所以呢，那种残留的影响虽然头脑中也有，但却奈何不了我。这大概有几分基因遗传的原因，我家几代人中根本没有一个爱读闲书的。可你的家族中，有那种爱读闲书的坏毛病的人太多了吧？你父亲是所谓文化知识分子，大学教授。你母亲，偏偏又在图书馆工作了一辈子，一年到头经常接触到的十之八九是从闲书中找学问来做的人。往上望，你的先人们中不乏秀才、举人什么的，还出过一位进士。你没退休之前，不是经常说退休以后一定要做一个以读书为乐的人吗？这都是基因所决定的。一个人不能偏与自己的基因较劲儿，只能顺其自然，以平常心看待自己身上的不良基因反应。咱们这样的人家还缺钱吗？不缺钱了是吧？银行里存的钱足够咱们安度晚年的，单位给咱俩缴的医保也很高，退休金丰厚，在城市最好的地段住着宽敞的大房子，市郊还有连排别墅，私家车也是开出去体面的那一种。儿子呢，在国外学的也是金融，并且已在国外银行工作了，稳定，成了年薪颇高的人士。在以上这么一种前提之下，你忽然又爱看闲书了，那就看呗！就算不正常，就算是毛病，但不是对身心并没多大的危害吗？"

"可在咱们的朋友圈中，也有人觉得我变得不正常了。"

K先生没能控制住沮丧，到底还是淌下泪来了。

他夫人看着他那可怜的样子很是心疼，却也想不出什么办法，只有接着相劝："是啊是啊，我也听到了一些闲言碎语。所以呢，朋友们再聚餐，你还是不要拒绝。再约咱们打麻将，你还是要表现得一如既往地高兴。总之要使朋友们觉得，你还是和大家一样的人。朋友们其实也是为你好，怕你在不太正常的道路上滑得越来越远，变得越来越不正常，越来越古古怪怪，你大可不必将他们的话当成嘲讽……"

然而那一次相劝并没达到什么实际上的良好的效果。

某日夫妇上床后，夫人已关了顶灯，开了床头灯时，K先生却经久地靠着床头沉思默想。

夫人一白天心情特好,上床之前便对上床之后心怀期待,温语柔言地问:"老公想什么呢?"

K先生一脸严肃地反问:"伯阳的话便句句是真理吗?"

夫人困惑了,又问:"伯阳是谁呀?"

K先生似乎也困惑了,却看她一眼,不屑于再回答的样子,又陷入沉思默想。

夫人将他放在枕旁的书拿过去一看,见是《道德经》注释本,于是大学本科所学过的知识残留沉渣泛起。

"你指的是老子?"

"你应该知道的。古往今来,世人皆醉我独醒的个人文化沙文主义不乏质疑与批判,正因为有那些先哲的异议存在,我反倒认为老聃(老子,字聃)是伟大的。好比一件古物,不论是金银铜铁的还是玉的石的木的,毕竟能使现代人觉得,早已达到了那等造就水平已很不错了,挺了不起了。但若据它们的精美之点,非说远远高于现在的工艺水平,甚至说成是现在无法企及的,我就认为是夸大其词了。"

夫人不认识他了似的瞠目结舌,不知说什么好了。

他话匣子一打开,滔滔不绝起来:"老子言:'古之善为道者,非以"明民",将以"愚之"。民之难治,以其"智"多。''明民''愚之''智'都是带了引号的原文。原文原文,哪一种原文才是真正的原文呢?因为不带引号的原文,自古以来坊间那也是层出不穷的。如果老子确实是反话正说,那么也同样应该用引号括上的字词,怎么就不用引号了呢?比如'绝圣弃智,利民百倍;绝仁弃义,民复孝慈'。人家李耳(老子的原名)也没用引号嘛,当今的某些学者又凭什么非说老子此处所言的圣、智、仁、义是指伪圣、伪智、假仁、假义呢？这难道不是有阿谀古哲之嫌吗？而阿谀不是老子所鄙唾的吗？老子早已指出，凡阿谀者，必有所图。他们图什么呢？"

K先生的目光凝视着夫人了，导师向学生提问似的问："你说说看，他们图什么呢？"

夫人不仅瞠目结舌，而且大惊失色了。

K先生则沉思默想地接着说："我觉得，咱们中国人有一种很古久的毛病，往往一个时期里将自己的文化成就、文明成果自我否定得一无是处，一概地说成是'瞒'和'骗'的文化；一个时期里却又将自己的文化、文明百般美化，仿佛美轮美奂，白玉无瑕。这世界上哪一个国家总体的文化会是那样的呢？哪一个国家的文明史又没有往事不堪回首的负面呢？"

夫人骇然地问："你怎么了？"

K先生神情庄肃地反问："你认为我怎么了？"

夫人口吃了："你……你胡思乱想些什么呀？老公……你你你可，从来不这样的啊！没什么正经事可想了吗？值得为……为那些根本不值得一想的破问题费脑子吗？……"

"我是不是又不正常了？是啊是啊，我这是怎么了？我怎么会变成这样？我多次说过我变得不对劲儿了嘛，可你总是不当回事，掉以轻心！可怕，太可怕了！"

K先生于是紧张兮兮的了，如同癌症患者又在自己身上摸到了致命的肿块。

"你捧本闲书看了一白天，看一会儿出一会儿神发一会儿呆的，这时候肯定头脑乱成一锅粥了！乖乖睡吧大宝贝儿，不要再胡思乱想了啊!"

夫人吻了他额头一下,将床头灯也关了,并将《道德经》压在了自己枕下。

黑暗中,K先生居然慢条斯理地又说:"'民可使由之,不可使知之',也有两种不同的解释,我觉得主张愚民的解释语法上反而更靠谱一点儿。"

夫人小声地请求般地说:"睡吧。"

她眼角流泪了。

第二天是周日,每月的那一个周日,几户人家的夫妇朋友或曰朋友夫妇,基本上都要聚餐一次的。都是生活较优渥,独生儿女工作了、成亲了的人家,都有共同的也是简单的并且都感到特别充实的生活乐趣——对吃喝的永不餍足的享受、对股市行情的深入热烈的讨论以及对时事的本能般的关注。时事在他们之间便是明星或名人们的绯闻,这个门那个门的。他们从不谈政治之事,与政治有间接关系的话题也不谈,认为那些话题太粗鄙,容易引发人的不良情绪。他们都愿做中国特色的优秀的中产阶层人士。优秀当然就要优秀在"从心所欲,不逾矩"一方面。他们虽然都离七十岁还有些年头呢,但都觉得有条件"从心所欲"了那就不必太教条。况且他们的"从心所欲"挺自制,不乱来。为了"不逾矩"所以不谈政治——这是他们的共识。他们早已将本市上档次的饭店吃了个遍,这次是第三轮从头开始了。

K先生又不愿去了,请求夫人允许他留在家看书。

夫人不悦地说:"前两次你就没去了,我再编不出谎言替你解释了。就算还编得出来,朋友们也不会信的。"

那意思——凡事不可一而再,再而三,何去何从,你自己看着办吧。

怕使夫人大为扫兴,他又表示愿意去了。临出门,居然带了本书。夫人不拿好眼色瞪他,他赶紧将书放下了。

聚餐时,K先生的表现还算正常。朋友们大快朵颐,他也吃得津津有味。朋友们交流保健经验,他也发表看法或洗耳恭听。他们一向自诩"食者",以区别于"吃货",以表明作为"美食家"应有的谦虚。不得不承认,他们男男女女皆是"食诣"特高的食者,什么好吃的都不错过,都吃不够,却又从不至于吃出健康方面的问题来。他们经常互相传授如何吃却吃不胖,吃不出脂肪肝、"三高"之类的丰富经验,其经验中最宝贵的一条居然不是锻炼之法,而是常服一种据说原属宫廷秘方,如今也只有少数幸运的中国人才知晓的中草药汤。某几味中草药还不太容易买到,然而那对他们不是什么难事,他们都是有门路也不乏神通之人。在互相传授经验这一点上他们都特无私,谁对谁都不瞒着掖着的。

吃罢照例是要搓麻的。

搓麻时分为三桌,数局之后K先生表现出他的不正常了。

在K先生那桌有位D先生原是位区委副书记,他说:"中国有麻将,外国玩扑克、桥牌,但是若论文化含量,外国的扑克、桥牌是没法与咱们的麻将相提并论的。咱们的麻将可以是良竹的、珍木的、玉石的、玛瑙的。其上的点可以是镀金的、镀银的,那是怎样的一种手感啊!外国的扑克、桥牌却永远只能是纸的,这是文化差异。文化差异决定一个国家的历史、当下与未来。"

另外二人点头称是。

K先生既没点头,也不称是,却说:"中国外国,还有更发人深省的文化差距。"

他的话以及语调听来莫测高深，于是他们的目光一齐望向了他。

D先生便说："请道高见，愿听其详。"

K先生索性放下麻将，双手叠于桌上，垂着目光说："我是没有什么思想可言的。"

他们便也都放下了麻将。

K先生又说："当然，现在也是有一点儿的啰。"

他居然读了《梁启超传》，记住了梁任公给新生上课时的口头禅，将"知识"改为"思想"，权当成自己的话想要表明他很知晓自己的斤两。

但他们是绝不读《梁启超传》一类闲书的，当然不明白他只不过是借名人言以炫辞令，掉书袋。

一人催促："你就别卖关子了，说吧说吧。"

K先生便说："如果承认孔子是中华文化的蒙师，那么他的国家思想大体上是一种回头看的思想。在他那个时代以前，有过一个周天朝。也许那是一个相对而言较好的朝代，但终究是半封建半奴隶社会的朝代。一个较好的时代确实存在过，于是使孔子那样的思想家不可能不含情脉脉地回望它，而那样一种太有感情色彩的回望，使较好在他心目中逐渐变成很好、特好、完好，这就妨碍了他以向前看的眼光拓展他的思想维度。与别国对比，就以希腊为例吧，苏格拉底们所处的时代是古城邦文明的鼎盛时代，回头看没有什么更进步的时代可言，所以苏格拉底、柏拉图、亚里士多德们也就不会以含情脉脉的目光回望。又所以言，他们的思想是朝前看的，具有对未来的想象与设计的性质……"

同麻将桌的三个男人一时间你看我，我看他，最后又都一齐将目光注视在 K 先生脸上,仿佛三头猩猩忽然看出原以为是同类的某猩猩其实不是猩猩,而只不过是猢狲。连另外两桌的男人女人也皆转身或扭头看着他了,包括他夫人。

他夫人说:"老公,别谈政治,别谈政治行不行?"

他说:"我没谈政治,我谈的是文化。"

D 先生说:"孔子老子,何许人也?你这么谈文化,也太大言不惭了吧?我们维护自己的传统文化还来不及呢,你倒好,一番言论全盘否定了!"

K 先生辩道:"我何以是全盘否定呢?我只不过是在学习的过程中有了一点儿感想。这要感谢书籍,不读书我连现在这点儿感想还没有呢。"

D 先生怫然色变,严厉地训斥:"我看你是中了某些闲书的毒害了!"

K 先生反唇相讥:"我读的闲书你又没读过,你怎么知道有没有毒?"

二人你一句我一句唇枪舌剑起来。

D 先生一怒之下,霍立而去。

他夫人尴尬地哭出了声,一帮子朋友不欢而散。

回到家里,夫人对 K 先生泣训:"你怎么可以对人家那么失礼,人家曾经的地位比你我都高你又不是不知道!"

K 先生懊悔地说:"我那是不由自主!我也不想那样啊,我有不正常的表现能全怪我吗?我的心,我原来的心,丢失的心啊!……"

他双手抱头坐于沙发,一副深受病魔所害无辜且可怜的样子。

多少年的友情毕竟在那儿,绝不是一阵风就能刮没的。傍晚,几位朋友先后与 K 夫人通了手机，或发短信给她。朋友们的一致看法是 K 先生确实病了，他说的那些话证明他真的太不正常了，一个正常的中国人头脑里怎么会想那些乱七八糟的呢？以前的 K 先生多正常啊，除了养生、股市行情和理财经验，几乎再就不往头脑里装什么了。那才叫活得简单了，做人做得纯粹了。已经那么不正常了得及时看病，千万别拖着。连 D 先生也高姿态地做了自我批评，并对 K 先生的不正常情况表示极大关心，还发给 K 夫人一首诗请她让 K 先生看。

诗云：

啊朋友朋友，
哭泣吧哭泣吧哭泣吧！
你丢了你的心，
变成一朵毒之花，
读闲书，这多么可怕！

啊朋友朋友，
看病吧看病吧看病吧！
你要乖乖地听话，
友谊之树常青，
找回心，得靠我们大家！……

K 先生大受感动。
夫人问："那咱们去不去看病呢？"
他乖孩子般地回答："去。"

但他坚持首先进行心脏方面的检查。问题毕竟出在他自己身上，他自己更能对医生说得明白。像他们那么重视保健、珍惜生命的人士，有病是必定要启动关系网找专家看的，十几分钟后夫人就用手机联络妥了。

面对一位心脏病主任医生时，K先生才吞吞吐吐道出了真情。原来，半年多前，有一个什么专门组织各类授课活动的公司，由于看重他的人脉以及股票方面的权威性投资经验，赠给了他到某国旅游的往返机票。他患有恐高症，一生最大的遗憾是害怕出国。那次不知怎么，鬼使神差地竟登上了出国的飞机。他所加入的旅行团多半是第一次出国的中老年人，好奇心都特强。旅游领队一问想不想欣赏"重金属"特色的乐队演出，大家异口同声地说："想！"结果大多数人就都去了。是一支主要由黑人乐手组成的乐队，他们的座位好，在第一排，离舞台才两米多远，舞台灯下，连那乐手手指上的戒指都看得清清楚楚。他们以为第一排是头等座位，其实对于"重金属"特色的乐队，那是最廉价的座位。演出开始不久，有位老先生便在震耳欲聋的击打声中心脏病发作一头栽倒了，随之有几个男女被震得呕吐了……

K先生讲到此处，看了夫人一眼收住了话。

妻子鼓励道："说呀，医生在注意听呢。"

医生也耐心可嘉地说："是的，我在认真听，请讲下去。"

K先生这才接着说："我看见他们将心脏都呕吐出来了。那位老先生也是呕吐了之后才晕倒的。演出停止了，他们就在地上爬着四处找心。我也那么找，因为我的心也呕吐出来掉在地上了。我是最后才找到一颗心的，赶紧吞下去了。当时我就觉得那并不是我的心，我一米八几的身材，有的应该是一颗大个儿的心。我也明明看到了我呕出的心是大个儿的,像大红萝卜那么大,掉在地上的响声听起来很实,证明我的心密度很高。可我找到的才是一颗苹果那么大的心,拿在手里也软乎乎的,但我还是将它给吞下去了。"

夫人听得又瞠目结舌了。

医生不动声色地问:"明明看出不是自己的心,为什么还要吞下去呢?"

K先生羞愧地说:"我怕。万一有人找不到心呢?如果我不赶紧吞下去,连那样一颗我瞧不上眼的心也被别人抢夺了去呢?"

医生又问:"苹果那么大的心也不是人想吞下去就能吞得下去的呀,你是怎么做到的呢?"

K先生回答:"这我也觉得奇怪,反正当时就是吞下去了,别人也都将他们找到的心整个儿吞下去了。回国一个月后,我发现我变得不太正常了。以前我是根本不看闲书的,现在我开始变得爱看闲书了。以前我头脑里从不想些乱七八糟的问题,现在我头脑里尽想些古古怪怪的问题。我敢肯定这是因为我胸膛里的心不是我自己的心了,就是这么回事!"

"你的意思是说,有一个别的什么人将你的心找到了,吞下去了?"

"对。一看那么大个儿的心,密度结结实实的上好的一颗心,那还不人见人爱啊,成心将错就错呗!"

"会不会有另一种情况是,你的心当时滚到了什么犄角旮旯,没被谁找到?"

"不可能!不可能!每一个呕出了心的人最后都找到了一颗心吞了下去!"

"那么，什么人最有可能将错就错，将你的心给吞下去呢？"

"那个晕倒了的老家伙！肯定是他！他是小个子，我吞下去那颗心的体积正适合他的身材。再说他就爱看闲书，在飞机上、在大巴上都手不释卷的。都什么时代了还看书，那不作秀嘛！"

医生再就什么都没问，指示一名护士带领 K 先生先去做心电图。

只有 K 夫人与医生时，K 夫人眼泪汪汪地说："医生，你听他那一通神乎其神的乱说乱讲，都不正常到了什么地步呀！您千万要将他治好，帮他恢复到原先正常的状态啊，拜托了！"

医生说："您先生刚才的话您也亲耳听到了，确实神乎其神。我看这样，只做心电图还不够，您再陪他拍次心脏的片子，进行一番心血管透视检查吧。容我想一想，看了诸项结果再下结论好不好？"

大约两小时后，K 先生夫妇回到了医生面前。

医生看过诸项检查报告，恭喜地说："我很负责任地告诉您，以我二十多年的经验判断，不管是不是将错就错，您胸膛里的心很健康，目前一点儿问题都没有。"

"不可能！不可能！难道我是装的不成吗？难道我是编故事吗？"——K 先生急了，仿佛自己被当成小孩子哄骗。

医生说："您要相信医疗科学。我们医院的设备是更新了的，是国际水平。我已经为您开了药，您回去先服着，好好休息。我不是一般医生，是主任医生，又是朋友介绍您找我看病的，我会对您负责任的。鉴于您的情况，我将征求其他医生的意见，为您进行一次会诊，过几天再告诉您结果。"

回家路上，K 先生一边开车一边嘟囔："在我胸膛里跳的怎么可能是一颗正常的心呢？明明是那老家伙的衰老心嘛！他可占了大便宜了，又有一颗上等的心了！我就算找到了他也无济于事啊，这年头，谁占了大便宜还肯拱手相让呢？"

K夫人却已收到了医生发给她的短信："我现在就可以告诉您结果，您丈夫肯定精神方面出了问题，而这是我当着他的面不便直言的。趁现在还不严重，建议及早送他去精神病院。我听您说还是他亲自开车来医院的，这太危险了。千万别让他继续开车了，你们打的回家吧。"

K夫人看着短信，心中一时如打翻了五味瓶，说不清是种什么感觉了。她是定力较强的女人，并没乱了方寸，让K先生将车开往一家商场，并命K先生去买几样东西。K先生不知是计，买回东西时，见夫人已坐于驾驶座了。

一路平安地进了家门，夫人立即命他服药。而医生开的全是稳定情绪及安眠之类的药。K先生倒还听话，也不问是什么药，乖乖服了。片刻便觉困意上来，说句"我想睡会儿"，进入卧室，仰面睡去。

K夫人此时才觉心中慌乱，流下泪来。她不敢一个人和K先生待在家里了，边流泪边按手机号，将住在本市的弟弟唤来壮胆。朋友们不久也都得知了K先生大为不妙的情况，也都互相用手机通话，或发短信，为K夫人出主意，想办法，献计献策。正所谓人间自有真情在，忧患之际见友谊。朋友们最终统一了意见，认为像K先生那么要面子、自尊心特强的人，一下子就被直接送往精神病院，恐反而大大刺激了他的精神，使他尚不严重的精神病转重。有位朋友的朋友是心理医生，大家建议还是先使K先生接受一个时期的心理治疗，看效果如何再说。

过了几天，K先生在夫人、小舅子及朋友们的轮番说服之下，总算答应接受心理治疗了。

然而一星期后，K先生的不正常表现一点儿都不见少，心理医生显得束手无策。

K夫人失望地问："那你们一谈一上午一下午的，都谈了些什么呢？"

心理医生苦笑道："到我这儿来过的人，就没见过你家先生求知欲望那么强的。他似乎一心想要饿补，我说的是饥饿的饿，不是凶恶的恶。你家先生多文质彬彬的一个人啊，一点儿都不凶，在我这儿从没有过恶的目光或表情。不像有些到这里来过的人，动不动就显出与全中国人、全世界人结下了深仇大恨似的。你家先生都是退休的人了，却像要考文凭的青年，一看起书来就那么全神贯注……"

K夫人忍不住打断道："你还没回答我的问题，你们在一起都谈些什么呢？"

心理医生说："他向我请教心理学方面的知识，我听他谈他的种种读书心得。有时我看我的专业书，他安安静静地看闲书……"

K夫人不满了："可我们送他到您这里，不是让他一上午一下午地来看闲书的。"

心理医生眨眨眼，自有一番道理地解释："那是那是，但我如果不多侧面地研究他，就无法搞明白他为什么从一个正常的人变得不正常了。他关于他的心的说法，依我想来，也不全是疯话。他出国旅游了一次，这是事实。他们去听了什么'地动山摇'乐队的演出，这也是可能的。有一位老者当场晕倒，也未必就是他瞎编的。只有一点肯定是疯话，那就是他们中有人包括他自己将心脏呕吐了出来的胡言乱语。说自己将错就错地吞下了那老者的心脏,更是典型的疯话。这明显是意识幻觉。他头脑中之所以产生那么一种幻觉,分明是因为强烈的现场印象对他的精神造成了刺激……"

"可那种刺激与他变成了一个喜欢看闲书的人,由而又变成了一个爱胡思乱想的人,这之间又有什么因果关系呢?"

"有有,有的。人类的基因返祖现象分两大类,一类是肢体的,一类是大脑的。前一类多,后一类极少。你家先生的先人中,不是几乎个个是爱读书的人吗?这种基因,在你家先生身上忽然被唤醒了。我前边说了,可能正是始料不及的强烈的现场印象,对他的脑神经系统造成巨大的冲击、震撼,于是沉睡的家族基因被激活了,使他不但爱看书了,还爱思想了。一个从不爱看书、不爱思想的人一反常态,当然使亲友们觉得不正常了……"

K夫人第三次打断心理医生的话,她极不爱听地说:"您这是什么话?于我先生自己不利就等同于于我不利,于我们夫妇二人都不利就等同于于我们儿子不利。家庭是社会的细胞,于我们一家三口都不利,岂不等同于社会细胞发生病变了吗?我希望你作为心理医生,要本着对全社会负责任的态度来帮助我先生,也就是帮助我们这个家庭,而不是夸夸其谈无所作为!"

心理医生说:"您别激动嘛!我的想法是分两个步骤来拯救您丈夫行不行?第一步,先请精神病医生们医治他的精神病,也就是通过药物治疗消除他的幻觉。之后,由我对他进行心理疏导,使他逐步认识到闲书对他的危害性,从而不但使他讨厌闲书,还讨厌一切的书……"

K夫人强调道:"只使他讨厌闲书就行,菜谱、保健之类的书除外。"——想了想又补充，"男女笑话之类的也可以不讨厌。"

她似有收获似无收获地回到家里，见K先生在上网。

"你在看什么？"

"不是看什么，在舌战群儒。"

"那是种怎样的游戏？"

"也不是玩游戏，是在进行思想辩论。我只不过发了篇博文，指出中国即将进入老龄社会是种必然，而增多读书人口比例，乃是将来减少老年痴呆症、孤独症、抑郁症的一剂良方。老年人习惯于与书为伴，是比乞怜于儿女的孝心更明智、更愉悦的晚年生活方式。结果引起了不少人的反对，还有抗议。他们乱扣帽子，还辱骂我，说我企图将严重的社会问题转移为个人生活方式问题，替政府充当可耻的辩士！可我博文的意思只不过是——一个人如果年轻时养成了爱读书的良好习惯，晚年就更能体会到书籍是自己多么贴心的老友……"

夫人凑前一看，叫苦不迭，已有人在网上咒K先生断子绝孙惨遭横死了！

她一言不发立刻将电脑关了。

她对自己的丈夫不知如何是好了，她小弟对大姐夫也不知如何是好了，朋友们更是奉献不出什么良策了。

结果K先生在服了安眠药的酣睡中被亲人好友送入了精神病院。

两个月后院方态度坚决地催促K夫人尽快将丈夫接出院，理由有二。一、根据两个月的观察，医生护士皆不认为K先生的精神有任何问题。他对人生和社会现象，每有独到的、智慧的、幽默的甚至可以深刻言之的看法，很少人云亦云，这使医生护士们

· 161 ·

心怀敬意。即使对自己被当成了精神病患者这件事,他都能幽默看待,笑言:"外边的世界很精彩,精彩太多了于是无奈。精神病院的生活很无奈,但是看开点儿,除了不怎么精彩也并非多么无奈。"二、有那医生护士背地里向 K 先生请教炒股经验,K 先生总是认真地予以指导,这使那些医生护士在股市上尝到了几分甜头,于是更多的医生护士背地里请教,大有将精神病院演变为炒股讲习所之趋势,院领导虽三令五申,仍有阳奉阴违者。所以院方更加意识到,将 K 先生这样一位精神正常的人士当成精神病人收治着,不但是不人道的,而且是不利于院方整肃纪律的……

K 夫人没辙,只得接丈夫出院。那时他们的儿子小 K 已回国了。儿子没见到父亲时,伤心欲绝。及至见到了父亲,转忧为喜了。常言道,知子莫若父,反说也是那样。儿子并不觉得父亲的精神问题有多么严重,他对于使父亲恢复正常状态把握挺大。

儿子说:"我爸不就是想找回属于自己的那颗心吗?"

当小舅的替当妈的问:"谈何容易?"

儿子说:"只要舍得花一笔钱,不是太难。"

K 夫人的反应敏感了,问:"得多少钱?"

儿子胸有成竹地回答:"十万足矣。"

K 夫人松了口气,痛快地说:"妈出得起。"

儿子说:"那你们就放心别管了,允许我按我的高招行事即可。"

K 夫人嘱咐:"你千万别乱来,绝不许做违法的勾当。"

儿子保证地说:"怎么会呢!我的高招很有创意的。"

那八〇后儿子有位高中同学,后来考上了电影学院制片专业,现而今在影视界已有一帮子弟兄了。

儿子找到了自己高中同学,将自己要求的事一说,同学当即表态:"眼下正闲着,这活儿我接了。不就情景再现嘛,小菜一碟。"

过了几天,一个晚上,儿子说要带父亲去看一场只限内部人看的独幕剧彩排,K先生眉开眼笑地答应了。

彩排在一间不大不小的摄影棚进行,私人的,小K那高中同学的哥们儿之一承包了。租金是交情价,才六折。小K所谓"独幕剧彩排",其实便是老K"丢心历险"之印象再"创作"。

父子俩进入时,台上已或坐或立着几名"黑人"乐手了,都是些个八〇后年轻人化了装冒充的。大个的打击乐器之类,中西混杂,业已摆妥位置,只待"指挥"一给手势,便铿锵之声大作。同样化了装冒充的"旅游者"们也已各就各位,"导演"已对他们的表演风格做出了要求——动作要尽量夸张,不夸张不刺激;但同时要表现得特别真实,不真实就往荒诞了去了,没甚现实感了。用"导演"的话说那就是:"大家都要带着深厚的、饱满的感情来参与,既然我是你们哥们儿,小K是我哥们儿,那么你们也要将他视为哥们儿,哥们儿的老爸便是咱们大家的老爸。咱们老爸的心丢了,咱们当儿子的不急谁急?咱们有责任帮他找回来!干活和干活不一样,这不仅是对得起工钱对不起工钱的问题。咱们中国人是最讲孝道的,不管外国佬们承认不承认这一点,咱们中国人得想象咱们确实是那样的,所以咱们的合作是对得起对不起伦理亲情的问题。哥们儿呀,血浓于水,父子情深比海深,每个人都不能对于自己的角色有半点儿含糊!"

那位被严重怀疑见利忘义,成心错吞了K先生的心的老先生也到场了——当然非是本人,而是一哥们儿化装成的。本人是位社会学兼文化学学者,领政府津贴的专家级人物,不幸于一个月前去世了。"他"旁边的空座是留给 K 先生的。实际上当时"他"与 K 先生的座位并不挨着,为了加强 K 先生的印象,有意么安排的。年轻人一旦特有责任感地做事,做起来是很认真的。他们事先征求了那位心理学家的意见,问那么安排是否会引起大家的老爸"出戏"。心理学家也特感动于年轻人们的认真,同样很有责任感地翻阅了大量心理学书籍,给出了支持性的结论——只管那么安排就是。只要大情节是真实的,细节的不真实绝不至于影响大情节的可信程度。因为没有任何人的记忆是百分之一百全面的。即使具有一等记忆力的人,其记忆那也是有空白处的。何况 K 先生并不是具有一等记忆力的人,他的记忆力的深刻点明显只在于心的丢失,其他部分也明显忽略了。又何况,"老者"的样子、衣着,都是依据 K 先生最后一次回忆所化装、所搭配的。

小 K 说:"爸,你看就等咱们到场了,快入座吧。"

于是父子二人匆匆走过去坐下了。

"老者"问:"您是这个位置吗?"

K 先生不由看了"老者"一眼,表情顿时无比惊讶。不仅惊讶,目光里还有谴责与怨恼。

"老者"那句"台词"是小 K 亲笔加到台本中的。没那么一句台词 K 先生可能就不看对方,不看就不会立刻认出对方来。而没立刻认出对方来,就不会立刻"穿越"到再现的情景之中。

小 K 之目的达到了。

"对,这是我父亲的座位。"

小 K 刚替父亲回答了,灯光霎时齐暗,不是暗到像电影院那样，是像烛光舞会——三步内见表情，五步外见身影。几乎同时，乐手们大动大作，各显其能，于是震耳欲聋之乐声响起。恐其声欠响，辅助以录音。除K先生父子，别人都是预先堵了耳的。小K坚持不堵耳，非与乃父体验同等感受。片刻，小K觉胸腹翻江倒海，两眼金星乱冒，受不大了啦。老K却定力超强没怎么样似的，注意力全集中在旁边的"老先生"身上了，不错眼珠地瞪着对方，专等对方将原本属于他的那颗心呕出。又片刻，"老先生"开始干呕了，于是一片混乱，众人纷纷站起，捧腹弯腰的、扒胸顿足的、捂耳撞墙的，仿佛一个个都被孙悟空钻进了肚子里，干呕不止，状态难以形容。

就在那时灯全灭了，黑暗中但听这里那里有人高叫：

"哎呀，我的心呕出来了，别踩了我的心！"

"放手，是我刚呕出来的心，别抢我的！"

"是我的，才不是你的，我咬你手了啊！"

已经掉在地上的心引起了人们的争夺，斥骂声、殴打声不绝于耳；还有些心刚掉落，听来像气足的皮球拍在水泥地上，几乎都蹦了几蹦才滚向四面八方。

"停止！停止！赶快停止！"

"心！我找不到我的心啦，要出人命啦！"

"他妈的聋了？立刻让乐队停止！"

在又一阵喊叫声中乐声才戛然而止，随之全部的灯同时亮了。

这时除了小K，已无人再坐着了。有人保持着爬的姿势，分明还没找到一颗心；有人在捋脖子，有人在抚胸膛，看去是已吞下了一颗心，却不知是自己的还是别人的，是健康的还是有病的，惊魂甫定，满脸茫然；有人则在双脚离地尽量高跳着，看去吞心吞得极不顺溜，心堵在食道或胃门了，想要顿将下去。

乐手们皆以击打之姿僵在舞台上，犹如被人使了定身法。指挥出现，朝他们做了个手势，他们才一个个"活"转来。指挥又做了个手势，他们悻悻惶惶地退到台后去了，有的在台口居然不忘反身谢幕。

几乎人人都是一流演员，年轻人尤善此道，无师自通，通于角色表演与本色表演结合得水乳交融的表演境界。

"老者"仰面朝天昏在地上。

小K在用目光寻找老爸，老爸K先生不知从哪儿爬过来了，一见"老者"，速爬过去，双手使劲按压"老者"胸膛。

小K一边扶起老爸一边关切地问："怎么样老爸？您是外行，别帮倒忙了，已经有人传呼过120了。"

K先生将儿子推开，急赤白脸地说："我不是要抢救他！我胸膛里的心又呕出来了，可我还没再吞下去一颗心！黑暗之中我根本没抢到！现在我的胸膛里空空如也，没有心不是比有一颗次等的心更糟糕吗？！"

小K装模作样地说："是啊是啊老爸，您是想……把他的心从他口中按出来？"

K先生又急又气，怒斥："那颗心原本就是我的！今天是物归原主的日子到了，你倒是左挡右挡地拦着我干什么？！"

小K也不敢不拦着呀——怕老爸使一通蛮劲儿，真闹出人命来，那麻烦不就大了嘛！

他说："爸你省省劲儿，我替你来！今儿咱父子不达目的誓不罢休！"——替老爸按压起"老者"的胸膛来。

"公民们，请安静！"——又一个至关重要的人物出现了，单手举一颗大红萝卜似的心，像莎士比亚戏剧演出中的串场人。

继续趴在地上找着的和胸膛仍不适的人们，无一例外地将目光望向了那人。

那人朗声说道："本人是这里的负责人！出现了如此意外的情况，非谁所能预料。本人虔诚道歉，保证承担诸位的精神损失。"——话锋一转，另一只手指着高举过头的手又大声说："我们的工作人员也捡到了一颗心。我们的工作人员都是道德品质很高的人，不是自己的东西，哪怕再好也不会据为己有。不像有的人，明明不属于自己的心，一看好，成心将错就错。这一颗大个儿的心，分量重，弹性好，外表光滑漂亮，肯定是一颗质地优良的心，富有旺盛生命力的心，刚才还在我手中跳来着！……"

他高举着一颗大个儿的心的艺术范儿，令人联想到高尔基笔下的丹柯。

"我的！"

"我的！！"

"我的！！！"

所有双手着地的人全都站了起来，争先恐后向举心之人冲过去。

及时出现了十几名身强力壮的保安，一个个手挽手，围成一圈，将举心之人围在中央。他们虽然也是花钱雇的，却真的是保安。

K先生没挤过别人，被挤到一边去了，在边缘处喊："可耻！他们全都撒谎！那是我的心！我丢失了它已经很久很久了！我儿子可以做证！儿子！儿子！"

小K也站起来喊："我做证！那是我老爸的！谁他妈敢抢我跟

谁玩命！"

仰躺在地的"老者"见没人理自己的死活了，一个鲤鱼打挺跃将起来，人不知鬼不觉地找地方吸烟去了。

举心之人大声说："真的假不了，假的真不了，我从骨子里相信你们父子！"

他将心有把握地一抛，被小K的双手准准地接到了。为了那一抛一接之绝不会失误，二人互练了无数次。那是成败在此一举的抛与接，否则极可能局面失控，前功尽弃。

"老爸，给！"

K先生从儿子手中捧接过去那颗心，顿时激动得泪如泉涌。

儿子催促："别呆看着了老爸，快把它吞下去！"

那么大个儿的一颗心，人嘴怎么可能吞得下去呢？

但紧急之下，人是不多想的。

K先生竭力将嘴张大，吞劲儿加上双手往嘴里的塞劲儿并使，用老北方的民间话来说——"秃溜"一下居然将那颗心吞了下去。果冻类的东西做的，吞下去也不难。

所有欲抢夺那颗心的人，皆转过了身，一个个如狼似虎地瞪着老K。

此时响起了轻柔的歌声：

在很久很久以前，
你拥有我，我拥有你……

K先生被众人瞪得发毛，小声对儿子说："咱快回家，我恐怕……"

小K不待老爸说完，拽着老爸一只手，逃也似的离开了。

正是中午时分，旭日当头，阳光普照，蓝天白云。真是老天配合，那么好的天气，在中国绝大多数季节的绝大多数城市，都是可遇而不可求、越来越被珍惜的了。

K先生仰望天空，不禁又流下泪来，喃喃道："拥有自己的心，感觉真好。"

他一回到家里就困了——他吞下去的心里有安眠药成分。

K先生一觉睡到快中午了才醒，起床后，发现了书架上那几排自己买的书，奇怪地问："谁买回家这么多闲书？"

夫人撒谎道："你儿子呗。"

他问儿子："你从什么时候有看闲书的坏毛病了？"

儿子也撒谎道："其实还没养成毛病，也就偶尔翻翻。"

K先生谆谆教诲起来："儿子，你要小心了，坏毛病都是偶尔为之才养成的。你小时候我不是一再告诉过你吗？一个人一生所要读的书无非那么几类——应试的、保健的、教人如何头脑聪明地挣钱的……加上菜谱。'吃喝玩乐'四字中，'吃喝'二字在前是有道理的，因为有讲究。凡有讲究之事皆有学问。玩乐是无须教与学的，本能加信息就行。你忘了吗？"

小K只有诺诺连声说不敢忘。

K先生边亲自清理书架，边自言自语："下去、下去、下去吧！一会儿通知收废品的，全收走。有闲书的家庭会出精神空虚不务正业的人。"

于是一本本书掉在地上。

吃午饭时，K先生意犹未尽，继续教诲儿子："人生的真谛乃是——生活目标明确、生活欲望单纯、始终保持旺盛的挣钱能力。

生活目标明确那就是指吃喝玩乐，生活欲望单纯那就是指头脑里想的事要少。头脑单纯了，欲望必然单纯。以上两点都要由钱来辅助。头脑里想太多不相干的事，挣钱能力没有不下降的。"

夫人由衷地说："对，对。"

儿子半由衷半不由衷地说："爸，我一定铭记在心。"

那时小K的高中同学正跟哥们儿们在分钱。

一哥们儿说："每人才分几千元钱，多乎哉？不多也。"

另一哥们儿说："中国人口太多，咱们这样的，既非官二代，也非富二代，又不具备天才般的商业头脑，比上不足，比下有余，满意吧您哪。"

小K的同学忽然笑了。

大家问他笑什么。

他忍住笑说："想想小K他爸老K也真够二的，一个受过高等教育的人，难道他居然就不明白，谁如果觉得自己变成了一个喜欢胡思乱想的人，其实和心脏没甚鸟关系。可话又说回来，他要是非换脑子而不是心脏，咱每人这区区几千元钱还挣不成了。"

哥们儿们便都苦笑。

小K又回外国去了。

K先生又回到朋友圈中了。用他的话说就是："以一个更加纯粹的人的崭新面貌，回到了纯粹的中国人之间。"

他与D先生也和好如初了。

风马羊

诅咒是上帝仅仅赋予好人的权利,
后来被所有人类滥用了……

一

婷从卧室出来时，年轻的快递员已不在她家的客厅里了。

婷是因为自己就要忍不住哭了才走入卧室的。她不愿在那年轻的快递员面前哭起来。她在卧室只不过待了一两分钟，坐在床沿竭力平定了一下情绪，用纸巾拭了拭业已发湿的眼角就出来了。

而那年轻的快递员却走了，她连门响都没听到。

"上帝啊，你收了他吧，让他这个年轻的坏人过马路时被车轧死吧！"

婷往椅上坐下去的同时，心里对那"年轻的坏人"产生最重的诅咒。这三十六岁的美女子自出生以来从没诅咒过任何人，她对他的诅咒是第一次，简直可以说是一种发乎本能的诅咒。好人对于坏人严重损害自己的行为无可奈何时，通常除了诅咒便再没有什么别的办法。

诅咒是上帝仅仅赋予好人的权利，后来被所有人类滥用了，以至于在人世间，坏人诅咒好人的事也许比好人诅咒坏人的事还多了。

婷绝对是好人。

她不但是美女子，还是极善良的美女子。这世上不坏的美女子是不少的。对于美女而言，不坏差不多即是好了。真正善良的富有同情的美女却是不怎么多的。她们因了美貌，大抵一过少女期就被所谓"上流社会"吸将过去了，成了"上流社会"的"花瓶"。我们全都知道的，所谓"上流社会"别的方面其实并不比芸芸众生的社会"上流"到哪儿去，"花瓶"多那倒是千真万确的。而真正值得同情的人并不在"上流社会"，几乎全在"下里巴人"中。除非他们特别热心于慈善之事，否则根本所知甚少。所知甚少，则人心的反应便渐趋漠钝，只关注"上流社会"那点儿事了。而我们又全都知道的，人心的善并不像孟子断言的那样是与生俱来的。虽然某些人是天生具有善根的，但数量上也就是不足论道的一小撮而已。倒是荀子说得更对些，普遍之人的心，其善是要靠后天的教化才能有的。

然而每一个认识婷的人，不久便都会感受到她的心地的善良。她有一颗虔诚的佛教徒般的善心，尽管她并不是佛教徒。她的一位女友信佛，有次搭她的车，路见一只被轧死的小猫。婷将车靠于路边，下了车，竟用报纸隔着手将那血肉模糊的小猫的尸体捧起放到了后备厢里。女友诧异地问她为什么。她说不忍见那小猫暴尸路上，反复被轧，一会儿要去往一处可以的地方将它埋了。年长她十几岁的女友叹道："婷，如果你不以心归佛，那么谁还有资格呢？"自那日后，隔三岔五地便邀上她同往一处香火颇旺的庙里烧香拜佛。如此数次，婷就再不去了。她有生意须操劳，没那许多工夫。这不是借口，而是实情。若她的生意出了较大亏空，不仅她自己目前的生活将陷入困境，她的那些长辈、晚辈的生活也将因而问题层出。她周济亲人们的生活的劲头蛮拼的。

而那年轻的快递员是她遭遇到的第一个"坏人"，第一个对她的人生造成了严重危害的人。

从她打开家门将他请入家里那一刻起,她对他始终以礼相待,请他用茶,为他削苹果、剥橘子、洗葡萄,还拧了一条湿毛巾请他擦汗。总之,可以说待为上宾。

她与他交谈的方式也完全是性格温良的长姐般,语气亲和,表情温良,半句责怪的话也没说,反倒一再地以近于哀求的口吻说:"请千万费心,别急,好好想想姐的邮包可能被你丢在哪儿了。静下心来好好想,肯定能想起点儿线索来的。只要有了线索,姐会帮你一起找回来的。"

而那年轻的快递员要么不说话,要么反复这么说:"丢了就是丢了。想过了,想不起来什么线索了。所以,你死心吧,别想找回来了。"

然而桌上的水果他却是照吃不误的,一样样吃得心安理得。仿佛她确实只不过是一个有求于他的人,并且她的请求很不适当,完全超出了他的能力范围,以至于他是有理由显出不耐烦的。

"可是……如果真像你说的这样,那姐可被这件事害惨了……"

婷就是在说这句话时,忍不住快要哭了。

"我有什么办法?被什么事害惨了的人多了去了!我说过几遍了?你干吗不到公司去索赔?公司如果不理你,你还可以到法院去告我嘛!不就是几百元的赔款吗?我赔得起你。我已经有言在先了,你还这么没完没了地纠缠我有意思吗?好玩儿咋的?"

那青年有点儿光火了,居然拍了一下桌子,连手中的几瓣橘子也拍在桌上了,橘子汁溅到了婷脸上。

婷终于将他看透了——也许他真像他自己所言的那样,烟酒不沾，不随地吐痰，遵守交通规则，也从没骚扰过女孩子；但他使她联想到了某类美国电影中的人物，他们每每用枪抵着他们认为的富人，威胁对方交出钱财。如果对方不肯，他们就会毫不犹豫地打爆对方的头，然后自己搜，并且还要诅咒对方给他们添了麻烦。

但我也不是富人啊！婷心里这么想着，双眼含泪默默走入卧室。

她已告诉他——她的七十平方米的家是贷款买的，还要十年才能还清；她的车是二手货；她虽是做珠宝生意的，但规模不大，每年辛辛苦苦也就十几万的收入而已。

她万没料到，一两分钟后，那青年悄无声息地离开了她的家，如同化身于无形从窗口飘出去了。

婷呆望家门，奇怪自己没听到门响。

窗外忽然传来急刹车声，紧接着听到有人喊："快打110！错啦错啦，快打120！"

她心里倏然一惊，立刻想到了自己的诅咒，想到了那被诅咒的青年，内心产生了大的罪过感，仿佛自己是一个坏女人。

她走到窗前往外望，见事故发生处已围了些人，交通也堵塞了。地上侧躺着一女子，司机环视着围观者说："求求大家替我做证啊，我的车明明没撞到她！"

围观者中有人说："碰瓷的。你就没必要理她这一套，干脆把车开走得了嘛！"

婷不再看，心乱如麻地从窗前离开，缓缓走到桌子那儿，缓缓坐下去——她六神无主，如溺深潭，绝望得想死的心都有了。

又忽然地，她的目光被对面那把椅子上的一件东西吸引住

· 175 ·

了——一块比她的拳头还大的和田玉,一块品质极好的和田玉,一块价值二百万的和田玉。

她不禁揉了揉眼睛,以为自己产生幻觉了。

千真万确,正是那块一旦丢失了便会将她的人生害惨了的和田玉。那年轻的难以被她感化的快递员曾坐在那把椅子上,而此刻出现在椅面上的是和田玉。

婷俟立,从椅上拿起那块玉,双手捧着,目不转睛地看着,眼泪唰地流了下来。

她的双手感觉到那块玉有着人的体温一样的温度。不是正常人的体温一样的温度,而是发着高烧的人的体温一样的温度。

她却根本顾不上奇怪。

她惊喜得一下子哭出了声——桌角放着那青年的苹果手机。

二

人类对于天文的观察已得出了某些可称之为"规律"的结论;对于地球的年龄以及地理变化,"规律性"的结论就更多了,而且基本令人信服;对于人类社会的自身发展,史学家们同样也从政治、经济、科学、军事、宗教、文化等各个方面进行了梳理、总结,呈现和阐述规律、主义的学说更是林林总总。

但若将人类社会换成"人世间"这一近似的说法,那么以下现象至今少有敏感之人留意到过,即在社会的最小单元——家庭中,往往会产生本能的拯救者,就像当一个国家的国运很差,当一个民族的族运很差时,会产生一批拯救国家或民族的杰出人物那样。

对于一个家庭而言，拯救者绝不可能成批地产生。一个家庭即使人口较多，通常也只能产生一个拯救者成员。或是大哥，或是长姐。若以社会责任和作用来评价，他们或她们大抵与"杰出"二字毫不沾边儿。基本上，他们或她们成不了什么叱咤时代风云、领导大事业的人物，但对于各自的家庭，他们或她们确乎如同拯救者。

举例来说，巴金的小说《家》中的大哥觉新，为了使他们那个大家庭之舟不至于倾覆于时代转型的风浪之中，可谓殚精竭虑，防患于未然。为了使每一个亲人都生活得较幸福，忍辱负重而毫无怨言。至于终究并没拯救得了，那是另外一个话题。

《悲惨世界》中的冉·阿让自然更是一个拯救者——因为妻儿在他服苦役的年头里死去了，他的拯救使命感遂转移到了珂赛特身上，进而扩大，力图拯救一座城市的所有穷苦人家。即使沙威并没追捕而至，他的拯救愿望也肯定是无法实现的。

还有丹柯，还有猎人海力布，对，尤其不能遗忘了普罗米修斯——他们仿佛都是为诠释"拯救"一词而产生的，或扒开胸膛将自己的心掏出来使之成为火炬；或从脚到头渐渐化作石头；或经受被恶鹰啄肝啖肺的痛苦，却都不因自己的拯救行动而有悔。

《平凡的世界》中的孙少山也是具有拯救责任感的，他一心要使父母、弟弟以及他所爱的人们及乡亲过上好日子的愿望特别强烈。正因为他是这样的一个虚构人物，《平凡的世界》才感动了许许多多八十年代的农村青年——他们或她们，从孙少山身上看到了自己的大哥或长姐的影子。

我们姑且不言丹柯们那类拯救方式太浪漫主义了。比较起来，觉新们倒是很可信的。但一九四九年后，巴金笔下的家基本不存在了，觉新一类人物也便不可能存在了。然而八十年代后，在中国的农村，孙少山们则确乎多起来。八十年代以前，孙少山们也是不可能产生的，会被视为企图发家致富的反面典型予以批判，下场将很可悲。只有在八十年代以后的中国，他们的愿望才合法了。如果孙少山的父母不是只有他和他弟弟两个儿子，而是多子女的农村父母，比如五六个子女吧，那么孙少山就像极了婷。或反过来说，婷像是一个女性的孙少山。是的。是这样的。除了性别不同，婷确乎在方方面面都像孙少山。

总而言之，孙少山也罢，婷也罢，是完全不同于高家林和于连们的人。高家林和于连们迫切想要拯救的只不过是自己——他们很像中国某些普通人家的八〇后、九〇后儿女，不是由于人生真的处于水深火热之中而痛苦，是由于自己竟没降生在中国的新富贵之家而痛苦，并且很轻蔑自己那种"草根"父母，心存大怨。

孙少山是敬爱且体恤他那一辈子辛辛苦苦地劳作不息，却从没过上几天好日子的父母的。他很心疼父母。

婷与孙少山有一样的父母。

婷也敬爱父母、体恤父母，一想到父母辛辛苦苦地劳作了一生却没过上几天好日子，经常心疼得落泪。

婷降生于西南某省大山腹地一个至今还没怎么脱贫的村里的一个多子女家庭。有三个姐姐、一个哥哥、一个妹妹。婷的父母是中国最早一批进城打工的农民。那时村里的人们还都不敢背井离乡地讨生活，怕并没心想事成地挣到钱，反而流落于城市的街头回不成家乡了。这使婷家里的穷日子最早地得到了改善，也使父母有能力周济一下穷亲戚们的生活了。而那是父母都乐意的，甚至能带给他们某种欢喜。

婷上小学二年级时，险些没命了。

一日她正在家里洗菜，为的是使姐姐回家做饭时省点儿时间。不知怎的，她鼻孔中滴下血来。鲜血一滴又一滴落在洗菜盆里，她居然没怎么在乎，只不过用纸团塞住了两个鼻孔而已。像所有的农村孩子一样，婷身上毫无娇气，不认为那是值得大呼小叫、赶紧使别人闻声而来的事。但纸团并没能止住血，鼻血湿透了纸团仍往下滴。她便将一只碗摆在桌上，坐在桌旁，用碗接住血滴。她那么做，仅仅是为了不使自己的鼻血滴得到处都是。并且她以为，血滴总有自行停止不滴的时候。她想错了，大碗已接了多半碗血，鼻血却还滴个不停。她不知怎么办才好了，开始害怕了，哭了。也不是放声大哭，更没哭喊起来，只不过看着碗里的血默默流泪。至今，不论遇到了多么伤心难过的事，婷从没放声大哭过。对于她，哭似乎便是默默流泪。

幸而有两个堂哥那时来到了她家，他们是借农具来的。两个堂哥见状大惊失色，一个坐在她家的独轮斗车里，怀抱着她，使她的脸尽量朝后仰着，另一个推起独轮车便往乡医院跑。独轮车并不是她家的，是队上的。父亲带领人们修水渠的时期推回家里的，后来一直说要还给队上，一直没顾得还。幸而有独轮车在，否则婷生死难料了，也算是天佑小婷吧。从她家到乡医院大约五六里地，两个是少年的堂哥一路轮番推着车猛跑。跑到医院时，都已累得大汗淋漓，面色苍白，剧喘不止，直不起腰了。

对于自己当年为什么会流鼻血，婷至今也不清楚。因为医生们就没说清楚。总之是，为她打了什么针、输了葡萄糖后，鼻血渐渐地就不流了。她只记得，天黑后大姐背她离开医院时，她在病房外看见了几乎所有的堂哥、堂姐、表哥、表姐。那些少男、少女、男青年、女青年中,有人袖子挽得高高的,随时准备为她献血。至今,当年之事仍会经常从婷记忆的底层翻浮上来,或由于耳闻目睹的什么人间现象,或由于自己的某种情绪,于是内心里便暖了一阵。而那暖,一直是她的人生所需要的。并且,也使父母周济穷亲戚那种责任感"遗传"给了她。

小时候经历了那件危及生命的事后,大姐宣布,她在生活方面应受到照顾,有些活可以少干,有些活可以完全不干。但婷并不认为受到照顾是理所当然的,还是一如既往地参与种种劳动。父母在城里打工,又分田到户了,不使土地荒芜,不使家不像个家样,每一个儿女都要是勤劳的儿女才行。那些父母不在家的年头,婷与哥哥姐姐妹妹之间的手足情不是淡薄了,而是加深了——这使她至今仍密切关注着他们的日子过得怎么样了,于是她成了手足之间的拯救者。

婷的双手、脚踝、膝部,留下了多处割伤、砍伤所致的疤痕。就女性的身体而言,婷的发育期开始得较晚。二十岁以后,她的身体不但长高了许多,变得亭亭玉立了,丰腴了,而且肤色也变白了——二十岁以后的她,在省城打工了。有次洗澡时,女友们惊讶地发现了她身上的多处疤痕。在她绸子般光滑的皮肤上,那些疤痕给她们以触目惊心的印象。那一天她们才相信,她绝不是她们一向因她的文静气质而断定的什么书香门第的大家闺秀,真的是她一再声明的农家女儿。同时相信的一件事是,使她的眼形异常美丽的黑眼边也真的不是化妆的效果——那是不论怎么洗都特别清楚的黑眼边,是高中毕业后她在县城一家化工厂当临时工时,一次就发生在她跟前的化学爆炸造成的。幸亏是一次试验性的不太严重的爆炸,否则那么近距离的爆炸,即使不太严重,她也毁容无疑了……

三

据说，曲老板是位经济实力挺雄厚的私企老板。他的家族名下的集团公司从房地产业到餐饮业、文化娱乐业都有涉足，还都红红火火的。不过，这也是据说。

曲老板当前心急火燎紧锣密鼓所要做成的一件事乃是——使他的集团公司早日上市。

他的顾问们向他建议——要将上市的愿望变成现实，尚需做出几件有新闻响动的事，使公司的知名度再扩大一番。而能使公司形象快速地获得良好声誉的事，莫过于慈善捐款。

他是明白人，接受了建议。

他小姨子在另一个省的省城开一家珠宝店，于是曲氏家族公司所做的第一件慈善之事便以这样的方式做完了——由他小姨子的珠宝店将一块上等的和田玉送交一家拍卖公司进行公开拍卖，由他的公司派出人员以他的名义参与竞拍。他买下和田玉的钱转到他小姨子的珠宝店的账上，他小姨子再将钱从账上转给某慈善机构。

比之于直接捐款，此种做法颇费周折是不言而喻的，但对于他和他小姨子的好处却是令他们皆大欢喜的。他的想法是：第一，毕竟有一百万实打实地转给了某慈善机构，将被用来为西部农村免费修建储水窖；第二，曲老板和他的公司因而获得了热心于慈善的美名；第三，那一块和田玉在拍卖的过程中被有步骤地提升了价值，最后落槌时已是三百万了；第四，曲老板他捐出了一百万,可同时获得一块有拍卖证书的价值三百万的好玉;第五,因为是慈善性质的义拍,拍卖公司免收了经费;第六,他小姨子的珠宝店也在新闻报道中被提及,等于做了免费广告,似乎还多少沾了慈善的美名……

然而,曲老板和他小姨子皆大欢喜之后不久,居然闹到互相翻脸的地步。

先是,拍卖结束,曲老板将二百万打到了他小姨子的账上,他小姨子也确实将其中一百万转给了某慈善机构以后,他却并没接着便得到那块玉。

他亲自与拍卖公司方面通话,有不悦之意。人家告诉他,那块玉根本就没经拍卖公司保管过。拍卖当时,他小姨子始终稳坐于现场,拍卖一结束便将那块玉带走了。她说没人家拍卖公司什么事了,说玉是自家的玉,钱是自家的钱,姐夫和小姨子之间的商业关系,完全是自家人和自家人的关系,不需要再麻烦第三方了。而他也知道,拍卖公司是他小姨子联系的,是帮忙的性质。拍卖公司的解释,他听了以后是挑不出理的。

他接着与小姨子通话,质问她为什么不将玉快递给他。

小姨子说:"姐夫,亲兄弟还明算账呢,何况你只不过是我姐夫。你还少给我打来一百万呢!你不接着给我打来一百万,我这块玉是不会快递给你的。"

"别跟我来这套!你说清楚,我怎么就应该再给你打过去一百万?"——他生气了。

"姐夫,你别急嘛!你耐心听听我的道理啊。你的想法肯定是——你已经打过来二百万了,我已替你转给慈善机构一百万,另一百万是你买下我那块玉的钱,似乎你谁的钱都不欠了。咱们按下你捐给慈善机构那一百万不谈,你要图美名,你当然得捐的。咱们单说那块玉的价值,它现在值多少钱了?值三百万了是不是?我的,你小姨子店里的一块玉,值三百万的一块玉,你家大业大,是大大的老板的姐夫,想仅仅出二百万,就让我心甘情愿地把它给你快递过去吗?别忘了你是正争取上市的集团公司的老板,而我只不过经营一家不足四百平方米的珠宝店,店面还是租的。你又是我亲姐夫,占我一百万的便宜有意思吗?忍心吗?"——小姨子一大番话说得振振有词,理直气壮,滴水不漏。

他对着手机嚷嚷起来:"你胡搅蛮缠!现在值三百万是个虚价,是拍卖过程按既定方针成心往高了拍出的价,这一点你是心知肚明的!"

小姨子的话语听来仍那么平和:"姐夫,你刚才的话不太能摆到桌面上说吧?拍卖当然就是为把什么东西的价格拍高了,否则还大做文章地搞一场拍卖干什么呢?实价也罢,虚价也罢,反正不管谁的东西,如果刚刚拍出的价格是三百万,任谁都不会以一百万出手的,是不是?傻呀?……"

"那你把我那一百万退给我,我不买你那块破玉了!"

"你别说有眼无珠的话!我那块玉是块上等好玉。"

"我命令你,今天必须把钱退给我!"

"休想!那一百万在我看来是预订金,你如果不买了等于你违约,那我只得当违约金扣下了。"

小姨子那端竟先将通话中断了。

在商场上,曲老板毕竟是有头有脸的人,与他打交道的,也大抵是有头有脸的人。他还从没被谁威胁过,不料那日竟然受到了自己小姨子的威胁。

"讹诈！纯粹讹诈！"他怒不可遏了。

其实，他说不买那块玉了是气话。那块玉他非买不可——为了使公司顺利上市，他答应送给某关键人物一块玉，对方有收藏好玉的雅兴，尤喜和田玉。他已将小姨子店中那块玉的手机图片发到对方手机上了，对方回的短信是："如睹佳人，期待早近芳泽。"如果送的不是那一块人家一眼就相中了的玉，怎么解释呢？怎么解释都会显得言不由衷啊。事关面子，所以他势在必得。而如果小姨子是一位漂亮小姨子，不说漂亮不漂亮吧，即使是一位好看的小姨子，那也另当别论。不过就是希望从姐夫手中多卖一百万嘛！不算个事儿，他很乐意。但偏偏他的小姨子是个丑小姨子，不但脸丑，身材也令人无法恭维。而且呢，性格刁钻狡诈，反正给他这位姐夫的感觉是那样。她没少从他的公司里骗过钱，并给他惹过不少麻烦。他此次的捐款之事又与她发生了联系，完全是他夫人一再撮合的。夫人也不是好看的女人，只不过不丑而已。他能有今日的发达，夫人的功劳很大。夫人的面子他是没法不给的。使他怒不可遏的深层原因或主要原因乃是，公司的资金链出现了严峻问题。若及时上市，圈到一笔钱，还会峰回路转，有惊无险。若上市不成功，资金链果然断了，那么他就会陷于叫天天不应，叫地地不灵的绝境。这真相，他连夫人都隐瞒着。他在夫人跟前也是特要面子的，一向报喜不报忧。

曲老板接连吸了几支烟，觉得自己能够装出轻描淡写的语气了以后，这才在机场与夫人通话。他要去往外地处理一件业务上的麻烦事，而他的夫人正在一家美容店做面部保养。他好言好语地请夫人劝劝她那自私自利的妹妹，让她懂事点儿，别太任性。夫人的立场竟完全站在自己妹妹一边，还因他说了"自私自利"

四个字光火起来。

"怎么,咱们的家业是你自己创下的吗?如果你承认也有我一半,那么以后你少用自私自利这种话贬损我妹妹!她是我亲妹妹,别说一百万她要得还在理,就是要得矫情,那也得给,你不给连我都不答应!我可告诉你啊,今天都二十七号了,赶在元旦前,你趁早把一百万给我妹妹打过去,否则我可亲自办了!"——夫人话中的威胁意味听来比他小姨子话中的威胁意味还足。

那时已快登机了,曲老板呆坐片刻,赶紧向他的一位"贤弟"的手机发了条短信。想了想,又赶紧给自己公司的财会主管发了条短信。

话说曲老板的"贤弟"与曲老板的小姨子在同一座城市,也是位小老板,因为对曲老板哈得很艺术,一向获得曲老板在生意方面的某些关照。以前曲老板对他从未以"贤弟"相称过,那是第一次。那时是二〇一四年十二月二十七日下午三点来钟。他看到曲老板以"贤弟"相称的短信,受宠若惊,不敢拖延,立刻驱车前往曲老板小姨子的珠宝店。

曲老板的小姨子是认得他的,互相的关系又虚又实;彼此都有用得着的时候,用不着的时候彼此都挺腻歪对方的。明明腻歪还要尽量掩饰着,万一哪天又用得着了呢?二人打情骂俏了几句,她便问他为何而来,他呢,就让她看她姐夫发给他的短信。

她不看则已,一看生气了,沉下脸说:"他还拖欠着我一百万呢,你若替他将那块玉取走也不是不可以,先替他将一百万打到我的账上来!"

曲老板那"贤弟"赔笑道:"你再认真看一下短信嘛。你看,你姐夫这不是通过发给我的短信保证了,那一百万如果今天不到你账上，明天准到。"

油盐难进的小姨子却说："能那样最好。我这手机连接了银行的短信系统，到账了会自动通知我，我也保证第一时间通知你将玉取走。"

身负重要使命的那位"贤弟"犯了难，却又不甘心被那么打发了，尴尬地吸烟、饮茶，装模作样地看报看杂志，希望她忽然能改变想法。

她则聚精会神地玩手机游戏，绝不会改变想法的态度再明显不过。

十几分钟后，她头也不抬地问："今天怎么有这么闲的工夫？"

他说："今天没什么非办不可的事，除了你姐夫委托的这件事。"

他说时也没看她，但他那话的意味怪可怜的。

她几乎想下逐客令了，只不过因为他终究是自己姐夫的委托人，对他太不客气了不好，在以很大的耐性忍着。

她的手机忽然响了一下。

他心情为之一奋，急说："快看一下，也许是银行发来的通知！"

她仍头也不抬地说："不可能！"

他请求道："看一下嘛！就算替我看一下行不？"

她这才调出短信来看，果然是银行发的通知——一百万到她账上了。

接下来的事就变得顺利无比了。她立刻要到银行去划一下卡，看一百万是否真的到了她的卡上。他开车将她送至银行，见证了那一铁的事实。自然，他也从她那里取走了那块和田玉。

要说曲老板的这一位"贤弟",真的是具有一种不负重托的精神。虽然他取走的只不过是一块由包装纸包了几层的玉,一回到家里,还是慎重地将它锁入了保险柜。那玉本是装在一个美观的盒子里的,曲老板的小姨子没舍得搭上盒子。

世上之事,每每一波三折。曲老板那位"贤弟"是打算第二天,也就是马年十二月二十八日亲自办理快递的——但晚上他与"至爱亲朋"们聚餐了一顿,喝高了。可能还吃了什么不洁的东西,夜里上吐下泻,胃肠绞疼,结果不得不去看急诊。那一去,需要洗胃,需要输液,需要观察——又结果,住院了。第二天医院给出的病情报告令他始料不及——暴饮暴食引发胃溃疡,若不继续住院医治,有胃出血的危险。即使自己落到了这种地步,他也还是心系着"贤兄"的重托,将妻子和妻弟召到了病房,交代要如此如此,这般这般,当日须将那块玉快递出去。他的想法是——就那么将那块玉用包装纸包着快递了不好;"贤兄"收到时,那块玉是在一个上档次的盒子里才好。日后谈起,足可表明自己是多么重视"贤兄"的重托。

他妻弟说:"咱们替他买个盒子不难,但买个上档次的盒子就不太容易了。市面上的珠宝盒,好看倒都挺好看,却都是一般材质做的样子货。"

他妻子问:"金丝楠木做的盒子,算不算是上档次呢?"

他说:"当然上档次啰!"

他妻子说:"那这事就不难了。"

她说罢就打电话——而对方正是婷。

如果她的丈夫并没产生那么一种讨好曲老板的想法,那么那一块玉根本就不会与婷有任何关系。如果曲老板那位"贤弟"的妻子杜娟与婷并不是中学时期的好同学，那么那块玉也不会与婷有任何关系。偏偏，她俩不但是中学时期的好同学，后来还一直保持着亲近的关系。在她马年的生日，婷曾寄给她一串金丝楠木的手串。她收到后发短信表示了不安，而婷回短信说，自己认识一位专做金丝楠木生意的老板，囤积了不少上等的金丝楠木，手串虽是货真价实的金丝楠木，但只不过是用边角料做的，又是熟人的关系，并没花自己多少钱。

杜娟问婷："婷啊，你能先垫上钱，替我选一个能装一块拳头那么大的和田玉的金丝楠木的盒子吗？"

婷那头说："没问题。"

杜娟又问："如果最迟元旦前一天就需要呢？"

婷想了想，还说："没问题。"

杜娟接着问："如果我通过快递公司，直接将那块玉寄给你，你能在省城那边赶在元旦前把玉装在盒子里，送给也在省城的一位朋友吗？"

婷说："只要我及时收到，保证替你及时送到。"

如果婷只是这么说了，那么那块玉虽然与她发生关系了，却也不过就是代收、代送的关系罢了。自己并没收到，是任何责任也没有的。

偏偏，婷多说了番话。

她说："玉是贵重之物，快递也不是百分之百的安全，为了以防丢失，应该由可靠的快递员上门取玉才放心。正巧，我一位乡亲的儿子在你们那座城市当快递员，我让他一会儿就主动与你联系吧。"

如果事情是按照婷所说的那样进行了，虽然婷的乡亲的儿子也被扯进来了,其实不论是婷或是她的乡亲的儿子,仍对玉的丢失并不负什么责任。毕竟,玉已经由省城这边的一家快递公司登记接收了。玉是那家快递公司的快递员在二十九日下午送物上门时一度丢失的。

二十九日下午两点左右,婷看到那年轻的快递员发给她的短信,要求她在家等候,他将即刻送件上门。她左等右等,直等到快三点了,他并没来,忍不住拨他的手机询问。

他说:"对不起,你的快递件丢了。"——声音异常淡定,仿佛"丢了"的只不过是毛巾、袜子之类的东西,而且也不是他弄丢的。

婷当时的感觉像自己的头一下子炸开了似的。

她急问:"怎么就丢了呢?"

他说:"下午我送的东西多,送完这家送那家的,不知怎么就丢了。"

"你此刻在哪儿?"

"在一个地方。"

"能告诉我在什么地方吗?"

"不想告诉你。"

"可……你作为快递员,将我的收件弄丢了,而那收件对我很重要,所以我想当面和你谈谈,了解一下究竟怎么丢的……"

"我不是已经说过了吗?送完这家送那家的,不知怎么就丢了。"

"还是请你告诉我你具体在哪儿,我可以开车把你接到我家,咱们好好谈谈,也许你能回忆起某些丢失的线索……"

"我干吗去你家啊,不去。"

"那可以去你想去的任何地方。"

"我根本就不想跟你谈,有什么可谈的啊?你告我们公司吧,直接告我也行。"

他挂断了手机。

婷再拨他的手机,他关机了。

婷发了片刻呆,又用手机问她的小老乡负责寄出时保价了没有。她小老乡一听她说那块玉丢了,顿时哭起来,承认自己对保价做了手脚——人家付了他一万元保价费,他私吞了,给人家的是假单据。快过元旦了,他想给爸妈一份惊喜,已将一万元寄回家中了。

那一万元保价费对于那块已经丢失了的玉也简直可以说毫无意义,但婷的头又仿佛炸开了一次,从法律上讲,她的小老乡即使错,那也不能判他对那块玉的丢失负什么直接责任。但他可是她介绍给自己女友的啊,她和女友往后还怎么来往呢?而一旦从法律上也连带追究起他的错来,他还怎么做人呢?肯定失去了现在这份工作不论,再找工作也大成问题啊。婷当机立断,开车去了快递公司。她没先找负责人,怕事情一旦传开去,那块玉更难找回了,只说是那快递员的亲戚,他家有急事要她转告他。他的一名同事见她很急,好心带她去到了一处网吧。她没想到自己是认识他的,与他多次发生过或寄或收的业务关系。她每次对他都以礼相待,他还叫过她"姐"。

"你这个小弟!怎么竟有心思玩游戏?"——婷不禁以"姐"的语气训了他一句。

"谁是你小弟?认错人了吧?我今天下午的件提前送完了,你管得着我吗?"——他不但态度蛮横,并且用脏话骂了他同事一句。那小伙子脸红了,张张嘴没说出什么来,一转身走了。

"可你把我的快递丢了呀！我问你，你向你们领导汇报了没有？"——婷强忍着气，却怎么也没法不表达出自己的不满。

"那又怎么样？我向领导汇报没有，什么时候汇报，完全是我的事，谁也管不着！"——他居然向她瞪起了双眼，一副浑不讲理、浑不在乎的样子。

"可我有权利……"

"我说你没权利了吗？现在是我的自由时间明白不？你再有权利也得明天到公司去申诉！滚滚滚，别在这儿烦我，否则我对你不客气了啊！"——仿佛，他那会儿对她的态度还算客气的。

网吧里一些半大不小的人的目光全都望向了他和婷。

婷感到，再说什么都完全多余了，便也无奈而去。

晚上，婷服了片安眠药，仍几乎一夜未眠。

第二天，婷又去了快递公司，等到上班时间，见着了负责人。那名负责人挺好，让人找来那快递员，当着婷的面，命令他配合她，尽量回忆起他负责递送的快件有可能丢在哪里了。

于是才有在她家里，他坐在她对面，心安理得地饮着茶，不停嘴地吃着水果，敷衍地回答问话的情形。

如果说昨天在网吧里婷只不过觉得他不知何故犯起浑来，那么通过面对面坐着，一问一答的问话过程，婷终于看出来了——所谓"丢失"，完全是他的蓄意。分明，前几次他为她送件还口口声声尊称她"姐"时随口一问似的，已将她的个人"资料"套得八九不离十了：未婚；和他一样是从偏僻的农村走出来的；做珠宝首饰生意的；不愿在交际方面浪费时间，所以在省城既无亲戚，朋友也少。

将她作为坑害对象无疑是他心中早有的打算。

然而她仍希望晓之以理，动之以情，使他回心转意。

她向他明说了"丢失"的邮件里装的是什么，价值多少钱，如果找不到的话，对自己那丈夫做小本生意的女友一家将是一场经济灾难。

她也向他明说了，自己那小老乡在保价问题上做了手脚，如果找不到的话，对自己那小老乡也将多么不利。

她表示如果能找到，她愿为自己的女友和小老乡给予他一笔钱表示感谢。快元旦了呀，都是老百姓，过去的一年里谁不是为了生活而日日辛苦呢？最好大家都能平平安安地送走马年，迎来羊年啊！①

然而他重复得最多的始终是这么几句话："你说什么都白费了，我肯定什么也想不起来了。年底件多，哪名快递员丢了一件很正常。找不回来了，你死心吧，告我本人或告公司随你的便。"

婷终究看透了他——那快件保价太低，使他做起坑害别人的事来有恃无恐。

就是在看透了他之后，她起身走入卧室流泪了。

那时她不再怀疑——某些中国老人确确实实是坏人老了，因为眼前确确实实有一个青年心计多端，冷酷无情，得着个机会坑害起别人来没商量，是个很坏的青年……

四

婷放下那块玉，才发现那个很坏的青年的手机放在桌角。

---

① 生肖年以农历计，本文以阳历计，特此说明。

这使婷因为自己方才的"不再怀疑"而深感惭愧——那块玉的出现不是又确确实实地证明,那青年并不"很坏",而人心也都可以感化的吗?她又认为"坏人老了"的说法是偏激的说法了。

婷怀着惭愧的心情带上那块玉去找自己做金丝楠木生意的朋友,在对方的厂里选中了一个金丝楠木的盒子,将玉放入里面,紧接着驱车去到了曲老板的公司,将玉当面交给了曲老板。

不论对那块美玉还是对金丝楠木的美观的盒子,曲老板都并没表现出多么喜欢的样子。这也难怪,为了送给别人才势在必得的东西嘛,没人会搭上二百万反而喜欢得不得了。当然,他也是有几分高兴的。因为他一心想要在元旦之前做了的一件事,是可以如愿的了。

但他内心里确确实实地产生了另一种大高兴——一心想要送给别人的东西,居然为他引来了他自己更想要的"东西"!他简直是喜出望外了。

曲老板惊讶于像婷那么美的女子,自己以前竟没见过。婷的美使他暗自惊艳。仅就此点而言,比之于那"很坏的青年",五旬开外的曲老板反而可以说更是男人。他在美女面前起码还因好色而显出几分男人的"温良"客气和"彬彬"有礼,尽管七分是虚伪。那名使婷哭过的快递员却相反,他在丢失了送件后,不论与婷通话时还是与婷面对面对话时,语调都冷得像是从身体里带出股寒气。而说到表情,特别是他的目光,如同美国电影中那些年轻的雄性狼人锁定一个人一心想要吃掉似的——意念坚定不移,任什么外界条件也不足以改变,不管被锁定的是不是美女子。那时的狼人,人的外表是一张皮,狼性是百分之百的本性。

确实,婷那种女子,在中国的美女中早已少见。具体点儿说,如果她穿上戏装,稍施脂粉,扮《红楼梦》中的史湘云再合适不过了。她的身材比林黛玉要大一号,比薛宝钗要小一号。容貌像林黛玉,却从无林妹妹郁怨不得志的表情,也没有宝姐姐那种优越感十足的表情。她脸上经常呈现的是史湘云式的阳光表情,即因为内心天生敞亮才会形成的真善合一的表情。进一步说,如果女友们约她一起去逛商场而她说自己有事去不了,那么她便肯定是有事;而反过来,她也丝毫都不会怀疑某女友的话只不过是托词。所以,女友们不但从不猜度她的话的真假,也从不以假话应付于她。林黛玉那类使别人费思量的话婷是从来不说的,天生不会;薛宝钗那类明明言不由衷却又能说得极真诚的话,婷更是半句也说不来。在所谓"金陵十二钗"中,只有史湘云是那样的。但我们都知道的,史湘云并不傻,她只不过活得真,活到了因真而诚实由而简单自在的层次。婷也活在那么一种层次里。她不主动交际,不是单位人更不是机关人,便无须具有某些单位人或机关人钩心斗角的本领。她几乎没受过欺负,因为她没事时更喜欢待在家里看书。她虽然不需要做学问,却连冯友兰的《中国哲学简史》、胡适的《白话文学史》以及朱柏庐的《朱子家训》也看的,并且对自己喜欢的文字还用红笔画出道道。令女友们感到最不可思议的是,有次她们在她家里还见到一本厚厚的书,是《世界争议文学作品大观》,一本八十年代在中国出版后从没再版过的书。

一位女友问:"你居然看这种书吗?"

婷点头道:"是呀。"

另一位女友问:"买的?"

婷承认她是在旧书摊上买的,花了高出原价几倍的钱。

于是女友们"友邦惊诧"了:"那你也买?"

"现在的书店里是买不到的,当然要买啰。"

"有意思吗?"

"反正我挺喜欢看的。"

"哎,我说婷宝贝,看这种书对你有什么用处呢?"

婷说:"没什么实际用处,无非就是了解了一些以前不了解的知识。"

于是她的女友们更觉得她是可爱的了。

是的——她们既是她的女友,当然也都起码是好女人。她们也确乎是都将她视为共有的"婷宝贝"来加以关心和爱护的。如果有人欺负她,她们会像男人之间的"把兄弟"那样全都挺身而出为她讨公道。怎么会不宝贝她呢?美女并不全都真和善,又真又善的女子也并不全是美女。知道中国人将一年分为四季、二十四节气的同胞许许多多,不知道的是傻瓜、白痴。但也知道二十四节气又分为七十二候象的中国人又有几个呢?婷知道。婷还知道"几""小""殳"等汉字是象形字,知道"臣"也是象形字,知道在古代的中国,男奴为"臣"、女奴为"妾"。这使她们与婷在一起时,有孩子的并不一味只聊孩子了,未婚的并不仅仅热衷于怎样嫁入豪门,如何钓到金龟婿的话题了。渐渐地,她们更喜欢向她发问,听她娓娓道来地谈她对什么人、什么事、什么社会现象的看法了。总而言之,男人成堆的地方是见不到婷那种女子的身影的,而在为数不多的女友们之间,她似乎永远是阳光少女。这对她不啻一种幸运,她们也有同感。

曲老板怎么会接过那玉道过谢后便任由婷告辞而去呢?

斯时,金丝楠木的美观的盒子引不起他的兴趣了,装在盒子里的那块和田玉也无足轻重了,他眼中仅有婷这个模样特古典的美人儿的存在了,目光直勾勾地盯在她身上,口中不停地说着"幸会幸会",非挽留婷"聊一会儿"不可。当他知道婷是做首饰行业的,更加刮目相看,想当然地说:"那是高尚行业,审美元素一流的行业!请问您的店开在何处?"

婷诚实地回答,她并没有自己的店,只不过在一家商场租了一处"岛"。"岛"是行业内的说法,一般指五张柜台围成的营业单元。

"那儿呀!那家商场以前还有些名气,现在早过气了!您怎么可以还在那种地方经营业务呢?换个地方,趁早换个地方!那种地方也太辱没您了啊!"

婷就微笑了,说自己在那家商场经营十几年了,与商场负责人和销售员们都处得很好,也在较稳定的购买群体中建立起了信誉,从没有过换地方的念头。再说,换往更大更新的商场,自己眼下还没那种经济实力。

"换、换,一定要换地方!信誉那是靠广告就可以造出来的!钱更不是问题了!你说吧,缺多少?我给!无偿地给!……"

一谈到钱,曲老板不那么因为其貌不扬而低姿态了。他的话声一下子高了,仿佛自己也随之高大上了。他离座站起,在婷面前踱来踱去的,掰着手指喋喋不休地炫耀自己的金钱身价。

他的接待室里只他和婷二人,婷立刻明白了他是哪一路"成功男士",恐一会儿他失控了,使她陷于迫不得已的失礼之境,借由匆匆而去,如同逃之夭夭。史湘云生活在大观园,毫无被侵犯的危险可言,所以对谁都无戒备之心;婷却毕竟生活在人心叵测的当下社会,不言而喻,戒备之心,特别是对某类男人的戒备之心她也是常有的。该当机立断之时,她是从不允许自己犹犹豫豫的。

按下曲老板的失落心态不表——连她的手机号都没要到,又怎么能不失落呢?

单说婷离开后,紧接着去了快递公司。那名使她哭过的快递员不在,她将他的手机留下,委托别的快递员交给他。起初没人愿意受她之托,后来才有人答应了她的请求。对方说不愿意是因为他做人实在太差劲,对着手机多次当众骂自己父母"老浑蛋""老不死的",这样的人的事谁爱管呢?从对方口中婷才知道他姓关,与自己还是同姓。

离开快递公司婷直接回家了,一路都在想,姓关的人与关羽是同姓之人啊,虽说姓什么只不过是巧合,但与大多数中国人全都膜拜的历史人物同姓,这种巧合想一想也挺愉快的呀。做人做到令别人反感的地步,不但愧与关羽同姓,对自己也是多么不幸呀!她甚至有几分同情起小关来,打算以后找机会谢他将玉还给她,并请他吃饭,教给他做人的一些道理。

三十一日上午,婷忙着往商场添了不少货,下午分别给哥哥、姐姐、妹妹家及生活有困难的亲戚家一笔又一笔寄钱。父母都已故去了,他们那份责任感她继承下来了,否则她的生意规模会做得较大。有时那份责任感使她吃力,却从没抱怨过。幸亏她的尽力周济,亲戚们的日子渐渐都好了起来,而这是使她比自己变成大老板了还高兴的事。她谈了两次恋爱都以失败而告终,失败的原因不仅相同还只有一条——都难以接受她自愿继承的那种责任感。按其中一位男士的说法那是"典型的道德自虐""应该当成一种心理疾病来治疗"。自那以后,她抱定了独身主义,渐觉独身生活才是适合自己的生活,并且挺好的。

从羊年的第一天到第三天,她在家里从容不迫地为自己做了几顿爱吃的饭菜,练毛笔字、读书、睡觉,清清静静地过完了足不出户的元旦假。

五

四日上午,婷去医院看望一位生病的女友。中午商场传来好消息,元旦假日里她那小"岛"的销售业绩不错,这使她高兴地在家里唱起了歌。

下午三点左右,两名穿警服的男人敲开了婷的家门——不是派出所的,是区公安局的。

他们说,自从快递员小关跟随婷离开公司,公司任何一个人再就没见过他。他的手机频频响个不停,没谁替他接听一下,所以今天上午公司报了案,并将他的手机交到了公安局。而他们,有必要了解一下三十日那天上午,婷与小关谈了些什么,小关是在什么情绪之下离开她家的,那时是几点钟。

婷说:"那,到今天可是第五天下午了呀。"

姓张的警官说:"是啊,你看这是不是他的手机?"

婷看一眼张警官放在桌上的手机,点点头。

李警官已在记录。他说:"只点头不行,希望你能用语言回答问题。别介意我对你提出这种要求啊,我是例行公事。"

婷只得这么回答:"是不是他的手机我没法肯定。我比较能肯定的是,这个手机确实是他忘在我家的那个手机,贴膜在左下角脱胶了,卷起来了,我对这一点印象很深。"

于是，婷如实讲起了当时的情况——正讲到她进入卧室被气哭了，又有人敲门，婷开了门，站在门外的是婷所认识的杜娟的弟弟杜诚。他见屋里坐着两位警官，犹犹豫豫不知该不该进门。

张警官说："进来无妨，我们只不过向主人例行公事地了解点儿情况，片刻就走。"

杜诚这才进入，从布袋中取出一个纸盒放在桌上。他说，快递那块和田玉时，他姐姐误将保险柜里的另一个盒子交给了快递员，而那盒子里装的是他姐自家的一块赌石，他姐夫花二十万元买的，赌的成败还两说。他姐夫发现错了，命他亲自将那块和田玉送来，再将自家的赌石取走。

婷一时间发呆了，说不出话了。

张警官替她对杜诚说："你姐夫家那块赌石你是带不走了，因为那单快递件被快递员在送交的过程中搞丢了，我们要向主人了解的正是这一情况。"

杜诚一时间也发呆了，说不出话了。

张警官看出他因为面对意外而心有不安，急欲脱身，便主动说："你要是想走，是可以走的。想留下听听的话，我们也不反对。"

他这才连说："想走，想走。"——一转身便走掉了。

张警官又问婷："你可以打开，让我们也见识见识那块和田玉吗？"

婷就默默打开了盒子，一见里边的和田玉，跌坐在椅上。

李警官说："你很困惑是吧？老实说，我们也同样困惑。现在情况成了这样——一块和田玉由你代送给了曲老板，另一块和田玉又出现了，而快递员小关却失联了，这事还真有点儿扑朔迷离了呢。"

张警官对婷说:"你再仔细看看,两块玉一模一样吗?"

婷将玉从纸盒里取出,仔细看了会儿说:"我完全看不出有任何区别。"

张警官自言自语:"两块玉石居然一模一样,这匪夷所思啊。"

李警官附和道:"是啊。"

这时张警官的手机响了一下,他看了看手机短信,示意李警官应该离去了。

两位警官走到门口,张警官问婷:"你家就你一个人住?"

婷点头。她不但困惑,而且开始不安了。

张警官说:"这样吧,你准备一下,两小时后我来接你,得将你转移到一处我们认为安全的地方去住。在我来接你之前,如果有陌生人敲门,别轻易开门。"

婷又发呆了,说不出话。

张警官微笑道:"你放心,完全是为了你的安全才要将你转移到别处去住几天。不怕一万,就怕万一,我们肯定地认为你是好人,对你没有任何怀疑,所以得对你采取保护措施。"

隔着家门,婷听到两位警官边走边说:

"有那种必要吗?"

"当然有。"

"你怎么能肯定她是好人?"

"相由心生,她的样子告诉我的。"

婷的手机也响了,是她一位女友打给她的,让她快上网,看某省某市的民间新闻,那里发生了一件诡异之事。

婷从网上看到了另一块和田玉——她代交给曲老板那块和田

玉的彩图，其上贴了一条创可贴。

民间新闻说：那块玉被不愿透露自己姓名的人送到了玉雕厂，不雕观音，不雕如来，坚持要雕关云长。而玉雕师傅刚一下电刀，那块玉竟流血不止。玉雕师傅大骇，不知所措之下，用创可贴封住了它的"伤口"。检验报告证明，它流出的可不是什么像血的红色液体，千真万确是 B 型人血。

不看则已，一看之下，从不迷信的婷又哭了。她不但觉得那块自己的手抚摩过的玉太邪性了，也觉得杜诚刚刚送来的那块玉同样是不祥之物，以至于不敢走向桌边去了——纸盒仍在桌上，敞着盖。

张警官驾车来接婷时，她一句话也没问，乖乖地就随他而去了。她被安排住在了他家里，他家里只有位老母亲。他老母亲告诉婷，她儿子地位平常，眼光颇高，还是单身汉……

六

张警官在婷家中接到的短信是局里发给他的，有一个小伙子投案自首，承认是小关的同谋。据他交代，与小关是在街头吃烤串时认识的。小关说从一本运象书上知道了，自己羊年伊始将会发财，问他想不想沾光。他说当然想啊。小关告诉他，一会儿只要跟着小关的送件车就行。小关故意掉下一个快件盒，他要将快件盒捡去，保留一个月，最迟保留到春节前，那么，他将得到至少两万元钱。他问盒子里是什么。小关说是块好玉。当他与小关失去了联系，特别是，当他从网上看到了那则玉石流血的民间新闻后，敏感察觉他和小关所做的事可能与那块邪性的玉石有关，十分害怕,夜不能寐,于是自首。

共同办案的张警官和李警官打开盒子,见是一块赌石。二人看法一致,都认为在此点上,杜诚的话是比较可信的。

李警官主张,干脆将"血玉"之事告诉她婷,也许她也一害怕,便交代出了什么隐瞒情况。张警官坚决反对,依然认为婷是完全无辜的,她的话是应该相信的。

"人家一位单身女性,纯粹因为帮朋友的忙才与小关的失踪有了点儿关系,咱们不可以让好人也由于一件邪性的事心理受到不良影响。"

张警官态度明确,李警官也就不再固执。

五日,由那则邪性的民间新闻,引出了异地一则官方新闻——又一名贪官在异地落马,正是该贪官要将那块和田玉雕成关云长。关公是"义神",并是佑安之神。贪官原以为,若项悬玉关羽,不但可保佑自己平安无事,也可保一干利益之人"义"字当头,互不揭发,共渡反腐难关。不承想,那邪性之玉出了半杯血,反而使他事发于意料之外。纪委的同志找他谈话,问他玉从哪儿来的,曲老板为什么送他一块拍卖价值三百万的玉,他就难以自圆其说了。结果他自己便没想到"义"字当头,竹筒倒豆子,一下子揭发了一窝子。

六日,曲老板在省城也被有关方面带走了。他百思不解,不停地自言自语:"怎么会这样?怎么会这样?有大师预测我羊年大吉大利的!……"

两天后,异地赃物库里又出了一件怪事——那块"血玉"不见了,地上睡着小关。他的衣袖被什么锋利之器割破了,胳膊上留下了一处伤疤,将愈而未痊愈。

小关一问三不知，只一味地说："我要向婷姐赔罪，我要向婷姐赔罪。"

人家问他"婷姐"是什么人，为什么要向她赔罪，他就又说不明白了。

异地公安局的人觉得他精神不太正常，好吃好喝招待了他几天，观察了他几天，又推翻了对他的最初印象——不但判定他的精神其实没什么毛病，而且认为他实在是一个心念纯正的好青年。

他说他想父母了，特别特别地想，说时几乎落泪。

异地公安局的同志征求省城公安局的意见——张、李二位警官商议了一下，觉得拍卖价值三百万的和田玉移交给纪委了，杜诚错寄的那块赌石找到了，对"同谋"者教育了一番已释放了，小关又什么都不记得了，大可不必再对他追究罪名了。

于是异地公安局那边替小关买了一张回家的票，任其一走了之……

2015年1月23日于北京

太平灯

我做的一切——都是为了人民！

有那么一座城市

当夜晚降临,太平灯皆亮,于是 A 城之大街小巷流光溢彩,影物旖旎,给人以浪漫且性感的印象。仿佛不论穷的富的,家家户户都在准备迎娶新人,即刻便将举行拜堂喜礼一般。这里那里的人行道上摆着餐桌椅了,临江之人行道的餐椅上已经坐着些人,是提前占据好位置的食客。有些地方的人行道上,连竹沙发也出现了。身着各美其美的按摩妹们开始在人行道上招徕行者,一只只木盆里已经预先放入洗脚的草药,散发着甘苦混杂的气味。小妹们一个个唇红眉黛,其笑嫣然,梨涡浅现,边朝被拦住有时简直是被扯住的男士递送项目单,边甜声蜜语地说些"祖传手法""有病治病,无病保健"之类的话。不多时,柔歌嗨唱,男嗓女嗓,高音低音此起彼伏,间或可闻弄弦声和击打乐声。又不多时,四处飘散着东西南北中混合的菜肴味以及荷尔蒙暗蹿的气息了。

荷尔蒙气息是一种怎样的气息呢?

这肯定是没谁说得清楚的。

但在 A 城的夜晚,尤其是在夏秋两季的 A 城的夜晚,性生理和心理反应敏感的男女,确实会嗅到某种异乎寻常的,分明特蛊人的气息。从形形色色的男女食客身上,从按摩小妹们身上随汗而出，在餐桌底下，在按摩沙发以及人们的双腿之间、身体之间、目光之间，如电流似的交织往复地撩拨人。像有无数蜘蛛不停止地吐着人眼看不见的，本身也散发着荷尔蒙气息的密密匝匝的蛛丝，将坐在椅上的、半躺在沙发上的，包括闲逛的男人女人缠绕住，并且拴在一起。

允许按摩业服务到室外来，是Ａ城之领导干部们思想解放的智性的体现。他们认为，在人行道上，在街灯之下，有色情之嫌的事就变成了众目睽睽的事。众目睽睽的事就不至于伤风败俗了嘛。何况，不是在司空见惯的街灯之下，而是在太平灯下！

夜晚的Ａ城，像由一半酒神和一半海妖的身体组成的双性的，半神半妖的堪称吃货的物种，使人无法不迷惑于、沉醉于它那颓废得惬意的、暧昧的、软绵绵的氛围中。那时的人们，除了吃、喝、讲黄段子散布绯闻，心里再就只想要做一件事了——和床有关的事。只要有地方做，没床也行。

有位市一级领导曾对此表示忧虑，问市委书记同志怎么看。

项书记沉吟地回答："我看嘛……挺好。"

又问："好在何处呢？"

项书记庄重地说："人们如果能整天那样，社会不就一直稳定了？民可使由之，不可使知之嘛。"

对方顿觉醍醐灌顶，于是更加钦佩项书记看问题的英明。

然而Ａ城却只不过是一座地级小城，人口尚不足五十万。

这样的城市，在欧洲某些国家，其实已不算小了。但在当时人口近十四亿，省会市大抵人口过千万的中国，它只能算是小城。然而它地理环境甚佳，三面依山，一面傍水。环山的三面，山体并不毗连，山脚与山脚形成自然缺口，都有公路畅通。故山后边平原上的风得以从三条公路上吹过江面，回旋成湿润凉爽的江风，使A城夏季凉爽，秋季爽凉。虽地处西南方，却实乃避暑良城也。它又在相邻二省的省会城之间，离它们都不远。那二省都是中国的旅游大省，终年游客颇多，遂使A城这一座小城左右逢源，成为二省之游客往往顺便一游之地。于是，政府逐年富了，百姓逐年脱贫，居民幸福指数渐高。

二十一世纪初，A城才二十几万人口。那时它是县级市，到处老旧不堪，民宅十之五六是危房。几条公路坑坑洼洼的，夏季雨后水坑连水坑。二〇〇四年时，不知怎么一来，本省的、邻省的一些房地产商，不约而同将目光盯向了这不起眼的小城，于是A城在几年内变成了建筑工地，白天晚上灰土扬尘。熬过那令人恼火的几年后，它如同一本合着的书翻开了，占地面积扩大了一倍多。一幢幢、一片片楼房盖起来了，一处处崭新的居民小区出现了，一批批本省或外省的省城人搬来了，人口十年内剧增了一倍。它的新居民中，两省省城退休的科、处长不少，大学教授、中学校长不少，半出名、不出名的书法家、画家、文艺人士也不少。纯粹出于炒房目的而前来炒房的人却是不多的，因为这里的房价再炒也高不到哪儿去，没多大赚头。很富的人也是不在这里置宅的，再怎么说也不就是一地级小城嘛，他们哪里瞧得上眼？对于他们，在欧洲某些老牌资本主义国家买豪宅、别墅已是稀松平常之事，在小小的A城买房子岂不太掉他们的价？房地产开发热潮裹挟来了一批年轻人的身影，他们是房地产公司的雇员。公司纷纷撤走时，有的青年趁便宜买了房子，双双留下，也成了当地新居民。二〇一〇年时，A城盖起了几家高档酒店，为的是吸引两省的富人也来住住、玩玩。若富人们不稀罕来，A城的领导们觉得作为领导太没面子。两省的富人们确实也喜欢来住住、玩玩了，A城的报曾以通栏大标题予以报道——瞧，他们终于来了！——副标题是"连富人们也被吸引来了，才算真的有吸引力！"。

房地产业有时张牙舞爪式地迅猛发展，在某些城市是令人忧心忡忡且每受诟病的事，在A城却是官民喜闻乐见之事。客观而论，房地产业在A城的发展还算是良性的。毕竟，带给了百姓梦寐以求的福祉——他们告别了危旧家宅，住上了楼房，虽然欠下了贷款，那也乐意。政府"胖"了，财大气粗了，各机关的办公经费空前宽裕了，小金库充实了，发起奖金、补贴来资金活泛了。最高兴的是开发商们，他们赚得盆满钵满，可谓兴冲冲而来，喜洋洋而去。每是前者刚走，后者便至，平地上没有空间，于是开发向山坡上去。A城没什么有保留价值的历史古迹、文化遗址，尽可以调来推土机拆、拆、拆。也不是没发生过强拆与反强拆的冲突，却没一桩闹大过。A城从前不但小，还闭塞，百姓老实，给点儿甜头就听话了。

有过这么一件事，一户钉子户扬言不满足条件，刀刃压在脖梗上也不搬。开发商就派了一名谈判高手，在政府工作人员的陪同之下登门动员。

问："那你们家怎么才肯搬呢？"

当家的出言掷地有声："不再给十万，要让我们搬家那是休想！"

谈判高手笑道："多大点儿事呀，早说嘛。给你加十一万。不过，要偷着乐，千万别跟外人讲。"

问题就这么解决了。

离开后，谈判高手特索然。

政府工作人员保证地说："我们领导让我转告你们老板，以后此类不愉快再也不会发生了。"

老百姓尤其满意的一点是，城市旧貌换新颜，人口翻倍，人气高了，才使他们的小生意红火起来。守在家门口就把钱赚了，他们觉得好日子总算有盼头了。

太平灯之诞生

话说二〇一二年中秋节后，项书记主持了一次常委会。

他说自己任市委书记以来，也没什么大的政绩可言，只不过实现了当初的一个目标罢了，使A城从一只丑小鸭变成了一只……

李市长接言道："天鹅。"

项书记看李市长一眼，教诲地说："市长同志，咱们自己可千万别那么比喻。夸大其词了。但是呢，如果说经过咱们共同的努力，使A城这只丑小鸭变成了一只鸳鸯，那我认为这么比喻还是恰当的。我指的是雄鸳鸯。雌鸳鸯它与一只鸭子的区别是不大的，但雄鸳鸯可漂亮多了。它不如天鹅大，也没那么高贵的气质，却几乎没人不喜欢它。因为它不但漂亮，还生存得很低调，诸位说是不是呢？"

常委们就皆说："是的是的，书记比喻得好。"

李市长呢，接连"哎呀"了两声，表示出对项书记形象思维水平很服气的样子。

项书记接着说："一年几个月后，我任满两届了，也到离休年龄了。离休前，我还要为A城人民做成一件事。什么事呢？就是要使A城的夜晚浪漫起来，形成夜晚经济。旅游者差不多都是夜游神，咱们也要学会挣他们夜游的钱……"

不仅李市长"哎呀"了，全体常委都"哎呀"了。那时，他们如果不"哎呀"，简直就不知怎样表达钦佩了。当书记的那就是当书记的，高瞻远瞩啊。

要使A城的夜晚浪漫起来，当然首先要使全城的夜灯美观起来。A城普遍的夜灯状况还算良好，灯柱都挺稳固，线路也并未老化，但只不过起到照明的作用而已，不美观，更不浪漫。

政府有钱了，干吗不投在高瞻远瞩的事上呢？于是常委们统一了认识，心往一处想，劲往一处使。以项书记发展"夜晚经济"的指示为方向，以促进旅游业为抓手，紧锣密鼓地宣传起来，落实起来。

项书记提出了"一个要求，两点希望"：

"一个要求"是应有节电意识，在山坡某向阳处建设太阳能发电中枢。这是关乎长远之事，务须购全国之一流设备，请专家配合建设。花纳税人钱的最大责任是该花就花，花在刀刃上。

"两点希望"是：发动群众参与灯形、灯柱的设计，相信群众，依靠群众。建设美好家园嘛，群众必有极大的参与热忱，应给他们的积极性以特充分的表现机会。这不是会省一笔设计费嘛！凡参与了的应发给表彰证书。设计方案进入初评的应发奖金，进入终评的应发更多的奖金。一旦被采纳发二十万元人民币。花纳税人的钱应花得使人民高兴。能省则省，能省不省是人民的败家子。但省不是目的，花得使人民高兴才是目的。设计不但应美观，更应有文化。缺少文化元素的浪漫不是高层次的浪漫，很可能适得其反变成媚俗，故应切忌媚俗。文化，文化，应使设计方案征集活动,也成为对本市人民群众的一次审美普及活动,文化影响活动……

项书记的"一个要求,两点希望",通过广播、电视、报刊、网络、微信等传媒方式传播向人们,人们对项书记的印象更好了。参与设计征集活动的人们多极了,人们果然参与得特高兴。男女老少争先恐后。新居民中那些文艺人士尤其兴奋,都说不是为了十万元人民币,是也想为A城做一份贡献。

专家评审委员会选出了九份设计方案,呈报给项书记,由他做出最后决定。两天后,项书记邀请委员会全体成员座谈,肯定了大家的工作成绩。

然而他说:"我都不是太满意,主要是由于文化元素不明显,更谈不上独特。我虽是设计艺术方面的门外汉,却也同样有一份参与的热忱。所以我也设计了一种灯形、灯柱,凑成十份方案,再有劳诸位比较比较,看究竟哪一份好。这件事应充分发扬民主,最后的决定权就交给诸位吧。"

于是秘书出现,操弄电脑、投影仪,请大家当场观看,而项书记亲自解说。

项书记的设计方案果然与众不同,文化得不得了。

其设计方案是这样的——灯形为展开的书本状,特种合金作为材质,以图经得起长久的风吹日晒雨淋。"书本"自然是翻开的,左半部为竹简,分朝上卷起和朝下垂落两种,两种间隔安装,为的是避免太过一律的呆板。右半部为纸质书造型,厚度间要显出折页的样子,要给人以一种是被看过的书的印象。灯柱也分为笔直的青竹造型和斑竹造型两种……

项书记解释道:"书籍是照耀人类进化道路的灯,我估计全中国还没出现过这样一种灯形。"

有人小声接言:"全世界也没出现过。"

项书记又说:"从竹简到纸质书,这本身就体现了人类社会进化的历程,大家同意吗?"

众人纷纷点头。

项书记继续说:"这仅是主灯。文化元素是有了,却不够美观是不是?所以呢,我又设计了副灯,请看屏幕——副灯是五面长方体的,每一面做成卷轴式的上下框,都要请书法家写字。什么字呢?当然是仁义礼智信。字要请雕匠将笔画镂空,那样投射出的光才通透。为什么副灯要是五面的呢?因为咱们中国的疆土是由五色组成的。仁义礼智信五字,恰与五色土的五吻合,意味着要使每一方国土,皆有优良传统文化的正能量起到主导人们思想的作用。主灯与副灯,高低错落,副灯斜探,这样灯光不是就有层次了吗?副灯要有旋转装置,定时齐转,灯面上的字就统一了……"

按照项书记的设计,灯柱是青竹形的,这又意味着中国像一棵茁壮的竹,发展前景必会百尺竿头,更进一步。并且,竹在中国文化中,已经是一种代表着君子原则的符号了呀。

他最后强调:"竹的灯柱也罢,竹简纸质书也罢,一定都要做出那种像的感觉来。着色很关键,如果形状做得倒挺像,漆色调得不准,那结果肯定功亏一篑了。竹简是竹形的,灯柱也是竹形的,但两类竹不可以漆成同一种色吧?七点钟街灯齐亮,五点以后咱们这里天就亮了,其间整十个小时。如果诸位觉得我的设计还可取,那么有劳你们,选十首最著名的民歌。每隔一小时,在优美的民歌旋律声中,咱们全市的副灯同时旋转为临街的同一面……"

　　全体评审委员会委员对项书记的设计报以热烈的、经久的掌声。掌声过后，半数以上的人口中又发出"哎呀"之声——这是A城人的语言习惯之一。当他们对什么人佩服得五体投地，对什么事表达百分之百认可态度时，便会连声"哎呀"起来。"哎呀"得越情不自禁，意味着某人某事越获得拥护。那时具体的话是完全多余的。

　　众人异口同声地说就按书记的设计投入制造和生产吧！怎么可能还会有更佳的设计方案呢？

　　项书记谦虚地说不可以，将方案公布之，听听群众的意见再谈下一步的事。

　　结果是——方案一公布，全A城的男女老少几天里一议论到此事，几乎无不"哎呀"。

　　还有文化人士联名上书市里，强烈要求将该灯命名为"国灯"。

　　项书记批示如下：

　　我市只不过是一座地级小城，应摆正发展中的小城的位置。以国字当头命名任何事物，都是自我膨胀的表现。国家经济状况运行健康，国泰民安，我意以叫作"太平灯"为好。

　　这一批示，又在全市使项书记获得了交口"哎呀"……

好感动哦

　　"太平灯"工程全面竣工后，某夜举行了剪彩仪式——那已是二〇一三年之年底了。

　　项书记与劳苦功高的李市长的手共同按下了电闸，于是"太平灯"齐亮，全城一片欢呼。A城之新老居民，首先领略了浪漫之夜的灯光美景，实习了一遭夜游神的体验。

之后某日上午，李市长将几位自己关照过的民企老板请了去，就在自己办公室开了次短会。

一个不争的事实是——某些省长、市长与书记的关系并不怎么样，但A市之一、二把手的关系却堪称良好。不是假好，而是真好。项书记比李市长年长十岁，主政A市也比李市长早一届，所以李市长对项书记很尊重，工作中虚心学习项书记的宝贵经验。项书记呢，对李市长的工作也是特别支持的。

李市长颇动感情地说："咱们书记马上就要离休了，在我市的发展中，你们自己的公司、企业也壮大了，这应感激咱们书记领导有方对不对？"

老板们都说："对的。对的。您也功不可没啊！"

他们知道李市长即将成为李书记了。

李市长摆手道："即使我也为本市的发展做出了一点儿贡献，那也完全要归功于书记领导有方。这一次，书记又为我市的灯光工程、夜晚经济付出了极大心血，我希望诸位代表群众，给咱们书记发笔奖金，意思意思，让书记离休前高兴高兴，也证明你们是明白什么叫'礼'的人……"

老板们又都说："应该。应该。太应该了。"

有人问："五十万少不少？"

李市长立刻摇头道："多了，涉及钱，多了，性质就变了。"

又有人说："怎么也不能少于二十万吧？我们可都是有身份的人，大家凑份子，少于二十万那也太有损于我们的面子，拿不出手啊！"

李市长想了想说:"那就三十万吧。别出现金,集中在一张卡里,我让机关的同志给书记送家去。"

下午,李市长又将市委办公室的一位年轻的女同志召到了办公室。她是他的耳目之一,他很信任她。总之,她办事,他放心。

李市长交代道:"这信封里有两张卡,一张三十万,一张二十万。你也知道,太平灯是项书记设计的,也是项书记命名的。市里当初有文件,设计奖金是二十万。命名费,怎么也应是十万吧?所以这三十万是人家项书记名正言顺该获得的。不能因为人家是书记,就不按当初的文件对待人家是不?"

那女同志点头不止。她也知道李市长即将是李书记了。这是全市公开的秘密,她因而像自己即将成为市委书记了一样高兴,自己以后肯定进步更快了呀。

李市长又说:"另一张二十万的卡,是我的年终奖金,我也要送给项书记,以感谢他对我工作的一向支持。我亲自送不好,让别人送去我有顾虑,你送去我最放心。"

李市长最后那句话,使她内心里高兴异常。

可是她也有顾虑,怕项书记拒收,自己完不成任务。

李市长来回踱着说:"我那张卡,他肯定会收下的。我的心意,他能正面理解的。倒是那另一张卡,我估计他会拒收……"

他灵机一动,忽然支了一招:"你就说是代表广大人民群众给他送去的嘛!我想,你们办公室,肯定会收到一些反映广大人民群众心声的信吧?那样的信,当然应该是联名的……"

女同志心领神会地回答:"明白了,您放心。那样的信会有的。肯定会有的。"

因为带去了一封那样的信,她的任务完成得相当顺利。

项书记接受时苦笑着说:"我农村老家穷亲戚多,困难多,最近还真是挺缺钱的。"

女同志离去后,项书记指着茶几上的信封对夫人说:"你和儿子各一个,别嫌少,当零花钱吧。"

而那女同志当晚回到家中,闲聊时对老公说了自己完成的特殊使命,末了大发议论:"听一位当了十年市委书记的人离休前说还真是挺缺钱的,内心好感动哦!"

她老公是开公司的,搞房屋中介那一行,每觉挣钱不易,听罢她的话,不拿好眼色瞪她,噎她道:"我农村老家穷亲戚也多,困难也多,怎么没谁一下子送给我五十万?我要在网上曝光这件事,相信不会人人都说好感动哦!"

女人火了,厉色道:"你敢!不想让我在市委机关待下去了是吧?我要是被一脚踢了出来,这个家往后的日子怎么过?!"

她老公涨红了脸,吭哧半天无话可说了……

好传统要继承下去

李市长终于成了李书记。

他有次开常委会时说:"忽然又想起一件事,那就是,在我市近年的发展中,省里各厅的领导以及两位副省长给予了很大的帮助。不但指政策上的帮助,还指经济上的帮助……"

李书记翻看着记事本,一桩桩、一件件低声念着:某年某月某日,哪位副省长批给了本市多少多少公路维修补贴费;某年某月某日,又哪位副省长批给了本市多少多少公立医院医疗设备更新费;某年,哪位厅长分几次批给了本市多少多少中小学操场建设费……总而言之,仅近三年以来,本市共获得省里多少多少专项资金之支持……

李书记谨记着项书记的谆谆教导——行事要民主,做人要低调。低声说话当然也是低调的一种表现啰,所以自从由市长而书记,他开始摸索怎么样能既低声说话,同时又把话说出一把手的权威意味的经验,已积累了一些宝贵的心得。

常委们都清楚的,若非冲着项书记和他李书记与省里那几位领导多年以来的交情,对方才不会对本市如此厚爱呢!

待他念完,一位常委明知故问:"那您是什么打算呢?"

他由市长而书记后,常委们跟他说话时,都不约而同地以"您"相称了。

李书记声音更低地说:"我的工作职务发生了微变,咱们班子中,有人离休了,有人调走了,成员也发生了变化。我想代表咱们的新班子以及全市人民,前往省城去看看那些一向厚爱咱们A市的领导。讲了比不讲好,不知对不对?"

大家一时就都点头。

另一位常委问:"想带多少呢?"

李书记不好意思地说:"这就要由大家来定了。但是我想呢,最好不少于项书记以前的惯例。少了的话,那就不仅仅是我个人的面子问题,也是咱们大家的面子问题了。"

第三位常委说:"市里的发展又上了一个台阶,向省里的领导们主动汇报汇报,让他们也替我们高兴高兴,从哪方面讲都是完全应该的。这是咱们的传统。靠了这一传统,咱们才能与省里的领导们走得挺近,才能为市里争取到不少利益。所以这也是好传统,是好传统那就得继承下去。"

李书记便也听得点头不止。

市长终于说:"大家决定,我来落实。"

市长是新调来的。他除了那么说,一时也不知还有什么更艺术的话可说。

最后的决定是十万美金。一万一张卡,十张卡。

大家经过讨论认为,如果是人民币,五万六万的,当下而言,由市委书记亲自送,送不大出手了。而如果是美金,即使一万,送得也很够面子。何况,近年来,领导们更加偏爱美金了。

美金使事情落实起来麻烦了点儿。但新任市长表示,小事一桩,会落实好的,十万美金不才是区区的六十几万人民币嘛,手指缝稍微紧一下,哪儿还不能挪出六十几万人民币呢?

李书记如项书记一样,凡属工作之事,不但充分讲民主,而且注重细节。他要求再讨论一下究竟怎么挪出。

讨论的结果是采取老办法,搞一次什么活动吧。

于是几天后,由宣传部牵头、主办,开始组织一次文化周,主题是"爱我中华;爱我母亲城"。

市里的文化、文艺界人士都特拥护。都说主题好,及时,将"太平灯"之城市文化元素进一步放大了,使之更加深入人心了。他们都很兴奋,各路英雄又有用武之地了呀。广大市民也普遍持喜悦的期待心情。从前的A城热闹太少,他们寂寞得太久太久,爱热闹的习性一旦培养起来了,对热闹的渴望分外强烈。

谁盗窃了十万美金

文化周举办得风生水起,看点迭出。政府有钱了嘛,办什事的手笔都大了去了。为了使一个好主题光辉灿烂，谁在乎花点儿钱啊！

文化周落幕不久，十万美金分为八张卡、两万现金，摆在李书记的办公桌上了。他将十万美金锁入抽屉，决定第二天亲自驾车去省城，连秘书也不带。亲自去证明心诚，连秘书也不带才更显低调。

第二天抽屉被撬了，十万美金被盗了，然而门锁并没被破坏。看来，是家贼干的。李书记当书记已当得胜任愉快、游刃有余了，却毕竟没破案那两下子。他不声张，也不向市公安局报案，那么一来动静太大，哪儿有不透风的墙，被捅到网上去后果严重。他发短信请来了县公安局的张副局长。他在那县里搞调研时，与张副局长交上了朋友。

张副局长就在李书记的办公室里破起案来。

李书记首先替自己的秘书打了一张清白的保票。虽然除了他自己，秘书也有他办公室的钥匙——但秘书是自己心腹啊！

他当着秘书的面对张副局长说："不许往他身上想啊，怀疑他就等于直接怀疑我了！"

秘书感动得流泪了。据秘书回忆，头一天下班时，他曾叮嘱值班的保安班长警惕性提高点儿。

张副局长了解到保安班长是武警战士退役后，探身于窗外看了会儿，心中有数了。他请李书记与秘书暂时回避，遂将办公室当成了审讯室。

望着保安班长进入，张副局长不动声色地指了指沙发。

保安班长若无其事地坐下了。

张副局长默默地递给他一支烟和打火机。

保安班长接过，吸着了烟。

而张副局长，踱到一扇窗前，面向窗外伫立不动，不理保安班长了。那窗昨晚没关，半掩着。

约莫半支烟的工夫，张副局长猛然转身，厉声喝道："你小子好大的能耐！七层楼也敢顺雨水管爬上来，不怕摔死啊？"

半截烟就从保安班长指间掉落了。

盗窃案就这么破了，完璧归赵。

李书记决定与保安班长谈谈。

李书记说："我认识你。"

保安班长说："你主动跟我说过好几次话。"

李书记说："亏你还记着。能看见那盏灯上的字吗？"

保安班长忐忑地回道："能。"

李书记说："说出来。"

保安班长流着泪说："仁。"

李书记坐到了办公桌后，示意保安班长也过去。他从信封里抽出一沓美金，命保安班长站着点数，钞值都是百元的，保安班长点着数，李书记目不转睛地看着。

保安班长点到五十时，李书记说："停。"

李书记起身将那五千美金揣入保安班长兜里了，并说："是你的了。"

保安班长愣住了。

李书记低声说："你想错了，这是公款，我是要用来去办公事的。据我所知，你当保安班长两年多了。但你想，发生了这种事，你还能继续当下去吗？"

保安班长流着泪摇头。

· 221 ·

"你从我眼前消失吧,以后再也别让我看到你。"

李书记的话声比在常委会上还低。

保安班长点一下头,转身便走。

李书记叫住了他,又说:"但是你如果遇到了使你走投无路的事,还是可以出现在我面前的。"

保安班长不由得双膝一跪,哭出了声……

同志们,请暂停一下

十万美金之事件,一点都没影响李书记当好市委书记的情绪。恰恰相反,他对自己当好市委书记的自信更充足了,对自己解决某些不好、不妙之事的能力甚至有几分自我欣赏了。他当书记当得踌躇满志,向省里,向全市人民承诺了多项良好的发展目标。

转眼到了二〇一四年。春节后,李书记参加了省委党校的一届干部学习班,并被推选为一个讨论小组的组长。他情商高,很快便与组员们打成一片。他组织能力强,发言踊跃,对时事每有独到见解,组员们都挺尊敬他。他们都是与他级别不相上下的干部,自己能在很短的时间内获得他们的尊敬,使他每独自一人时扬扬得意。学习班中有人断言,他肯定会是一颗即将冉冉升起的政治新星。

某日,他正在讨论时侃侃而谈,党校的同志陪两个陌生人进入了会议室。

党校的同志介绍那两位是省纪委的同志。

省纪委的同志微笑着说:"同志们,请暂停一下。诸位中有违纪、贪污受贿问题的站起来一下。"

一阵肃静中,个个呆如木鸡。

省纪委的同志仍微笑着,困惑地说:"怎么,不至于都是白玉无瑕吧?"

话音刚一落地,李书记腾地站起,站得笔直,像训练有素的士兵站在长官面前。

"先站起来的理应优待。那么,就请李书记谈谈自己的问题吧。"——省纪委的同志表情严肃起来。

李书记环顾左右,犹豫地问:"就在这里?"

省纪委的同志说:"对,就在这里。"

李书记倒也没显得多么惊慌失措。他似乎有心理准备,或者说,心理素质还蛮强的。

他就镇定地当众交代起了那十万美金的事。

他反省道:"其实关于那件事我写好了一份书面检讨,本想通过党校的领导转给省纪委。尽管那是常委会的集体决定,但我作为书记,当时没有认识到那也是一种官场腐败,却当成上一任书记的好传统,足以证明我的思想觉悟大成问题。经过在党校这一时期的学习,现在我的思想认识提高了……"

省纪委的同志打断他,问:"对于你,那件事比起来是小事,想想有没有更严重的腐败行为应交代?"

李书记额上出汗了,沉默半晌才吞吞吐吐地说:"这……一时想不起来……"

省纪委的同志起身说:"那就请跟我们走吧,替你找个有利于你想起来的地方。"

真相与谣传

　　李书记在省委党校被"双规"的消息，迅速传遍A城，使大受震动的A城新老居民一时缓不过神来——就在文化周期间，他还亲自登台朗诵过一首长诗《我是清官我怕谁啊》，而且，他说是他自己写的。

　　我是清官我怕谁？
　　谁、也、不、怕！
　　不怕半夜鬼敲门，
　　更不怕法官来审问！
　　人在做，天在看，
　　我做的一切——
　　都是为了人民！

　　他那铿锵高昂、令人为之肃然的声音，似乎仍回响在人们耳畔啊！

　　但反腐有反腐的步骤，也不管A城人缓得过神来缓不过神来，紧接着前任项书记也被纪委从家中带走了。又紧接着，A城官场发生了多米诺骨牌式的"落马现象"，以至于有一天新调来的市长同志惴惴不安地对夫人说："我这位市长快成孤家寡人了。"

　　他夫人也惴惴不安地问："下一个会是你吗？"

　　他想了想，这样回答："虚惊不是祸，是祸躲不过。哪天我真被带走了，那也肯定是因为以前的几件事。"

　　纪委的免职文件及通告文件以超乎人们想象的速度下发到了

A城。文件所公布的初步调查情况是：

前任市长——现任书记与前任书记，长期以来沆瀣一气，狼狈为奸，结成腐败同盟，彼此照应，互相利用，你为我创造条件，我为你遮掩劣迹，在A城的发展过程中，各自或共同贪污受贿之数额巨大。并且二人一贯善于弄虚作假，沽名钓誉，骗取党和人民的信任……

于是传言四起：或他们另有文件上尚未提及的房产多少，车辆多少；或怎样怎样的女人是前任书记的情人，又怎样怎样的女人是现任书记的情人，而怎样怎样的女人是他俩共同的情人；或二人不但向省里的贪官们定期以公款"上贡"，居然还替省里的贪官们在A城渔猎美色……

有自称是北京某著名大学城市建筑设计专业教授者，在网上曝料——原来他才是所谓"太平灯"的真正设计者，前任项书记早在A城街灯改造工程开始前，便已花了多少多少公款请他设计完毕了。为将设计成果窃为己有，又给了他多少多少封口费……

某晚，电视转播了一场国足对某外国球队的球赛之后，不少A城人从家中拥到街上，毁坏"太平灯"成了他们发泄的方式。

"国足臭脚！丢人现眼！"

人们喊着这样的话，砸碎一盏盏"太平灯"。

人们中居然还有六十多岁的老太太，她也不看足球赛啊！

省里紧急向A城派出一队防暴警察，配合A城的公安干警，好不容易才平息了骚乱，没使局面失控。

但全城的"太平灯"已被毁半数矣。

谁举报了我？

A城发生骚乱时，曾经的李市长、李书记已被移交至司法部门，等待法律审判了。他的认罪、供罪态度极好，好到像是司法部门同志们共同的好儿子，因此他们对他的态度也够人性化的。

他总想从司法部门同志们的口中套出一个答案——"究竟是谁举报的我？"

"是张副局长对吧？肯定是他！没想到居然是他！不错，我是答应过他，要将他调到市局当副局长，但那也得有了适当的机会啊！……"

"是那个保安班长吧？不便告诉？我都落到这种地步了，给我个明白你们又能犯什么错啊？是他就点点头，不是他就摇摇头怎么样？求求你们了，不给我个明白我会死不瞑目的！你们也别让我死不瞑目啊！……"

他苦苦哀求时，模样怪可怜的。看得出，得不到答案对他是一种痛苦的折磨。

那时司法部门的同志们对他的态度才会表现得严厉。

一次有位同志忍不住训他："够了！别忘了你在什么地方，再求也没用！你做好心理准备接受法律的审判吧，胡思乱想对你没任何好处！"

实际上谁也没举报他。

他的腐败问题暴露了的实际情况乃是——在某国，有天一些中国青年与另一些中国青年在咖啡馆里互相进行言语攻击。这伙青年侮辱那伙青年皆是"小三之子"，那伙青年指斥这伙青年替爸妈洗黑钱。结果，双方的语言攻击升级为一场殴斗，引来了当地警察。这事上了国外的报纸头条，也被国外的电视报道了。大使馆因而写了份内参寄给中纪委，中纪委成立了专案组，根据一条微不足道的线索，也将反腐的火眼金睛瞪向了 A 城所在的省份。顺藤摸瓜，最终小小的 A 城官场也纳入了中纪委反腐的视野。

这是他做梦都想不到的。也是司法部门的同志们不可以告诉他的。何况，绝大多数的情况他们并不知道……

后遗症

A 城的市长至今平安无事，仍是市长。省里派了一位干部来任 A 城的市委书记，A 城市委、市政府两套班子于是在多米诺骨牌效应后，终于重新组合起来开始正常运转了。

新班子想做的第一件事就是——广泛征求民意，希望由广大市民来决定该拿遭到严重破坏的"太平灯"怎么办才好。

出乎他们预料的是——并没有多少市民参与讨论。下了很大的力气，一再表达诚意地征求，参与者还是少得可怜。

新班子又做出了另一决定——释放了在砸灯事件中被抓起来的每一个人。

这件事竟也没有获得市民的普遍好感。

"有种就继续关着。反正是给吃管住的地方，想关多久随便好了！……"

还有那被释放者的家属说出这等话。

征求不上意见来，新班子只得自作主张——再次改造街灯。不除掉，整天看见多闹心啊！有那修修补补的钱，莫如增加投资换种新样式的。

领导们认为这么做肯定是顺应民意的。

不承想,在网上引起了一片吐槽之声:又来这套!想要制造腐败之机,搞点儿高级的花样不行吗?都弱智啊?也以为我们民众都脑残啊?!

搞得新班子不知如何是好,只得立即宣布停止改造,只进行修补。

而有些老百姓又骂街了:

"他妈的,还替前任贪官们修修补补,想作为永久性纪念啊?!"

不该发生的悲剧

在 A 城,只有一个人对前任贪官们的腐败行为之反应与众不同。

当周围有人议论到前任贪官们的腐败行径,特别是议论到曾经的李市长、李书记时,他往往转身便走。

他是那保安班长。

并没哪方面找他的麻烦,更没谁向他追讨那 5000 美元——也许是因为有关方面还没顾上吧。

他成了被雇的修补"太平灯"的散工之一。

某日休息时,周围的人又议论开了,对曾经的李市长、李书记多有人格侮辱之词。

他不爱听了,冷不丁说出一句话是:"他那人挺好。"

其他散工瞪着他都不说话了,像几只山林狒狒瞪着一只从动物园跑出来的猴子。

他又说:"起码到现在了,还没人敢说那首诗不是他写的。"

有人顶他："他挺好？好个屁！"

他坚持道："姓项的连在这灯的设计上都弄虚作假，李市长在这一点上肯定比姓项的好吧？你们都认识那个字吗？"

众散工就都抬头往上望，见他指的是灯上的"仁"字。

"李市长挺仁义。如果你们也当了那么大的官，未必！"

他这番话说得一脸瞧不起，仿佛早将对方们的更次的人品看得透透的了。

结果对方们一个个恼羞成怒，你一句我一句骂起他来。人人越骂越来气，渐渐捎上了他的父母，老婆孩子也咒上了，什么不堪入耳的脏话都骂出口了。

天底下竟有他这号人！

他不是找骂吗？！他们都这么觉得。

2014 年 7 月 20 日于北京

金原野

官场腐败要严厉制裁,
教育界的腐败就可以姑息轻判了吗?

我认识汪君已经二十又六七年了,关系算得上是朋友。

我认为朋友关系虽可说多种多样,却也可大体分成两类。一类是朋友,一类"算得上是"。

是朋友的两个人,不论男女,除了兴趣相投,义气方面总还需有些共同之处。这里所言之"义气",是要拆开来理解的。"义"指所谓"价值观","气"指宁肯恪守它到什么程度。至于性格啦,职业啦,文化差距、年龄差距啦,就都没多大妨碍了。

"算得上是"朋友的两个人,往往是,也可以说其实是这样的两个人——在以上一概方面并无共同之处,但是却有特定的感情基础,而双方又极看重那种感情,都视为自己喜欢的老物件,没了会觉得内心空了一角,损坏了会心疼,于是就都必须是朋友了。好比一屉蒸出的相互粘连的两个黏豆包,非要分开,便都破皮儿了。

在现而今的中国,"算得上是"朋友的几乎只剩两类人了——吃货和发小。并且发小关系破裂之现象已比比皆是,人心都不疼了。吃货关系却日益增多。为了吃而"算得上是"朋友;"算得上是"朋友了,于是可以结伴吃将开去,发誓将吃遍天下似的。世间许多关系在中国都腐败了,奈何?

我讨厌吃货像讨厌毛毛虫,甚至甚于讨厌毛毛虫。毛毛虫毕竟能变蝶,吃货们能吗?

汪君便是吃货。

但他同时也是我的发小。一块儿捡过破烂,采过野菜;一块儿偷过建筑工地的砖或水泥,一块儿因此挨过看守者的打;一块儿逃过学;一块儿租过小人书;后来,一块儿下乡……

对于我俩,"算得上是"朋友太是起码关系了呀!

但我俩相聚的时候却是不多的。以前每年聚一次,后来几年聚一次了。几年聚一次时电话联系还挺多,再后来电话联系也不多了。

然而在我俩内心里,对方与自己始终"算得上是"朋友。

发小的感情基础在那儿啊!

忽一日,汪君半夜给我打来电话。

他说:"哥啊,我明天必须见你。在你家。"

听来他心烦意乱的。他是个天生乐观的人,我不记得他也由于不好的事降临而心烦意乱过。那时他的口头禅是:"去他娘的,顺其自然!"

我犹豫地问:"非得明天吗?"

他不给我一点儿商量余地:"下午两点,定了啊!"

他说罢放下了电话。

我猜他肯定查出得了癌症,还是晚期。

他虽然是吃货,身体却一直特好,各项指标都正常。这使我一想到他不由得心生嫉妒。

他怎么也会得癌症呢?

当他出现在我面前,我见他气色极佳,红光满面的,只不过明显发福了,腰围粗了,脸盘大了。

我说:"你这不挺好的吗?"

他说:"两天前是挺好来着。"

他的话又使我想到了癌症,试探地问:"你没病吧?"

他摇头。

我放心了,笑道:"哥还以为你得了绝症。"

他生气地说:"你少咒我!"

他表情庄重地从包里掏出一个红绒面的大证书放在桌上,推向我。

我困惑地翻开一看,见是美食家协会颁发的,他不但成为美食家,还成为该协会理事了。

我说:"还有这么个协会呀?"

他说:"那当然。吃是一种文化,不喜欢吃的人文化不全面。"

我放下证书,心情放松地说:"祝贺你。那就开始谈正事呗。"

他饮一大口茶,仰首长叹道:"哥,这次你弟真的碰到丢人现眼的事儿了,也许会身败名裂,没法再在画家这一行待下去了……所以呢,想请你帮弟出出主意……"

他突然往桌上拍了一掌,连说:"倒霉!倒霉!我怎么如此倒霉啊!……"

汪君是位画家。但他至今未入中国美术家协会。据他说,凡入中国美协的画家,前提必须是在中国美术馆起码举行过两次画展。也许个展只举行过一次就行,而联展是两次。他老早的时候说过的,我记得不是太清了。而他对此前提曾表现过相当大的不以为然。实事求是地说,我这个"弟",是个在有些方面挺孤傲的人。所以他至今只不过是某省美术家协会会员。

他是小学生时就喜欢绘画。其天分不仅使我等一些与他要好的同学十分崇拜，连老师们也是交口称赞的。当年他家和我家一样贫穷，哪里舍得给他钱买画笔和画纸呢。我们也不能眼瞧着自己都十分崇拜的小绘画天才就那么完蛋了呀，便经常一个教室一个教室地为他收集彩色粉笔头。而他的绘画天才，是靠用彩色粉笔头在黑板上、水泥路面和这里那里的水泥墙上得以持续、发扬光大的。

中学时，我俩同校不同班。两家离得近，仍一块儿去上学。放学了，往往一个在校门口等另一个，等到了一块儿回家。谁没等，另一个会不高兴的。

他的画已经被学校推荐到少年宫去参展而且获过几次奖了。

后来，自然都逃脱不了下乡的命运。我比他早一年下乡，结果我俩都没能成为同一个团的"兵团知青"。于是呢，书信成了我俩联络感情的唯一方式。新的友谊固然也会充填进我备觉枯燥的生活，而我相信还是发小之间的感情关系更可靠些。在他那方面无疑也是如此。我在信中每写一首不成样子却又自我欣赏的古体诗或什么词牌的词，题曰什么什么"偶感"并赠"吾弟"之类，而他复信中便也来一首并题"和吾兄"之类。

我们通信频繁，在乎友谊不消说是原因之一，其实更主要的原因是想家。我俩想家也不是由于怀念在家里做儿子时的舒坦时光。我俩的家都是贫穷之家。贫穷之家的儿子又能有多少舒坦的时光呢？我俩想家主要是由于各自都很恋家。不是所有的人都愿意将恋家的话语写在家信中的，而在写给发小的信中则可以如实地一一道来。书信往来在人与人的感情关系中是这样一种事——像渴极了时吃到一根冰棍，但吃过之后更渴了。

我俩互相的思念像情人。

于是我俩靠书信约定，都争取在同一年同一月的同一段日子里探家。

我俩如愿了。

在那一段探家的日子里，他告诉我他几乎每年都参加兵团总司令部举办的美术创作班。他还为我画了一幅肖像。

那段日子是我俩在"文化大革命"期间唯一的一次相聚。

"文化大革命"结束了，知青大返城了。我从复旦分配到了当年的北京电影制片厂，成了北京人。而他成了哈尔滨市某区群众文化艺术馆的美术教师，不久加入了省美协。

我俩都做丈夫了，不像当年那么书信频繁了。

两年后，我听说他由于婚变离开了哈尔滨，调往南方某省去了。

又两年后，我听说他在彼省成了省美协理事。

而那是在2000年以前我所知道的关于他的最后情况。

我与他失去联系了。

大约是2005年吧，有一天我意外地接到了他的电话。

他说他也成为北京人有几年了，说北京电影制片厂没了，中国儿童电影制片厂也没了，而我又调到大学去了，所以他没处联系我了。

"我承认，我那几年里也没太上心找你，因为那几年混得还不理想。"

他在电话中呵呵笑了。

我说："那么你现在的人生很理想啰？"

他又呵呵笑道："马马虎虎，马马虎虎，比上不足比下有余。"

他请我到他家做客。

我说我很高兴去，问去他家的路线。

他反问到我家的路线，说会派他的司机接我。

我笑问："你居然有专职司机了吗？"

他那头也呵呵笑道："起码的，起码的，五十好几的画家了，否则岂不太没出息了？"

接我的是一辆奔驰，很大个。那是我平生第一次坐奔驰，感觉的确与坐出租不同。似乎不管谁坐在里边谁都身份高级了。

他的家在近郊一处别墅区内，独栋的，有前后院。前院花间陈列几尊石雕，后院树荫下置竹制的桌椅。

他家中有画室，在三层，约二百平方米。

我说："你不必占用这么大的画室嘛，太浪费空间了。"

他笑道："那该怎么利用？打隔断出租？"

我说："你简直过上资产阶级生活了。"

他指着说："马马虎虎，马马虎虎。你看，那边还有八百多平方米、一千多平方米的。"

他如果强调什么意思，喜欢说重复句了。

他告诉我住在那里的人家，非富即贵。谁谁的儿子、谁谁的孙子、谁谁的干女儿都在那里有个"家"，只是几乎不去住，因为别处有更高级的"家"。

就我俩吃的饭。

他的不知是第几任的夫人出国玩去了。

我是不愿沾酒的，两小盅后便脸红心跳反应迟钝了。

他却显得更高兴了，问："嫉妒了是吧？"

我诚实地回答："有点儿。"

他哈哈大笑，表扬道："我哥还是当年那个哥，回答得好坦率。别嫉妒嘛,也当成是你的家呀!想什么时候来住就什么时候来住,想住多久就住多久!"

忽然伤感了,又说:"咱俩都是年过半百之人了,今后我得称你老哥了。"

以后的十来年里,我也只不过又去了他那里四五次。每次都见他那里高朋满座的,认识了一些身份神秘莫测、高深的人⋯⋯

我问他究竟遇到了什么滋扰。

他反问:"你记得你最后一次去我那儿,非常欣赏的一幅油画吗?"

我想了想说记得。那大约是2008年的事,我在他画室见到了一幅苏联,不,现在应说是俄罗斯油画了,五尺乘三尺的。其上画的是秋季原野——近处有麦田,麦田中有正在弯腰收割的农夫农妇;一个梳条褐色大辫子、穿红花长裙的姑娘牵着一匹马,马车上是高高的麦捆;几个孩子在捡麦穗,大狗在孩子们周围奔跑,小狗在互相戏闹;远处是水平如镜的河流,色彩绚烂的白桦林、独木桥。没有山墩。更远处是地平线,使画上的风景看去极广阔。

当年他告诉我那是一幅已故的苏联绘画大师的杰作,他去他们那儿交流、讲学时花重金买回来收藏的。

我忆起他当时说那幅油画叫《金原野》。

他说:"对。"

而那一天他告诉我,他的大烦恼由那幅油画引起。先是,有外地一位不大不小的官员,想要从他那里买去作为礼品送人,他通过经纪人开出的价是二百六十万。对方特爽快地说行,事情就那么口头定下了。不料几天后,传来确切的消息说那官员被"双规"了,对方不但卖官,还从大官那儿为自己买官。后来,他女儿要上中学了。为使女儿顺利进入某重点中学,他将《金原野》送给该重点中学的女校长了。

我感慨多多地说:"你真大方。"

他说:"不是觉得那幅画不吉利了嘛。而且,我当年骗了你。那不是什么苏联大师的原画,是我画的。也不是仿画,根本就是我的作品。我为什么经常往他们那边去,主要是为了写生啊。那是我根据写生进行的创作。"

再后来,一个星期以前,那女校长居然也被"双规"了,而且基本已坐实了在学校扩建过程中贪污和向某些新生家长收贿的罪名。

我沉思良久,安慰道:"你送的是画不是现金,只不过是为了女儿能入一所好中学,画又是你自己的作品,估计法律不会对你怎么样的。"

他说他已咨询过了,相信法律确实不会对他怎么样的,但女校长的儿女找上了他的麻烦。那是女儿的哭哭啼啼地哀求他出一份证明,证明自己那幅画根本不值二百六十万,是连几万都不值的作品。而那是儿子的青年扬言,如果他不乖乖配合,就将收买黑社会教训他,使他非死即残。

我说我明白了。据我所知,数年前的法律似乎是这么规定的——二三百万算贪污受贿之数额不大;五百万以上算较大;一千万以上才算巨大。虽然没明确公布为法条,却大抵是以此数额界限量刑的。所谓不成文法,内部掌握判决尺度。现在不同了,如果那幅油画的价值被认定为二百六十万,那女校长准会被判得较重,反之会获得轻判,对不对?

他说:"对!"

接着愤愤然道:"都什么状况的时代了?五百多万还算得上数额较大啊?那么几十亿、几百亿、上千亿的该怎么判?不是简直得按窃国罪来判了吗?"

我说:"你别激动。别人什么状况是别人必须承担后果的事,先把你自己这事厘清了好不?你若不出具《金原野》仅值几万元的证明呢,良心上甚为不安,觉得当初求人家,如今反而坑害人家罪行加重了也很罪过,对不对?何况还受到了人家儿女的威胁。而出具那么一份证明呢,又等于自己贬低自己作品的价值,怕以后自己的画不值钱了,对不对?"

"对!对!"

他大口大口吸烟不止。

我问:"那女校长儿子的话使你害怕吗?"

他说:"当然!那当然!现在有些青年,什么浑事干不出来啊!但我也不只是怕那种后果……"

据他向我"交代"——多年以来,他主要是靠打着苏联绘画大师们的招牌才财源滚滚的。那是暗中运营的一条买卖链,很被某些有"亲苏情结"的官员所青睐。几乎不砍价,反正又不是他们自己出钱买。有那官员,反而标价越高越喜欢。一概能证明那些画是原画的证书,由其幕后经纪人提供,可以说要什么有什么。

"如果我出了那么一份证明,以前买过我画的人都找我退画,那我不惨了吗?卖画的钱变成别墅和车了呀,心甘情愿地破产?"

他烦躁不安,在我家狭小的房间里走来走去。

我想了想,这么说:"后果不至于严重到那种地步吧?买你画的不都是官场中人吗?他们买画之目的不是见不得阳光吗?何况又不是他们本人出钱买的,所以他们必然心虚,不敢那么做的。"

他愣愣地看了我几秒钟,问:"事情传开了,我以后还有脸见人吗?我以后还卖得出画去吗?卖不出画了我靠什么生活?在北京要维持我目前这种生活我容易吗我?"

我也愣愣地看了他几秒钟,反问:"你的水平又不低,何必非打着别人的招牌呢?"

他冲我嚷嚷开了:"我的老哥哎,真是隔行如隔山,你太不了解我们这行的情况了!水平不低,甚至可以说水平较高的画家,在中国太不乏其人了!哪个省没有那么十几位呢?算上画得相当不错的青年画家,全国少说五六百人!可能在画廊卖出高价,在拍卖会上拍出天价的却能有几位?叫我们怎么办?你说叫我们怎么办吧?可不有时就得……做些违心的事儿呗!……"

我陪他分析讨论了两个多小时,却没能献出什么良策。

他走时失望得无精打采。

当天他又半夜时分给我打了次电话。

他说:"我决定出那么一份证明了。我女儿当年毕竟成了那一所重点中学的学生,人家毕竟给我面子帮我忙了。我用自己的画冒充苏联大师的画送给人家,已经很不道德了。明知人家将会被判较重的刑再不证明真相的话,那也太没人味儿了啊!……"

我说我很高兴他本质上还是当年那个他。

他又说:"我也不是如你想的那么奋不顾身地拯救别人。我没你想的那么高尚。是律师朋友给我写的证明特智慧,是这么写的——'《金原野》是本人以二十万人民币从俄罗斯所购之画作,因有求于被告在完全自愿的情况之下赠送给被告的。'你看,这么一来,我保住了点儿面子,那位校长的受贿金额一下子少了二百四十万,估计不至于被判较重的刑了。你看,'所购'二字把我不愿承认的事完全避开了，老哥你是作家，怎么连这么点儿聪明劲儿都没有？……"

从他的语调听起来，他心里有种化险为夷的庆幸。

我问："《金原野》的标价证书上不是明明写着二百六十万吗？你送给人家画时不是连同证书一起送的吗？那证书不是已经在法院了吗？"

他说："是啊是啊！老哥，这人家律师早考虑到了，我的证明还有下文呢——本人当年是通过苏联一位文化官员朋友所购，所以二十万是象征价，跨国同行之间的友谊价。人家为了表示真诚，当然连价格证书也给予本人啰。即使你是法官，你也再没什么话可追问了吧？你总不会为一桩小小的案子跑到现在的俄罗斯去调查吧？你就是真去我也不怕。你老弟在那边路子很广，人脉旺，朋友多，才不愁没人为我做证呢！……"

他呵呵笑得蛮得意的。

汪君不仅出了证明，还关心案子究竟会怎么判呢。

他又派车将我接到他那儿去了一次。这次见到了一位中年律师和一位退休了的老法官。他介绍说都是喜爱他画的人，也都是他朋友。

于是在他的要求下，我们四人共同分析起可能性来。他干脆进行导演：请老法官充当检方公诉人；请律师充当法官；他自己充当被告辩护律师；请我充当《法制报》资深记者，在画室来了一次虚拟开庭。

汪君表情庄重严肃地说："法官先生……"

"法官"同样表情严肃地说："重来！"

汪君耸肩一笑，随即恢复刚才的表情，朗声道："尊敬的法官,本律师认为,关于被告受贿二百六十万之罪名,断不能成立。理由如下:一、《金原野》乃是画家实际以二十万人民币从俄罗斯为了自己收藏目的所购。我们都知道的,人民币在彼国部分特殊人群中早已流通。而画家汪某是出于感激赠画,并非为了借助被告之权力实现什么商业目的。故若将此事判定为行贿与受贿性质,肯定引法无据。二、即使非要判定为行贿受贿性质,那也应以画家汪某实际购画时付出的二十万为数额,而绝不应以买卖关系中实际并没发生的二百六十万为量刑依据。好比一个人实际只花了二十万买了一件什么东西,却连同标有二百六十万的价格标签送给您,那么能等于您接受了一件价值二百六十万的礼物吗?我们又都知道的,礼品价格标签在中国是很不靠谱的……"

看着汪君一本正经的模样,听着他煞有介事的辩护,我觉得好笑,却又不可以笑。那时候笑太"那个"了,强忍着不笑。三个中老年男人,为一个确实犯有贪污受贿罪的中学女校长能少判几年刑而体现一片苦心,这事分明有些黑色。可又似乎,也不黑。我那时完全明白了,汪君他的煞费苦心也不仅仅是为了求得良心安宁,同时还是维护自己名声——行贿二百六十万,传开去多丢人啊!听他说到自己时一口一个"汪某",我很难忍得住笑,佯装咳嗽转过身去。

"公诉人"演得更加投入地说:"公诉方完全不能同意被告辩护律师的所谓轻判理由。我们认为,在此案中,收钱是受贿,收礼同样是受贿。以名画代钱,早已不是行贿受贿案件中的什么秘密。官场腐败要严厉制裁,教育界的腐败就可以姑息轻判了吗?公诉方坚持法庭应以被告受贿款项二百六十万进行判决。盖有俄罗斯某艺术品拍卖公司的公章,印有俄文的一纸价格证书,不应在法律上被等同于什么中国商店里的一般的价格标签。被告在接受《金原野》时显然心知肚明，将归自己所有的《金原野》约等于人民币二百六十万。否则，画家汪某为什么会连同价格证书一并相送，而被告也长期将价格证书予以保存呢？……"

双方唇枪舌剑了一番后，"法官"宣布："鉴于此案涉及一个有争议的法理问题，本庭暂不宣判。何日再次开庭，双方应等待通知。"

法官说，以他的经验，估计第一次开庭肯定这么个结果。

律师表示同意。

汪君说："这就证明轻判是有希望的。"

他问我对他的辩护词有何见教。

我态度认真地说："条理清晰，挺好。只不过别用'本律师''断不能''即使非要'之类的词句，法官听了会反感的。一反感，对被告反而不利了。"

他笑道："咱们这不是虚拟一下嘛！已聘请了高水平的律师，也轮不着我上法庭啊。预演一下，只不过是为了我今晚能睡个好觉。"

他另外两位朋友也都理解地笑了。

他手机忽然响了。

我等三人，见他刚一接听表情大变。

他合上手机，垂头沉默良久，低声说："女校长精神崩溃……疯了。"

2014 年 8 月 1 日于北京

「马亚逊」和狗

那狗真是命大,
仿佛有神明在保佑它……

一

　　我有位朋友是某省的律师，四十几岁，仪表堂堂，是个精力充沛的男人。

　　他一直想说服我，要我同意他是我的私人代理律师。如果我认可了，那么他便会将这一身份印在新名片上。据他说，他在本省业内那还是有些名气的。这我信。因为他一向踌躇满志春风得意的样子。然而我至今仍未同意。我觉得他名片上的身份已不少了，再多印一个身份一行字，要么得缩小字号，要么得加宽名片；而不论怎样，都将影响名片的美观。我认为他应在乎他的名片是否美观，并且我心理上很排斥私人代理律师这种事。依我想来，一生没有官司的人是挺幸运的，一旦有了什么私人代理律师，说不定官司便会接踵而来的。

　　我多次拒绝却没影响我俩的朋友关系。他来北京办事，照例希望见到我。而我照例对他持真诚欢迎的态度。

　　写小说的人，哪个不欢迎"故事"多多的朋友呢？何况他每次讲给我听的"故事"，非属道听途说那类，几乎都是真人真事，几乎都与他多少有点儿关系。而且他讲的那些真人真事听来特别像"故事"。

他最近一次到我家来做客时，不待我开口问，甫一坐定便主动说："这次保证你又有写小说的素材了。"

我说："现在写小说更难了。写现实题材的小说尤其难了。人间百态五花八门，本身所具有的戏剧性往往比作家们虚构的还离奇，信息传播的方式又那么快，那么多样化，可让作家们怎么办才好呢？"

他说："你别愁嘛，我这不是正要给你讲故事嘛。"

我说："如果是一般的故事，那你就不必讲了。"

他连说："不一般，不一般。"

他是首先从一条狗讲起的。

他说，有那么一条"板凳狗"，叫"巴特"，是一条成年的公狗。

我问："就是体形不大，板凳那么长，四腿很短，背部较平的那种狗？"

他说："是的。我讲的这条板凳狗，除了四只爪子是雪白的，全身哪儿哪儿都是黑色的。小耳朵尖尖的，双眼上方各有一块黄色，方方正正的，像两个军棋子。所以，在中国民间既叫板凳狗，也叫四眼狗。"

我说："我小时候，邻居家养过那样一条狗。既然出现在寻常百姓之家了，证明血统不是太高贵。"

他说："你别打岔。我讲给你听的故事，头绪还真是比较多。你总打岔，我该讲不好了。"

巴特是一条被遗弃过的狗——某日，那是秋季里一个天高气爽的日子，它的主人所开的一辆宝马车缓缓停在幽静小路的路边，车门一开，车中蹿出了巴特。路边人行道另侧是草坪，草坪连着一小片树林,树林后是一条市内的人工小河。那里是一处街心公园,养狗的人喜欢带着狗到那里去,解下牵绳,任由它们在草坪上打滚、撒欢,在小树林里互相追逐。它们之间已比较熟悉了,从未发生过凶恶攻击的行为。它们的主人也都认识了,都知道哪条狗是哪个人的。巴特加入狗们的嬉闹不一会儿,宝马车开走了。在那处地方,这是常有的现象——主人到附近的超市购物,或去办什么事,一两个小时甚至一上午或一下午再回来,狗会习惯地等在那里。

我忍不住又问:"你在进行虚构吗?你也想写小说了?你并不是那条狗的主人,怎么就会讲得头头是道的?"

朋友说:"你呀,性太急了吧?我是律师,那狗与我刚刚接手经办的官司有直接关系,应该调查了解的情况我当然要认真调查、详细了解的。我所讲的,是有证言为据的。"

按他的说法是——当主人们牵着各自的狗散去后,那处公园只剩下了巴特一条狗时,它主人开的宝马车还没出现。巴特蹲在人行道边,望着来来往往各式各样的车辆,耐心极佳、特有定力地期待着。一上午过去了,宝马车仍未出现在该出现的地方。那狗儿如同石头雕的,被摆放在路边起点缀作用的,几乎一动不动地蹲踞在那儿守望了一上午。过了中午,它饿了,渴了,跑向草坪上的一个地喷头,用爪子七弄八弄的,还居然被它弄得喷出水来。它终于是解了渴,但全身也被淋湿了……

我再次打断他的讲述:"瞎编!瞎编!像你亲眼所见似的,可你又根本不在现场……"

律师朋友不满地瞪着我问:"还想不想听下去了,不想听那就算了。我说最后一次,我是有文字证言材料为据的,我所收集到的证言材料在法庭上都宣读过的。我手机里也存了照片,你要看吗?"

我摇头道:"不看不看,接着讲吧。"

其实我已经被他的讲述勾起了好奇心,还真想知道一条种类并不名贵的"板凳狗",在他这位颇有名气的律师最近代理的官司中充当什么角色。

他说离那狗儿蹲踞的地方十几步远处,有座跨路天桥,天桥台阶边是报刊亭——他所讲的,是报刊亭主人所见的情形。

中午一过,那狗儿到底失去了耐性,沿人行道边来回跑,发出小孩子闹坏情绪般的低鸣声,带点儿哭唧唧的意味。又两个小时后,那狗儿更焦躁了,开始朝马路上驶过的每一辆白色车吠叫。它主人的宝马是白色的。再后来,它奔上了跨路天桥,在两道护栏之间不安地蹿跃,望见白色车过往,发出长声的鸣叫,听来像是真的在哭喊了。

报刊亭主人那时明白,它被抛弃了。但他也没法使它懂得这一真相呀,只有怜悯地听着、看着而已。它奔上跨路天桥去,证明它是一条聪明的狗。从跨路天桥上,不是可以望得更远嘛。

四五点钟时,它从跨路天桥上下来了。它疲惫的样子,它眼中的惊恐,被报刊亭主人看得分明。

它回到原地,不发出任何声音了。但已不复蹲踞着,而是卧着了。显然,它没有蹲踞着的气力了,连叫的气力也不大有了。

报刊亭主人心疼它，给了它一个小面包和一小根肉肠。

它连看也不看，头无力地伏在前腿上，眼睛仍望着马路。有白色车辆驶过，它的头才会抬起来一下。

天黑了，它仍卧在那儿。

报刊亭主人离开报刊亭时，走到了它跟前。他"狗狗，狗狗"地叫它，它没反应。他蹲下，拿起面包和肉肠喂它，它将头一扭。

他说："那你跟我走吧？"

它的眼睛闭上了。

他大动恻隐之心，想抱起它，它却防备地龇出了牙齿。

他叹口气，也就只有随它卧在那儿了。

第二天一早报刊亭主人到来时，那狗儿卧过的地方只有面包和肉肠还在了，根本没被吃过一口。他向天桥上望去，见它卧在天桥上了。一有白色车驶过，它便站起来一下。一站一卧之际，气力不支，摇摇晃晃的了。

下午，报刊亭主人不经意间，它重新卧在原地了。

那天刮大风，遛狗的人和他们的狗都没出现。如果那些人来了，它也会引起他们的注意的。兴许，它会有新主人的。报刊亭主人虽怜悯它，却从没打算养狗。何况，还是一条被弃的种类普通的"板凳狗"。

但他们谁都没出现。

听到此处，我情不自禁地说："巴顿的狗就是一条板凳狗。"

朋友问："你指的是美国'二战'时期的名将巴顿？"

我点头道："对。电影中的巴顿将军牵的肯定是板凳狗。"

朋友说："那部电影我也看过，出现在片中的不是板凳狗，是腊肠狗。"

我坚持道："是板凳狗！腊肠狗是外国的叫法。"

朋友也坚持道："两种狗确实不是一种狗。板凳狗身短，额骨高，耳朵是竖着的；腊肠狗身长，狐狸头脸，耳朵是耷拉着的……哎，你跟我争论这一点有意思吗？"

我嘟囔："是你偏要跟我争论的。反正我认为，那不是一条普通的狗，你刚才说它普通我不爱听。"

朋友瞪了我片刻，接着讲下去。

那天傍晚发生了一件对那狗儿很意外也很不幸的事——一辆白色的车拐入那条小路，而且竟是一辆宝马！那狗儿见了，顿时一跃而起，亢奋地大叫着奔将过去。但那辆宝马车里坐的并不是它的主人，驾车者只不过想将车停在路边打电话，见一条狗直冲他的车叫，又不想停车了。那狗儿见那辆车加快了速度，急了，咬车后轮。它显然是下狠口咬的，大概将一两颗牙齿咬入了车胎。车偏在那时一提速，但见那狗儿被车轮甩了起来，就像什么东西被水车或风车甩了起来似的，转瞬间啪的一声重重摔在地上。

报刊亭主人冲出了报刊亭，跑到那狗儿身边，见它嘴角流出血来，腹部一起一伏的，大口喘息着，奄奄待毙了。

那人眼圈红了，蹲下去对那狗儿说："你呀你呀，你这又是何苦呢？我给你吃的你干吗偏一日不吃呢？你主人明明将你抛弃了，你为他绝食值得吗？这世上被人抛弃的猫儿狗儿多了，你就认命地做一条流浪狗又能怎的呢？你看你现在把自己搞得多悲惨，我就是再怜悯你，那也不知拿你究竟怎么办才好了呀……"

那会儿，那奄奄待毙的狗儿已不能向他龇牙了，他就将它抱起，四处看看，放在一棵大树的根部了……

"有那被抛弃的狗，由于对主人的幽怨，大概也由于自尊，往往会绝食将自己活活饿死的，你信吗？"——曾经吸烟但已戒烟数日的朋友从我桌上的烟盒中抽出一支烟，点燃后深吸了一口。

我也紧接着吸起烟来。

他又问："你信吗？"

我反问："那狗……就那么死了吗？"

他说："被抛弃的猫是断不至于绝食的，这一点证明猫是很现实的，也可以说是明智的。有那养狗的人告诉我，被抛弃的狗的确是会绝食的，它们似乎受不了主人对它们的绝情。当然，也不是所有的狗都那样……"

我急了，大声说："别扯远了！快告诉我，那狗是不是……就那么死了……"

他吸一大口烟，缓缓吐成长长的烟缕，低声说："第二天接连下了两天雨，最后一场秋雨，天气一下子冷了……"

我张张嘴，想问什么，却没问出话来。

不料他又这么说："那狗真是命大，仿佛有神明在保佑它……"

二

按他的说法是——两天后雨停了，有一个负责清除垃圾箱的男人，从垃圾箱里往外扒垃圾时扒出了它。是什么人将它扔入垃圾箱的，那就连他也不清楚了。而不论是什么人，却也等于间接地救了那狗儿的命。在垃圾箱里，毕竟不会被冷雨淋两天。别说两天了，第一天就会被冻死的。何况，它被摔伤了，原本已快死了。那垃圾箱里的垃圾不是散垃圾，是由一只只大黑塑料袋装着的。也不尽是厨房垃圾，以办公室的纸垃圾居多。街心公园的尽头设有一处环卫管理点儿，那儿每天都有一袋子破东烂西往这大垃圾箱里扔，街心公园公共厕所的卫生纸也装入袋子扔在这大垃圾箱里。大垃圾箱里的垃圾并不天天清除，隔两天才清除一次。而那个负责清除的男人，要将一袋袋垃圾装在三轮车上，运往一处垃圾场。那不是他唯一从事的劳动，是他为了多挣点儿钱的兼职。他还有另外的工作，是马路对面一条街上一家小服装厂的打更者。那小厂已不再是厂了，不知卖给哪儿了，拆了一半厂房了，据说要在原址盖托儿所，但因为牵扯了复杂的产权官司，没动工也没再拆，就那么残垣断壁地"搁"在那儿了。环卫部门因其影响街容街貌，砌了美观的文化墙将它围上了。但厂子的仓库中还放着几十台缝纫机，都能用。怕丢，便依然由那更夫看管。仓库旁有间小屋没拆，二十多平方米，门窗还算完好，甚至还为他保留了一台电话。他姓马，光棍儿，身材不高，但极强壮，还会武功。武功到底多深，也没谁见他露过一招半式的。一年四季，人们每每能听到围墙内传出"嘿、嘿""嗨、嗨"的发力之声，便都知道是他在练功了。如果他没笑容地看着谁，那个谁又从不认识他，准会被他看得心里有几分发毛。因为那时他的样子，似乎立刻就要对他看着的人动武了。其实他并非一个喜欢动辄与谁大打出手的人。恰恰相反，他是一个脾气极好的人，甚至可以说是一个绵羊脾气的人，且以助人为乐。他的面相看去挺冷、挺凶，因为半边脸面瘫过。别人一主动跟他说话，他就会高兴地笑起来。

笑时的他，虽然样子有点儿怪，但那也还是会给人一种"心眼好"的印象。助人为乐对于他仿佛真是件高兴的事，特别是那种只需他助一把子力气的事，那时他是很不惜力气的。认识他的人都说这与他脑子出了问题有关。他曾是一名农村来的建筑工人，从脚手架上摔下来过。有对他了解得比较多的人说，他的智商也就是三四年级小学生的智商，还是与那类不聪明的小学生相比。但在劳动方面和生活自理能力方面，他却一点儿也不比正常的男人们差。某几点上，也许还强过正常的男人。他起初出现在这条小街上时，人们由于不了解他，都有几分怕他。他看女人们时，她们尤其怕他。日久天长地，人们从他的言行了解了他以后，也就没谁再怕他了。而他对女人们的态度尤其彬彬有礼，不笑不说话的。她们先跟他说话，他也立刻便笑。当她们听说他的智商仅相当于一个小学的不聪明的儿童后，对他的态度也大大改变，都将他当一个大孩子看待了。特别是在居民组负点儿什么责和开小店铺的女人们，每像支使自家孩子似的将他支使来支使去的，那时被支使的他也格外高兴。

哪一个居民社区几乎都有几位民间探子，他们总是比别人更多地知道一些关于某个异乎寻常的外来者的事情。进行那一种打听是他们的爱好。他们对他这个人自然也进行了多方面的打听，最后一致给出的权威结论是："人家脑子没落下毛病的时候那也一向是一个好人。"

有了这一权威性的结论，住在小街上的人们竟都对他有几分尊敬了。而孩子们送了他一个亲昵的叫法是"马亚逊"，是受"亚马逊"网站的启发那么叫的。这叫法首先获得了女人们的响应，不久男人们也那么叫他了。而他对那一叫法很乐于接受。

"马亚逊"从垃圾箱里扒出了那狗时,只不过愣了一下,并没显得多么意外,更没吃惊。他已不止一次在垃圾箱里发现死猫死狗了,大抵是流浪猫狗,它们又大抵不会活到老死那一天,不可能有那种幸运的,十之八九是饿死的、冻死的或病死的,也有被憎恨流浪猫狗之人打死的。负责公园及附近环境卫生的人见着了它们的尸体,习惯于将它们的尸体扔入这大垃圾箱里。

但对于"马亚逊"而言,它们的尸体与垃圾那还是有区别的。他的做法是将它们的尸体埋在哪一棵树下,也不觉得那么做是自找麻烦。于是,像前几次一样,他将那狗儿的"尸体"放在垃圾箱盖的一角,打算干完活儿再埋。他并没抓着它的腿或尾巴拎起它来,而是双手托着它轻轻放的。对待前几只猫狗的尸体,他也是那么一种有别于对待垃圾的做法。

当他继续从垃圾箱里往外扒出垃圾袋时,听到了一声呻吟。

那声呻吟使他诧异了。他听出了是那狗儿发出的,不由得直起腰,一手拄着锹柄向那狗儿看去。

这时,它又呻吟了一声。

他不由得摘下手套,伸出另一只手摸它,感觉到它的身子还是温的,也没僵硬。

这时,它睁开了双眼。

那狗儿的眼神此际可怜极了,他从它的眼神中看出,它是那么怕死,那么不想死。对于死之注定,又是那么悲哀。它的眼神中丝毫也没有对他这个人的乞怜,只有对死的恐惧和注定将死的悲哀。似乎还有种希望——希望他这个人是个善良的人,不会在它临死之前施加于它别种痛苦。

那时雨还没停呢,只不过比夜里小了。"马亚逊"看着那原以为是尸体的狗儿，一时犯了难。首先他想，它明明还没死啊，那么自己就绝不能将它活埋了。当然，他可以不理它的死活，只管去运送垃圾——但那不也等于见死不救吗？见死不救的事违背他的心性。一条狗的命那也是一条命呀。

他呆呆地看着它这么想着时，那狗儿也眼神不变地仍看着他，呻吟不止。

于是他脱下了雨罩——那种专卖给骑车人的，前身斗篷似的挡雨披具，接着脱下了上衣，结果他身上就只穿着一件跨栏背心了。他将上衣的两条袖子在胸前一系，又一扯，系在一起的袖子转到后背去了，上衣的主体扯到胸前来了。这样，他胸前似乎就有了一种吊兜，就如同某些家长兜带着孩子的那一种吊兜。

他双手托抱起那狗儿，将它放入他用上衣"创造"的"吊兜"里了。

他重新穿上雨罩，将剩下的几只垃圾袋甩到车上，带着那狗儿运送垃圾去了。

两三个月后，那狗儿在"马亚逊"的精心照料之下，奇迹般地活了过来。仅仅靠他的善良，其实它是活不过来的，即使活过来了，也很可能变成一条残疾狗。他还多次送它去宠物医院救治过，为此花去三五千元钱。对于他，那是数目颇大的一笔钱。

那条街上的几个孩子首先发现"马亚逊"养狗了。"巴特"不是那狗儿原本的名。谁知道它原本叫什么呢？它自己又不会说。"巴特"这名字是孩子们给它起的，而"马亚逊"觉得叫起来挺上口，作为它的新主人，便也乐得"巴特、巴特"地叫它了。而那狗儿，似乎是为了及早忘记被遗弃的悲惨遭遇，很快也以极配合的表现接受了新名字。

实际上"巴特"起初自卑又胆小。因自卑而非常胆小。围墙是有门的,"马亚逊"就从那门出出入入。他在院子里时,"巴特"的活动从不离开他的视线。或反过来说,它总是留意着他的行动,防止发生他离开了它而它却不知道的事。他去运送垃圾时,它就躲进屋去,不在院子里待着了,似乎那样对于它才是足够安全的。它有极强的时间感觉,新主人快回来时,它会预先蹲在门那儿等着,他一进院门,它便高兴地往他身上扑,绕着他的腿不停地转圈。那时他就会抱起它,一边抚摸一边说:"想我了是吧?别不好意思,你就承认得啦!"

孩子们经常出现在院子里以后,它才逐渐摆脱了自卑,胆子也大了些,开始变得活跃了。是那些喜欢它的孩子使它较快地将那个院子当成了自己的安全王国,而不仅仅是那个小屋子。它似乎以为,孩子们和"马亚逊"一样是那安全王国的守护者,因而也是它的警卫人员。所以他们来时,它的表现是极欢迎的。他们走时,它会将他们送到院门口。

狗是孩子天生的朋友。

"马亚逊"也是很感激"巴特"的。有了它这个"伴儿",他的生活多了些内容,多了些乐趣,不再孤独了。好吃的东西,他总是会分出一份也给"巴特"吃。虽然他用木板给它搭了一个狗窝,却更愿意它每晚睡在他的床上,使他随时可以抚摸到它,或临睡前侧身躺着,看着它,自言自语地与它说些什么。他说时,它的眼睛一眨不眨地温柔地凝视着他,仿佛听得懂他说的每一句话——而那当然是他的一种想象。由于"巴特"是孩子们所喜欢的,孩子们和"马亚逊"的关系也更亲近了。大人们的势利心理往往也表现在对猫狗的态度上,如果它们是名种,血统高贵而纯,则某些大人对它们的态度往往"敬爱"得可笑。但孩子们却不那样,他们只在乎它们能否和他们玩到一块儿去,如果能,他们就喜欢它们。若不能,他们就不会多么喜欢它们,才不管它们的"出身"是否高贵,血统纯不纯的呢!

"巴特"那一年正处在精力过剩爱玩的年龄,所以它也特别喜欢和孩子们玩耍。

由于孩子们和"马亚逊"的关系更亲近了,他们的家长和他的关系也更友善了。

正是在此点上,他感激"巴特",每对人言:"看来我和这狗太有缘了。以前我也从没想过要养一条狗啊,莫非是老天爷让我成了它的主人!"

后来,在孩子们的带领之下,"巴特"的胆子居然大到敢离开那院子,跟随他们到街上去玩了。

再后来,它敢跟着"马亚逊"去运送垃圾了。于是,它又出现在它被弃的地方。人是无法知道狗的那一种感受的,但"马亚逊"看得出来,"巴特"对那个地方确实也是有"伤心"记忆的,因为它一次也不接近那个大垃圾箱。他清除那里的垃圾时,它蹲在远远的地方看着,他叫它过去它也不过去,却每次都会跑到报刊亭那儿,与报刊亭主人亲热一阵。

然而它的狗朋友们并不因它被弃过而歧视它,它们仍认识它。恰恰相反,它们对它的重新出现都显出欢喜的样子,仿佛人世间的老友重逢。它们的欢喜很快就打消了它的疑虑,使它又找回了与它们在草坪上撒欢地互相追逐的快乐。

那些狗的主人听"马亚逊"讲述了"巴特"的遭遇后,一个个喟叹不止。

他们对"马亚逊"说:"你既然成了它的主人,它又有那么可怜的遭遇,你以后可得好生对它啊!""你如果哪天也将它遗弃了,别怪我们都不愿搭理你。"

"马亚逊"则庄重地说:"我是那种人吗?"

三

中国之词汇未免太过丰富,以至于我们往往很难分清一对儿"同义词"之间不尽相同的那点儿区别。比如"奇怪"与"蹊跷"——你中有我,我中有你,"蹊跷"除了"奇怪"的意思,其实也再无别的什么意思。

然而我的律师朋友说:"后来发生了一件十分蹊跷的事。"

我颇觉奇怪地问:"为什么你偏说是蹊跷的事?"

他说:"那件事不仅仅奇怪,真的特蹊跷。蹊跷嘛,比奇怪多了点儿诡秘色彩。那事是有诡秘色彩的,你耐心往下听就明白了。"

他表情诡秘地讲下去。

某日下午;是七月一个炎热的日子的下午;是星期六的下午。"马亚逊"干完活,冲罢凉,躺在床上听小收音机里播讲的评书——他没电视,也不爱看电视,只喜欢听中国以及世界上发生的事,或享受文艺。

就在那时,带着"巴特"出去玩的孩子们回来了。"巴特"跃上床,两只前爪搭于"马亚逊"胸脯,嘴里"呜嗯呜嗯"地哼叫不止,显出非常兴奋的样子。

"马亚逊"坐起,"巴特"望着其中一个孩子,汪汪叫了几声。

那孩子将背在身后的一只手伸向"马亚逊",诚实地说:"叔叔,'巴特'捡了这么个东西。"

"马亚逊"接过,见是个挂坠,穿在一条黄色的金属链上。

他看一眼"巴特",严肃地问:"真是它捡的?"

另外几个孩子皆诚实地点头。

又问:"不是你们合起伙来在哪儿偷的,又都心虚了,想将脏水泼在'巴特'身上吧?"

孩子们皆诚实地摇头。

"巴特"也又汪汪叫几声,仿佛在向主人证明——是它捡的没错。

按一个孩子的说法是——他们和"巴特"正在草坪玩耍,忽听有放风筝的人喊:"看,看,天上掉下东西来了!"

于是孩子们也都仰脸望天,就见确实有东西在往下掉。太小,有的孩子看见了,有的孩子其实并没看见。说时迟,那时快,看见了的孩子指着喊:

"掉河那边了!"

"掉那边草坪上了!"

而"巴特"却已飞快地奔过小桥,跑到了河那边。等孩子们跟过桥去,"巴特"嘴里已叼着挂坠了。

孩子们七言八语地问:"叔叔,应该算是'巴特'捡到的吧?"

"马亚逊"说:"对。不是算不算,百分之百是它捡到的。"

"叔叔,当时有架小飞机从天上飞过,会不会是从飞机上掉下来的呀?我爸的一个同事,在飞机上解手,不小心就把手表掉马桶里了，那不也会从天上掉下来吗？"

"马亚逊"说："对。他的手表会从天上掉下来，但有没有人捡到就两说了。"——想了想，又说，"人在解手时将手表掉在马桶里的事是时有发生的……"

一个孩子插了一句："还有把手机掉在了马桶里的事呢！"

"马亚逊"说："是啊是啊，那都是很可能的事。但挂坠是挂在脖子上的，会不会掉在马桶里，还偏偏掉在飞机上的马桶里，这我就说不准了。不过，既然你们中有人看见是从天上掉下来的，而且恰巧有架飞机从天上飞过，估计很可能就是那么回事。"

"叔叔，这东西……值许多钱不？"

"马亚逊"低头将那挂坠细看一番，说看不出与路边小摊上卖的同类东西有什么两样，大约最多也就值个几十元钱。轮到他问问题了——他只问了一个问题："那些放风筝的人，他们是什么看法呢？"

孩子们就又七言八语：

"他们呀，有的胆儿可小了，连自己放在天上的风筝都不顾了，扔了摇轮就跑，好像掉下来的是微型炸弹！"

"可不是嘛！我们跟着'巴特'跑过桥去以后，他们见没什么可怕的事发生，才一个个收了风筝，聚在桥那儿，隔着河看情况。'巴特'叼着挂坠再从桥上跑过来时，他们又吓得呼啦四散开了。"

"有那胆大的，走到'巴特'跟前，蹲下细看时，说的也是叔叔你刚才说的那种话——与路边小摊上卖的东西没什么两样，估计也就值几十元钱。"

"马亚逊"拍拍"巴特"的头，快意地说："想不到你还有空降财运这么一天，既然是你捡到的，那么当然要归你啰！"

他让孩子们去给"巴特"也好好洗了次澡，亲自为"巴特"擦干身上的水，亲手将挂坠扣在了那狗儿的脖子上。还拿起一面小镜让"巴特"照了照，以欣赏的口吻问："咱们'巴特'漂亮多了吧？"

孩子们都开心地笑了。

自那日后，"巴特"知名度大增。不论孩子们带它玩时，或跟在"马亚逊"身边时，常有人叫它："'巴特''巴特'，过来，蹲下，让我看看你的挂坠。"

走出了被遗弃的阴影的"巴特"，对人又亲昵起来。有人叫它，就会摇着尾巴走过去，蹲下，颇觉得意似的让人细看它的挂坠，让人用手机拍它。它对凡是出现在那条街上的人，不管认识的还是陌生的，一律信任地对待。而只要一离开那条街，它对陌生人还是有所戒备的。

不久，那狗儿的照片开始出现于微信，由这样一些微信圈转发向那样一些微信圈，由对它的经历的同情逐渐转向对它的挂坠的兴趣。

又不久，它的照片出现在当地某些网站上了，于是，一位当地珠宝业的权威鉴定人士在网上宣称——那挂坠很可能是名贵翡翠精工磨制而成，链子也很可能是纯金的，否则配不上那样名贵品质的挂坠。如果他的判断不错，总价值应在二百几十万。当然，他没见到实物，话说得有所保留，但估计十有八九会是他说的那样。

好心之人将那权威人士的网上言论复述给"马亚逊"听了，他却大不以为然，只淡淡地说："别听他瞎掰，网上的话哪能当真？"

一天鉴定专家来到了他的住处，自报家门后，真诚地说明来意——要见识一下实物，当面为他的翡翠进行鉴定，分文不收。

"马亚逊"说："那不是我的，那是我养的狗的，是它捡到的。"

专家一愣，随即说："那，就算我为你养的狗进行鉴定吧，可也得经过你的同意呀是不是？我已经声明在先了，分文不收，绝没有什么不良的企图，完全是出于一种职业兴趣，也可以说是一种职业本能，希望你作为狗的主人，代表它同意。"

专家说得真诚坦荡，"马亚逊"表示同意。

"巴特"跟孩子们玩去了，专家愿意耐心等。边与"马亚逊"闲聊，边给他讲些鉴定珠宝翡翠的常识。通过闲聊，对他这个人以及他和狗的关系有了一定的了解，想了解的事基本都了解到了。专家就是专家，很有"闲聊"技巧的。

专家的真诚似乎感动了冥冥中的什么神明，没使他等太长的时间，"巴特"和孩子们回来了。可是"巴特"却不愿让"马亚逊"将挂坠从它脖子上取下来，更不愿让专家的手碰那挂坠，它似乎对那挂坠已产生了一种动物的拥有意识。"马亚逊"只得将它抱在怀里，让它趴在膝上，抚摩着它，说些哄它乖点儿的话，才使专家的鉴定可以进行。而孩子们，则围观着。

专家打开小包，亮出齐全的物件，一会儿用放大镜看，一会儿用红外线笔照，一会儿用小手电和红外线笔一齐照，戴上专用的单眼镜认真看。

鉴定了好一会儿后，专家一边收起用具一边对孩子们说："有时候大人与大人说的话，是不愿让孩子听到的，你们明白我的意思吗？"

于是孩子们都懂事地走了。"巴特"又想跟随孩子们而去，专家一脸严肃地对"马亚逊"说："你最好把你的狗叫住。老实说，它戴着那挂坠到处乱跑，对它是很不安全的。"

于是"马亚逊"将"巴特"叫住了。

专家看着"巴特"说："起先，我在网上估计那挂坠价值二百几十万，经过刚才一番对实物的鉴定，我很负责任地告诉您，我起先估计得低了。那是顶级玻璃种，属于极少见的正阳绿，菩萨的神貌雕得也好，目前的市场价在五六百万之间，五百万出手是很容易的事。"

"马亚逊"听专家称自己为"您"了，已很有几分意外。待听完了专家的话，一时呆愣住了。他的头脑虽有毛病，但对五六百万元钱是个什么概念，那还是特别明白的。因为明白，也可以说他受到了震撼。

专家问："您没听懂我的话？"

他连说："懂，懂，句句都懂。"

专家说："懂就好。那么我就要对您提出告诫了——继续让您的狗戴着价值五六百万元的挂坠，不但对它的生命是不安全的、不负责任的，对您自己也是不安全的、不负责任的，希望您别将我的话当成耳旁风，好自为之。"

"马亚逊"连声说："您放心，您放心，我听您的告诫就是了。"

专家在门口站住片刻，分明想转身再说什么，却并没转身，只说了这么几句话："如果土豪们让他们养的狗戴价值五六百万的挂坠，那也不值得别人多管闲事地说什么。但是请您别忘了，您并不是土豪。"

"马亚逊"望着专家背影，感激地说："您真是好人。"

送走专家，他想及时将挂坠从"巴特"脖子上取下来。可那狗儿看出了他的动念，调皮地满院子跑着躲他，使他没办到。

他只得作罢，想等晚上"巴特"睡了再怎么办。

夜里发生了凶险之事——三个蒙面歹徒手持尖刀、棍棒、麻袋什么的，翻墙而入，欲将那狗抢走。先被惊醒的是"巴特"，它狂吠了起来。当然，"马亚逊"也立刻醒了。他一醒，三个蒙面歹徒遇到了大麻烦。尽管他们是三个人，但"马亚逊"毫不惧怕，施展开了武功，片刻将三个家伙打得连滚带爬，又一个个翻墙而逃，作案的东西也丢弃下了。有那住得近的人听到了"巴特"的叫声，怕"马亚逊"遭遇什么不测，招呼到一起，去到了那院子里。众人见他和狗都没受伤害，这才放心。

早上派出所来人了，又跟来了些街坊。不是"马亚逊"报的案，并非他连那点儿起码的法律意识也没有，他认为自己没受伤，"巴特"亦安然无恙，那么昨夜之事便只不过是虚惊一场，过去就过去了。虚惊一场的事，何必劳驾派出所的同志们呢，自己以后提高警惕就得了嘛。他特别自信他保卫自己和保卫"巴特"不受侵害的能力，认为有这等能力的人，那就应该让派出所的同志省点儿心。但街坊们不可能也都那么想，于是有人代他报了案。

派出所的同志观察了现场，收集了作案之物，拍了照，之后询问他："这儿，这儿，地上的血迹怎么回事？"

他说他一拳打在一名作案者的面门上，估计将对方鼻梁打断了。有眼尖的街坊发现地上有颗牙，派出所的同志就连那颗牙也收入塑料袋里了。

"那儿还一颗呢！"

总共从地上发现了四颗牙，颗颗是红色的。

"马亚逊"表情不安起来。派出所的同志就安慰他,说他那一拳肯定属于正当防卫。

另一位是副所长的同志又指着围墙一处问:"那儿怎么回事?"

他说他朝一名歹徒踹了一脚,对方怪机灵的,躲过了,结果他那一脚踹在围墙上。围墙虽是单砖的,毕竟是水泥砌的,却被他踹得凹向了外边。派出所的同志用歹徒所弃的木棒捅了一下,几块砖掉到了墙外,墙上出现了一个洞。

众人的目光又都讶然地望向他,他像犯了错误的孩子似的说:"我踹成那样的,我一定负责砌好。"

派出所的同志示意他跟他们俩走到一旁,是副所长的那位对他小声而严肃地说:"你的狗捡到那挂坠的事,我们也是有所耳闻的。昨夜的事都是那东西惹的祸,所以你再也不可以让你的狗戴着它。"

他协商地问:"逢年过节让我的'巴特'戴一次行不行?它喜欢戴。以后一次都不许它戴了,我过意不去。"

副所长不拿好眼色瞪他,其话说得毫无余地:"再也不可以,就是一次也不行!这是我们作为治安维护者对你的严正要求,是你必须服从的!"

"马亚逊"这才连声说:"保证服从,保证服从。"

还说:"我已经把那东西藏在了一个别人不容易找到的地方,您二位如果不信跟我来看。"

副所长又不拿好眼色瞪他,训导他:"你藏哪儿我们就没必要看了。我们就不是别人了?同志你要明白,也要给我们记住——在这件事上,除了你自己,一切人都是别人,包括经常到你这儿来玩的那些孩子！"

另一名派出所的同志紧接着说："是啊是啊，如今有的孩子那也是不可不防的。"

派出所的同志替"马亚逊"考虑得很周到，当日在他们的官方网站上发布了一条消息——在他们的建议之下，他已将挂坠寄存于某保险公司了。

以后十几天里，太平无事，似乎那挂坠再也不会引起什么不良情况了。一些网民对于那挂坠的兴趣，也逐渐转向别的方面去了。只有两件讲不讲都没太大意思的事又骚扰过"马亚逊"。一件事是，先后有两拨人找到了他，想出高价将"巴特"买走——他们认为"巴特"是一条招财狗，希望它也能给自己带来意想不到的财运。"马亚逊"毫不客气地将他们驱逐了。另一件事是，有人抱了一条哈巴狗来，希望自己的狗能与"巴特"交配几次，如果"巴特"使哈巴狗怀孕了，主人承诺给予"马亚逊"一万元"借种费"。这件事"马亚逊"倒是较为乐意的，乐意到谢绝"借种费"的程度。依他想来，他的"巴特"肯定也是高兴恋爱一次的，哪有不愿与母狗配对的正当壮年的公狗呢？然而他的特人性化的考虑落空了——那一天他才知道，"巴特"是一条公狗不假，却已被阉了。

一个月后的一日，一辆高级的越野车停在"马亚逊"住那院子的门前，车上踏下位一身名牌、精气神都特良好的中年男子。这自然会引起街坊们的注意，于是有几个人跟入了院子。"马亚逊"正在院子里逗"巴特"玩，"巴特"摇着尾巴走向来人，意欲表示欢迎。但它在距来人五六步远处站住了，疑惑不安地望着那人。

那人叫它："阿拉克，阿拉克，过来呀，不认识你真正的主人了吗？"

"巴特"却掉头就跑，夹着尾巴一溜烟跑入屋里，院子里所有的人都听到了它从屋里发出的呜咽般的低叫声，充满惶恐。

来人对"马亚逊"说，他是那狗儿真正的主人——它两年前跑丢了。他及他全家人一直惦念着它，也一直在寻找它。他来到这里，就是要确认一下，被叫作"巴特"的狗，是否真的是他家丢失的狗。现在他完全可以得出结论了，所谓"巴特"，正是他家两年前丢失的狗"阿拉克"。

"马亚逊"听他从容不迫地说完，目瞪口呆，如同被对方使的定身法定住了。

对方问："是你给狗起名叫'巴特'的？"

"马亚逊"默默点头。除了点头，他根本就不知说什么好了。如果对方动手抢，那他知道该做出什么反应。但对方彬彬有礼的，他的确不知所措了。

对方讥笑地说："巴特，巴特，一听就猜得到，这种狗名，肯定是那类既没文化却又想赶时髦的人给起的，不中不洋的。哪国语发音？英语？法语？俄语还是德语？你回答不上来了吧？那就还莫如给起个中国乡下土狗的名字嘛，比如'笨笨''来喜'什么的？我们给狗起的可是意大利名字，'阿拉克'，快乐王子的意思。看来，它在你这儿一点儿也不快乐，连智力都下降了，所以好像认不出我这位主人了。可怜的'阿拉克'，没想到你居然沦落到这种地步了！'阿拉克''阿拉克'，快过来，咱们回家，我要把你带走！……"

"巴特"出现在屋门口，身子在屋里，只将头伸出，冲那人示威地汪汪叫。

那人奇怪了："咦，我狗戴的挂坠呢？我劝你还是老老实实将挂坠交出来……"

"马亚逊"终于说出话来，实际上只低吼出一个字："滚！"

那人冷笑道："跟我耍浑？不想好好解决问题？那你能占什么便宜呢？如果你肯配合一下，这五千元钱可以给你留下，算是对你养活了我的狗两年所做的经济补偿……"

对方从兜里掏出一沓钱，在另一只手的掌心拍着。

"我修理你！"——"马亚逊"突然向他冲过去，被两个是街坊的男人及时拽住了。

"不识抬举！"——对方将钱揣入兜里，轻蔑地摇摇头，"听说了，你不就是会几招三脚猫的烂武功吗？不仅耍浑，还想进行人身伤害？那算了，不跟你废话了，咱们法庭上见吧！如今可是加强法制的社会，你等着法院的传票吧！……"

那人扬长而去，街坊们可就都气得像炸锅一般。有的骂那人真他妈的小气！五千元！亏他好意思往外拿，想配种的还给一万呢，人家可是开普通车来的，他妈的他是开一百多万一辆的高级车来的，真是越有钱越抠门！有的骂那人想带走"巴特"是借口，明明是冲着翡翠挂坠来的！如果"巴特"和挂坠都归了他，做街坊的也咽不下这一口气！

最后大家一致劝慰"马亚逊"别着急、别上火，更别怕什么。不就法庭上见吗？中国人难道还怕打官司吗？这年头，只要搭得起工夫，谁想打官司就陪谁打着玩儿呗！

于是当场指定三个退休了的人，二男一女：女的是位退休了的小学校长，俩男的一个曾当过二十年前倒闭了的皮革厂的副厂长，一个曾当过街道主任——在那一片百分之百百姓人家组成的社区，他们三个算是有资格帮"马亚逊"在法庭上主张权利的人物了。

"马亚逊"自是极感动的，接受了街坊们的好意。而那三个，也都想偶尔露一下峥嵘，对打赢官司表示信心满满……

四

又一个月后，"马亚逊"的官司输了。也不能说是彻底输，客观地说是打了个平手。但对于"马亚逊"而言，却不可能不觉得官司打输了。

先是，临近开庭的日子，退了休的小学校长突发心脏病去世了。她为替"马亚逊"打官司付出的时间和精力最多，准备得也最充分。原方案是——她充当的是"首席"律师的角色，两位男士是助阵的配角。她一死，主将没了，两位男士有压力了。而且，辩护材料什么的是她整理的，她死后，儿女不知她究竟放哪儿了，找不到了。两位男士呢，也不好一次次催她的儿女非找到不可呀。所以，是心有压力空着两手陪"马亚逊"上法庭的。即使那小学校长没死，为那么一种官司，三位"律师"陪着被告上法庭，也是不被法官所允许的。正应了那么一句民间的话——"有些事怎么样了是'该着'那么样的。"

人家原告却准备充分。人家没请律师，在法庭上有条不紊地陈述着，一件又一件出示着配有照片的文字证据，几乎将优势全都占去了。

人家说，第一，人家的狗不是遗弃的，而是跑丢的。人家出示的照片证明，那狗儿在他家过的是好命狗儿的生活，优越的宠物生活——有人家孩子和那狗儿快乐玩耍的照片；有人家夫妻俩一块儿为那狗儿洗澡的照片；有一家三口带着狗儿外出，狗儿将头探出车窗的照片。总之，不管谁看了那些照片都会这么想——他们一家三口是多么爱那狗儿呀，怎么会将它给遗弃了呢？

人家说，第二，那翡翠挂坠根本不可能是从天上掉下来的。怎么会有那种事呢？如果有，天上掉馅饼岂不是也就不奇怪了吗？人家又出示了几张照片，证明相同的挂坠原本便是人家所有之物，是人家夫人的喜爱之物，平时舍不得戴，出席特殊场合才戴一戴。人家还出示了多人的证言，皆言之凿凿地证明不止一次见过他夫人佩戴那挂坠。人家的小孩子只偷着给那狗儿戴了一次，偏偏那天它失踪了……"

而"马亚逊"一方，两位充当律师的男士，除了反复说狗是"马亚逊"捡的，挂坠是狗捡的，再就拿不出任何证据了。他们只反复说那是千真万确的事实，却似乎不明白，在法庭上，不论多么是事实的事，那也要靠证据来证明。而事实倒是证明，那两位街坊，对自己未免太缺少自知之明了。没上法庭之前他俩觉得事实胜于雄辩，也觉得自己那还是能言善辩的，一陪"马亚逊"坐到被告席上，竟变得说话结结巴巴，前言不搭后语了。

倒是"马亚逊"显得还够镇定，胸有一定之规。

当法官问他什么态度时，他大声说："只要'巴特'归我，挂坠我不要，经济赔偿也不要。"

原告赶紧接言道，他欢迎被告这种态度，也愿意成全被告对狗的令他刮目相看的感情。但挂坠是必须物归原主的，因为他夫人太爱那挂坠了，而他爱他的夫人胜过爱狗。

法官却是这么宣判的：狗归原告，因为被告不能提供有效之证据证明，那狗确系被遗弃的；挂坠暂归被告所有，因为原告并不能证明他所言的挂坠确系目前被告所持有的挂坠。除非原告能出示一张狗脖子上戴着挂坠的照片，而那也只能作为参考证据……

就那样，法槌在原告和被告都极其不满的嚷嚷声中落下了。是原告的那男人嚷嚷着说必定上诉！是被告的"马亚逊"也大声喊叫："谁都休想夺走我的'巴特'！"

散庭后，法官将"马亚逊"留住了一会儿。

法官问："非想要那狗不可？"

"马亚逊"气恼地说："对！"

法官苦笑道："将狗判给你，将挂坠判给原告，那么判你俩倒是都满意了，但我对自己就太不满意了。所以我偏不能那么判，这你得理解。"

"马亚逊"又喊叫起来："不理解！我不靠你们法院解决问题了，我和他私了，用挂坠换狗不就得了吗？！"

法官正色道："被告，我必须代表法庭警告你，你没那个权利。我判决书上写得明白，挂坠是暂时归你所有，并不等于就是你的了。那么贵重的东西，不是谁捡了就是谁的了，狗捡的也并不能就归狗的主人了。所以，你如果随便用它交换狗，那是肯定要承担法律后果的。这正是我要留下你单独和你说几句的原因，你要记住我的话。"

"马亚逊"听罢，呆住了。

法官又问："还是非要那条狗不可？"

"非要不可……更得要它了……"

"马亚逊"不禁流下泪来。

法官表情不那么严肃了,缓和了语气说:"那你就请一位好律师,那两个,太不给力了。"

那两个一直等在法院外边呢,见了"马亚逊",急问法官跟他说些什么话。

"马亚逊"诚实地回答:"法官说你俩太不给力了。"

那两个就都红了脸。

一个说:"是啊是啊,这我们自己也不得不承认,但那家伙准备得再充分,再能说会道的,不是也只不过与咱们打了个平手吗?"

另一个说:"挂坠判给你了,明摆着就是一大胜利!你得这么看,那家伙一心想得到的是挂坠,却就是没得到,得到的只不过是狗,所以还是他输了官司……"

"马亚逊"生气地打断他的话:"可我一心想得到的是'巴特',却就是没得到,得到的只不过是挂坠,所以我比他输得惨!"

那两个互相看看,一个就笑了,对另一个挺高兴地说:"我觉得咱们老马当了一次被告,上了一次法庭,说话干脆利落了,这证明他脑子的问题有好转了呀,这也是咱们一大收获嘛!"

另一个皱眉道:"他说的差不多就是你刚才说的话,不过仅仅改说了几个字而已,所以我并不认为他脑子的问题有好转了。"——扭过头劝"马亚逊":"我俩都能理解你对'巴特'的感情,但你得这么想:那狗判给了原告,对那狗并不是坏事。那人的家是什么生活水平的一个家呀?你没听到那家伙在法庭上怎么说的吗?狗在他家吃的一向是进口的狗粮和狗罐头,想喝牛奶就有进口牛奶可喝,到了冬天还有狗衣、狗鞋可穿,还定期体检……"

"你给我住口!""马亚逊"大为恼火了,"你两个脑子有毛病吗?他要的明明是挂坠,法官却只将狗判给了他,那他不就很失望吗?那他还能对我的'巴特'好吗?他虐待我的'巴特',给我的'巴特'气受,外人谁又能知道?'巴特''巴特',你的命怎么就这么苦哇!……"

一个人赤手空拳打得三个手持大刀或握棍棒的歹徒仓皇而逃的"马亚逊",双手捂脸蹲下身去,无助地、孩子般地呜呜哭了。

那两个看着、听着,渐觉惭愧起来。

这个说:"非得请高人相助不可了。"

那一个说:"是啊。人家原告当庭扬言上诉了,还得面临下一场官司呢,靠咱俩的水平肯定是不行的。"

五

"所以呢,后来我就成了那'马亚逊'的代理律师。"

在我家,我的律师朋友扬扬得意,优哉游哉地吸烟,吸得极享受。

我问:"你不戒烟了吗?"

他说:"这不终于讲到我自己了嘛。接近尾声了,讲了半天,犒劳犒劳自己呗。"

我又问:"那'马亚逊',一个那样的人,怎么就能使你成了他的律师?"

他说:"前边我不是讲到一位小学校长吗?那是一所重点小学,是我的小学母校。那小学也有同学会,我是会长,退休的校长是名誉会长。因为这么一层关系,那两个前律师就请到了我。我听他俩讲了官司的经过,毫不犹豫就接了。"

"正义冲动?"

"正义冲动肯定是有几分的。但老实说,也有名利上的考虑。我承认,名利上的考虑更多点儿。当时那官司又成了我们省网上一件备受关注的事,当时我没接什么案子,正有一段闲在的时光。总而言之,根据当时我和那桩官司的具体情况,本律师审时度势,认为是天赐我一次提高知名度的机会,所以就当仁不让地接了。"

"不怕官司又打输了,反而对你这位名律师有负面影响?"

"怎么会输呢?一寻思就胸有成竹了,本律师稳操胜券嘛。而且现在事实也是,不但大获全胜,胜利成果还远远超出了预期。"

"对律师这么有利的一桩官司,你的同行们怎么就没谁抢先一步呢?"

"人家不是没请别人,先找的我嘛!再说,同是律师,有的很现实,什么案子接与不接,首先考虑的是能挣多少钱。太现实了,就目光短浅了。本律师可不是目光短浅的律师。名律师挣钱不但靠水平,也靠知名度,知名度与收入是水涨船高的事,所以名律师尤其在乎知名度的提高。而那没什么知名度的,正因为没有,也就往往忽视提高的机会……"

按他的说法是——他从不打无准备之仗。即使胸中有数,稳操胜券,那也还是要格外认真地对待,广泛"借力"。

于是,他在网上发了一条声明,宣布自己从即日起已正式成为"'马亚逊'和他的狗"的唯一代理律师,而自己之所以要免费担当"草根马亚逊"的律师,乃是为了要以实际行动回报小学母校老师们当年对自己的谆谆教导——见义而勇为，当仁而不让；同时也是为了替已故的自己所敬爱的小学校长完成遗愿，以此实际行动寄托对她的哀思。那声明也就三行字而已，然而学问颇大，传播了以下内容——"马亚逊"是"草根"；"巴特"是"马亚逊"的狗；自己小学母校退休了的校长生前的愿望之一便是替"草根马亚逊"打赢官司；是那小学桃李之一并且已成为名律师的他，岂能坐视不管？

一日后那声明引出了对于他的"人肉搜索"：从小学到高中都是品学兼优的好学生；大学是学生会干部；博士学位是在国外取得的；成为律师后业绩可嘉——看似不相干的人对他进行的搜索，实则是"五毛党"不显山不露水地替他这位名律师"量身定做"的小广告。

网上随之出现了对他的小学母校的介绍，使他的名字具有了一块良好的"人文"基石。

又随之出现了一篇篇对已故的小学校长的怀念文章，证明她是一位曾为小学教育鞠躬尽瘁的可敬女性。

他承认以上事是有人按照他的策划来做的。

他说："有了那么一种开头，以后的事就根本不必我再推动了，网络自身的作用开始发酵了，我的策划只不过是导向式的。而且，那基本也都是事实，所以我并不觉得违背职业道德和做人原则。"

接着网上出现了对已故小学校长儿女有视频的采访，她的儿女证明要替"草根马亚逊"打赢官司，确系她生前"最主要"的愿望。她女儿说"最主要"三个字时落泪了；而她的儿子则说："妈妈在病床上还嘱咐我，如果她出不了院了，那么我一定要替

'马亚逊'去找查律师……"

许多人在网上留言说他们也落泪了,祝好人灵魂升天堂。

查律师便是我的律师朋友。

更多的留言是:"查哥,我们坚决挺你!"

再接着网上出现了对"马亚逊"的视频采访,看过的人都留言说——他不仅是"草根",简直还是"野草根"啊!

当"马亚逊"泪流满面地说"挂坠、赔偿我都不要,就要我的'巴特'回到我身边"时,看的人不仅流泪,而且愤慨了。

于是出现了这么一句留言——"野草根"们连养一条狗都得受欺负吗?有良心的中国人,咱们也该为因工伤而失忆,忘记了哪里是家乡,亲人又何在的"马亚逊"做点儿什么吧?

一石激起千层浪,于是网上出现了令人热血沸腾的口号:"巴特"保卫战开始了!

隔日网上出现了"'马亚逊'禁卫营",简称"捍马营",其宗旨宣称:"捍马就是捍正义。"

三日后,滚雪球般,"捍马营"发展壮大为"捍马团""捍马师""捍马军"。

"人肉搜索"又开始了,此一番被"搜索"的是原告。一"搜索",结果令众多网民叹为观止,那人家族中和他老婆的家族中,两门里出了一位局级干部、两位副局级干部、六位正处级干部、九名处局级干部,皆任职于从县到市到省的实权部门。

于是出现了实名者、化名者对他们的劣迹现象的指斥;于是很快引起了各级纪检部门的关注;于是有网民发表短评文章——《肃吏是反腐的重要而长期的任务》,获得一片点"赞"。

我的律师朋友笑道:"这么一种局面确实超出了我的预期,情况都变成这样了，你想那官司还有必要再打吗？"

我反问："究竟打了没有呢？"

他说："原告惊慌失措地亲自找到了我，求我放他一马，他表示挂坠和狗都不争了，但求给他私了的机会，还愿赔一笔精神损失费。依我嘛，确实挺可怜他的，很想给他私了的机会。但我的理性告诉我，自己也不能那么做呀！不经法律判决的胜利，就是打折扣的胜利嘛！我做好人，我也可以说服'马亚逊'做好人，但网众们会答应吗？他们的情绪那也是我不能不照顾到的呀！再说我的律师经验告诉我，原告夫妻俩族里一帮子官和吏，虽没太大的官，那种合力加起来也万不可小觑呀！他那三亲六戚中还有几个经商的呢，财力很雄厚呀！私了肯定是他的缓兵之计，同意了岂不后患无穷吗？所以我将心一横，坚决服从了理性的决定，板着脸拒绝了他的苦苦哀求。再接下来的事更没多大讲头了，无非由我来写的诉状到了上一级法院，又开庭了，又判决了，还是终审判决。那条狗呢，自然重新回到了'马亚逊'身边。整个过程我没再作任何庭外的文章，网上的'马家军'们也分享到了正义大获全胜的欢喜……"

"那，'马亚逊'现在的情况如何？"

"好啊。对于他那类'草根'而言，现在可以说处在了人生的黄金时期。经历了一场官司，他的失忆症不治而愈。我肯定是他命中的贵人，还一纸诉状将一名包工头告上了法庭，对方诚惶诚恐地分两次补偿了他四十万工伤费。他用其中二十万租了个门面，开起了洗衣店。"

"为什么是洗衣店呢？"

"他说他愿意干使人们生活得卫生、干净的活儿。他有知名度了，生意挺旺。那条叫'巴特'的狗经常蹲在店门前的台阶上望街景，有些人为了亲眼看到它一次，宁肯开着车带上一大包衣服送他那儿洗。他那离婚了的老婆不知从哪儿冒了出来，又与他复婚了。她因为终于能过上较安稳的城市生活了，自己不必辛辛苦苦地挣钱，也不愁吃住问题了，不但自己特知足，并将他侍候得体贴周到的。他的儿子和女儿也不知从哪儿冒出来了，经常带着他们的孩子来看望他。他住那地方的土地所有权问题仍在闹纠纷，所以他仍可以住那儿，原先那份活儿也仍干着。两方面挣的钱加起来，每月五六千元收入。挣钱多了，心情好了，活得也有兴致了，在那院里又种花又养鸟的，将那院子弄得鸟语花香的。"

"那挂坠再没人来要？"

"怎么会呢？又有人来要过，说自己在飞机的厕所里呕吐了。大弯腰深低头对着马桶呕吐时，挂坠就掉马桶里了。也像那条狗的原主人那样，出示些照片为证。但一看就知道，照片是做了手脚的。而且从飞机上掉下东西来也是无稽之谈。一架客机只要是在正常飞行着，任何一名乘客都根本不可能从飞机上掉到空中任何东西，从马桶也不能。"

"那么挂坠究竟怎么会从天而落呢？"

"这就没人能说得清楚了。我也不能。或许当时从天上掉下来的根本不是那挂坠，是别的什么东西……"

"那就更令人疑惑了呀。如果是谁将那么值钱的挂坠丢在草坪上了，事情又闹得沸沸扬扬的，真正的拥有者一定会出现的呀。"

"是啊是啊，应该是你说的那样。可真正的拥有者就是到现在还没出现嘛。匪夷所思，太匪夷所思了。别人告诉我，'马亚逊'的老婆、儿女多次主张将那挂坠卖了，值五六百万呢！搁谁都会动那心思的。可'马亚逊'一听他们的主张就翻脸。他的想法坚定不移——明明属于别人的那么贵重的东西怎么敢就把它擅自给卖了呢？万一把钱用了，真有人拿出确凿的证据来要，那不是自找麻烦吗？有人认为，他固执地那么想，证明他的头脑还是留下了受伤的后遗症，他老婆和儿女都那么觉得。也有人认为，他能那么想，证明他的头脑比一般正常人更正常。他和他老婆、他儿女之间闹的这种别扭，估计是他目前的日子里唯一不顺心的事。"

"原告经历了那么两番官司，后来怎么样了呢？"

"惨了。惨到家了。他和他老婆两个族系里的官吏，一多半被'规'了、撸了或判了。平心而论，都不是太严重的问题。无非贪污了几百万，受贿过几百万，买官花了多少钱，卖官得了多少钱那类事。数额说多不多，说少不少的，不是正赶上了'打老虎拍苍蝇'的严厉时期嘛，算他们倒霉吧。"

"我听说，你评上了你们省的风云人物，如愿以偿了吧？"

"我也就获得了那么一种精神慰藉呗。我当时见义勇为，并不知道省里后来要评什么风云人物，也算撞上了运气吧。"

我的律师朋友说得轻描淡写，却一脸的踌躇满志，春风得意。他愿无偿将他的"故事"提供给我写小说，还愿在我的小说收入集子里后，自费买上三五百本，只要求我签名。他说他的各路朋友都盼着看到他的"故事"变成小说。这事对我有益无害，我爽快地与他达成了"交易"。

一个月前，我多次拨他的手机，想告诉他小说写完了，他的手机却一直关机，联系不上了。于是我只得向我们共同的一位朋友询问他的情况。我们共同的朋友告诉我——他出车祸了，断了三根肋骨，大难未死。交管部门的结论是交通事故，他却凭着律师的敏感嗅出了人为的气息。所以，伤刚好就躲到国外去了，所有认识他的人都与之失去了联系……

2014年12月4日于北京

图书在版编目（CIP）数据

孤独的清醒者 / 梁晓声著. —北京：北京联合出版公司，2024.5
ISBN 978-7-5596-7486-9

Ⅰ.①孤… Ⅱ.①梁… Ⅲ.①中篇小说—小说集—中国—当代②短篇小说—小说集—中国—当代 Ⅳ.①I247.7

中国国家版本馆CIP数据核字（2024）第055093号

孤独的清醒者

作　　者：梁晓声
出 品 人：赵红仕
责任编辑：刘　恒

北京联合出版公司出版
（北京市西城区德外大街83号楼9层 100088）
三河市中晟雅豪印务有限公司印刷　新华书店经销
字数207千字　880毫米×1230毫米　1/32　9印张
2024年5月第1版　2024年5月第1次印刷
ISBN 978-7-5596-7486-9
定价：59.80元

版权所有，侵权必究
未经书面许可，不得以任何方式转载、复制、翻印本书部分或全部内容。
如发现图书质量问题，可联系调换。质量投诉电话：010-82069336